KB018625

담덕

광개토태왕

4

광개토태왕 담덕 4

초판 1쇄 발행 | 2022년 12월 20일
초판 2쇄 발행 | 2023년 9월 25일

지은이 엄광용
발행인 한명선

주소 서울시 종로구 평창길 329(우편번호 03003)
문의전화 02-394-1037(편집) 02-394-1047(마케팅)
팩스 02-394-1029
전자우편 saeum2go@hanmail.net
블로그 blog.naver.com/saeumpub
페이스북 facebook.com/saeumbooks
인스타그램 instagram.com/saeumbooks

발행처 (주)새움출판사
출판등록 1998년 8월 28일(제10-1633호)

ⓒ 엄광용, 2022
ISBN 979-11-92684-19-2
ISBN 979-11-90473-88-0 04810(세트)

엄광용 역사소설

담덕

광개토태왕

4

고구려 천하관

새흚

제4권 고구려 천하관

제1장

유랑의 길

1

똑, 똑, 또르르륵!

딱따구리가 나무 구멍을 뚫는 소리 같았다.

"으음, 으으으음……."

조금 정신이 들자 마동은 무서운 꿈을 꾼 듯싶었다. 번뜩 눈을 뜨고 주위를 살폈다. 그의 눈 위에 사람들의 얼굴이 어른거렸다.

"이제야 좀 정신이 드는 모양이군."

한 사내가 손으로 마동의 눈을 까뒤집어 보며 말했다. 그러자 옆에 있던 다른 사람들이 알아들을 수 없는 말로 뭐라고 떠들어대고 있었다.

담덕도 서서히 깨어났다. 어디선가 목탁 소리가 들려오고 있었다. 그 역시 깊은 잠에 빠져 꿈을 꾼 듯싶었다. 꿈속에서 부처를 보았다. 그 미소가 환했다. 마치 연꽃이 활짝 피어나는 가운데서 부처의 얼굴이 미소를 짓고 있는 것 같았다. 그래서 담덕은 어렴풋이 목탁 소리를 듣고 깨어나서도 자신이 계속 꿈을 꾸고 있다고 생각했던 것이다. 국내성 동궁 후원의 내불전이 아닌가, 문득 그런 느낌도 들었다. 그가 아주 어릴 때부터 듣던 목탁 소리였기 때문이다. 그런데 아니었다.

"이 소년들에게 멀건 죽을 끓여 입에 흘려 넣어주시오. 오래 굶은 것 같으니 회복이 되려면 시간이 좀 걸릴 것이오."

담덕이 실눈을 뜨고 살펴보니, 그들 앞에 가부좌를 한 승려가 목탁을 두드리며 염불을 외고 있었다. 얼굴이 시커먼 것이, 그가 어려서 국내성 초문사와 이불란사에서 본 천축(인도) 승려 순도나 아도와 비슷했다.

'그렇다면 여기가 어디인가? 천축이란 말인가? 아니지, 우리 말을 쓰는 자가 있는 것을 보면 그렇지도 않은 것 같다.'

담덕은 마음속으로 이렇게 중얼거리며 좀 더 시간을 두고 사태를 파악해 보리라 마음먹었다. 그래서 아직 정신이 덜 돌아온 것처럼 신음소리를 냈다. 옆에 누운 마동의 입에서도 기다렸다는 듯 같은 소리가 흘러나왔다. 두 사람은 그렇게 신음소리로 서로 살아 있음을 확인했다. 이제 문제는 주위에 있는 사람들이 어떤 자들인지 아는 것이었다.

그로부터 사나흘이 지난 후에야 담덕과 마동은 체력을 어느 정도 회복할 수 있었다. 그러는 사이에 자연스럽게 알게 된 것은, 자신들이 있는 곳이 큰 무역선 안이고 그 배는 동진에서 백제로 가고 있는 중이라는 사실이었다.

얼마 전에 백제에서 동진에 사신을 보낸 적이 있었고, 그 답방으로 백제로 가는 동진 사신단은 불교를 전파하기 위해 천축 승려 마라난타를 무역선에 태운 것이었다. 그 배는 양국의 사신들뿐만 아니라 무역 교류를 위해 상인들도 타고 있었다.

동진을 떠난 사신단은 황해를 횡단해 비교적 파도가 잔잔한 연안의 뱃길을 따라 백제의 한성(위례성)으로 가는 중이었다. 그런데 때마침 표류 중이던 담덕과 마동이 탄 작은 배를 발견하고 선원들이 그들을 구해 주었던 것이다.

주위에 사람들이 없을 때 담덕은 마동에게 작은 소리로 말했다.

"우리의 정체가 밝혀지면 큰일이다. 그러니 전에 연습한 대로 너는 형이 되고 나는 동생이 되어 행동해야 한다. 특히 말을 조심해야만 해. 공자님 어쩌고 했다가는 저들에게 정체가 발각되고 말 것이야. 백제는 우리의 적국임을 알아야 한다."

"예, 알겠습니다. 공자…… 아니 동, 동생!"

마동이 말을 더듬다가 겸연쩍은 듯 씨익, 웃었다.

"그리고 우리는 백제 서해 바다 외딴섬에서 고기잡이하는 어부의 자식들이라고 말해야 해. 어른들 몰래 고깃배를 타고 바다에 나왔다가 풍랑을 만나 표류하게 되었다고……."

담덕의 말뜻을 알아듣고, 마동도 곧 고개를 주억거렸다.

얼마 지나지 않아 두 사람은 체력을 완전히 회복하였고, 무역선에 탄 모든 사람들에게는 서해 바다 외딴섬에 사는 어부의 자식들로 알려지게 되었다. 그들은 이제 마음대로 배 안을 돌아다니고, 갑판 위로 올라가 망망대해를 바라볼 수도 있었다.

사나흘 후면 백제의 천연 요새 관미성 가까이 있는 섬 갑비고차(강화도)를 지나가게 되고, 곧 한수(한강)를 통해 수도인 한성에 도달할 수 있을 것이라고 했다. 담덕은 얼떨결에 원수의 나라인 백제 땅을 밟게 된다는 생각을 하자 잔뜩 긴장하지 않을 수 없었다. 그는 동진의 사신단이나 상인들과 친하게 지내려고 노력했다. 그래서 그들의 말을 배우기 위해 손짓 발짓으로 시늉을 해가며 의사소통을 했다.

그런데 어느 날 북쪽에서 검은 깃발을 날리는 배 세 척이 나타났다. 그 배들은 무역선과는 비교도 안 될 만큼 작았으나 노를 젓는 사공들이 많아서 그런지 무척 빠르게 접근해 오고 있었다.

"우우우우!"

"와와와!"

세 척의 배 위에서는 머리에 검은 띠를 두르거나 벙거지를 뒤집어쓴, 인상 고약하게 생긴 자들이 괴성을 질러대고 있었다. 그들은 손에 창칼과 도끼 등의 무기를 들고 있었다.

무역선 갑판 위에서 망을 보던 누군가가 소리쳤다.

"해적선이 나타났다! 모두 전투 준비를 갖춰라!"

무역선에 탄 사람들이 급히 무기를 들고 갑판 위로 집결했다. 담덕과 마동도 예외가 없었다. 갑판 밑 지하 창고에서 꺼내주는 무기를 갖고 그들도 갑판 위로 올라가 해적선을 바라보았다.

담덕은 손에 활을 들고 수십여 개의 화살이 든 화살통을 어깨에 메었으며, 마동은 자신이 늘 갖고 다니는 수리검 꽂힌 혁대를 허리에 두르고 있었다. 그리고 두 사람 다 칼을 한 자루씩 휴대하였다. 원거리에서는 화살이, 근접거리에서는 수리검이, 그리고 피아간 난전을 벌일 때는 칼이 유리할 것이기 때문이었다.

해적선은 세 방향에서 접근해 왔다. 사신단을 호위하는 군사들이나 상단 휘하의 무사들이 있었지만, 모두들 시선이 흩어져 어디부터 공격을 해야 할지 자못 당황한 표정들이었다. 이때 담덕이 가장 빨리 달려오는 해적선의 맨 앞에 서 있는 자를 향해 화살을 날렸다. 날아간 화살이 얼굴에 정통으로 꽂혔고, 비틀거리던 그는 그대로 앞으로 고꾸라져 물속으로 첨벙 빠졌다. 화살은 연달아서 날아갔고, 그때마다 세 척의 배에 탄 해적들은 비명을 지르며 쓰러졌다.

그러나 해적선들은 전혀 두려워하지 않고 무역선을 향해 빠르게 접근해 왔다. 가까이 다가온 해적들은 무역선을 향해 줄이 달린 갈고리를 던지고, 그 줄에 매달려 선체로 올라왔다. 그러한 일련의 과정이 마치 기예를 보여주는 듯 동작이 빠르고 아주 숙련되어 있었다. 세 척의 배에서 올라온 해적들이 동시다발적으로 달려들었으므로, 무역선 갑판 위에서는 일대 혼전이 벌어졌다.

검은 옷을 입은 해적들은 마치 성난 벌떼처럼 그악스러웠다. 죽기를 각오한 듯 무역선에 탄 군사들과 상인 무사들을 향해 창칼을 휘두르고 도끼로 마구 찍어댔다. 이제 담덕도 활을 거두고 칼을 빼어든 채 해적들을 향해 달려들었다. 마동 역시 조금 멀리 있는 자에게는 수리검을 날리고, 가까운 데 있는 자에겐 칼을 휘둘렀다. 그래서 그의 두 손은 잠시도 쉴 틈 없이 바빴다.

사신단을 호위하는 동진 군사들의 실력도 만만치 않았다. 또한 상단의 무사들도 검술이면 검술, 창술이면 창술, 그 누구에게도 뒤지지 않는 솜씨를 갖고 있었다. 거기에 담덕과 마동까지 합세해서 공격하자 해적들은 점점 수세에 몰리기 시작했다. 갑판에서 배 가장자리로 밀려나더니, 하나둘씩 바다로 떨어지는 자가 늘어났다.

그런데 어느 순간, 상단의 우두머리인 대행수가 해적 두목을 맞아 싸우다가 위기에 몰렸다. 갑판이 피로 흥건했는데, 상대의 칼을 피한다는 것이 햇볕을 받아 살짝 굳은 핏덩어리를 밟아 그만 미끄러지고 말았던 것이다.

해적 두목은 기회를 놓치지 않고 칼을 높이 들어 대행수를 찍으려고 했다. 바로 그때, 마동이 그 장면을 목격하고 수리검을 날렸다. 등에 수리검을 맞은 해적 두목은 비틀거렸고, 그 틈을 타서 담덕이 단번에 상대의 칼 든 팔을 베어버렸다.

그러자 해적 두목은 한쪽 팔을 잃은 채 갑판 바닥으로 나뒹굴었다. 위기를 넘긴 대행수는 재빨리 일어나 쓰러진 해적의 가슴에 칼을 꽂아 목숨을 거두었다.

해적 두목이 죽는 것을 보고 그의 졸개들은 잔뜩 겁에 질려 바다로 뛰어들었다. 그중 더러는 상처가 심한 데다 기운마저 잃어 끝내 바다에 빠져 죽는 자들도 있었고, 몸이 온전한 자들은 각기 타고 온 해적선으로 헤엄쳐 가서 배에 올라 도망치기에 바빴다. 갑판 위에 나뒹굴고 있는 해적들의 시신만 해도 애초 인원의 절반은 넘는 듯했다. 그러다 보니 무역선에 탄 군사와 상인 무사들의 피해도 그만큼 클 수밖에 없었다.

갑판에 어지럽게 흩어져 있는 시신들을 수습하고 핏자국을 깨끗이 물로 씻어낸 후, 동진의 대행수가 담덕과 마동을 불렀다.

"자네들 덕분에 내가 죽을 목숨을 건졌다. 고맙구나."

그사이 동진 사신단이나 상인들과 몸짓 발짓 해가며 그들의 말을 익힌 결과, 담덕과 마동은 간단한 말 정도는 알아듣고 대답도 할 수 있었다.

"어디 다치신 데는 없습니까?"

담덕이 물었다. 다행스럽게도 동진의 대행수는 백제와 자주 무역을 하며 말을 익혔으므로, 의사소통에 막힘이 없었다.

"갑판 바닥에 미끄러지면서 발목을 접질리기는 했으나 걸을 수 있을 정도다."

"그만하길 다행입니다."

마동이 허리를 굽실했다.

"너희들 말이야. 어린 나이에 어디서 그런 무술을 익혔느냐? 활이며, 수리검이며, 칼솜씨가 제법이더군."

대행수는 두 사람을 대견한 표정으로 바라보았다.

"우리들이 사는 섬은 아주 작아서 대처로 나가는 것이 꿈입니다. 섬에만 살면 평생 고기나 잡는 어부밖에 못 되거든요. 우리는 대처로 나가 훌륭한 장수가 되고 싶어 틈틈이 무술을 익혔습니다. 어부의 자식들이 대처로 나가 출세할 수 있는 길은 오직 무술밖에 없으니까요."

마동이 머릿속에 떠오르는 대로 주절거렸다.

"허허, 그래도 그 솜씨가 보통을 넘어. 너희들의 꿈이 대처에 나가 성공하는 것이라면 앞으로 나를 따라다닐 생각은 없느냐? 돈을 벌고 싶다면 장차 거부가 되게 해주겠고, 장수가 되겠다면 크게 출세할 수 있도록 도와주마."

대행수가 말했다.

"그, 그게 정말입니까?"

마동은 그러면서 슬쩍 담덕의 눈치를 살폈다.

"물론이지. 어떠냐?"

대행수는 두 사람을 번갈아 쳐다보았다.

"저희들은 백제인이고 고기잡이 나왔다가 풍랑을 만나 이렇게 됐지만, 고향도 있고 부모님도 살아 계십니다. 그러니 좀 더 생각할 시간을 주십시오."

담덕이 조심스럽게 말했다.

"허허, 그래야겠지. 무슨 소리인 줄 알겠네. 이름이 마동과 마덕이라 했던가?"

"예!"

마동이 대답했고, 담덕은 그저 말없이 고개만 끄덕거렸다.

대행수는 만면에 흡족한 표정을 지으며 둘을 바라보았다.

2

드디어 육지가 보이기 시작했다. 무역선은 패하(예성강)와 한수가 만나는 합수지역의 뱃길을 따라 거슬러 오르고 있었다. 갑비고차에 가깝게 붙어 있는 섬인 고목근(교동도)을 끼고 돌자 왼쪽에 예성항(벽란도)이 있었고, 그 맞은편인 오른쪽에 갑비고차 항구인 승천포가 보였다.

고목근은 작은 섬이었으나, 자연의 지형적 조건을 잘 활용해 쌓은 성벽은 난공불락의 요새였다. 멀리서도 높다란 성벽이 한눈에 들어왔는데, 사신도가 그려진 황색 깃발들이 성벽 곳곳에 질서 있게 꽂혀 바닷바람에 펄럭이고 있었다.

"저기가 바로 우리 백제의 관미성입니다. 원래 '미彌'는 '널리 가득하다'는 의미로, 물을 뜻합니다. 여기서 조금 남쪽으로 내려가면 큰 항구가 있는데 미추홀(인천)이라고 하지요. 백제를 건국하신 온조대왕의 형님 비류 왕자가 처음 나라의 도읍을 정했던 땅으로, 미추홀의 '미' 자 역시 물을 의미하지요. 관미성이 있는 작은 섬인 고목근은 한수로 통하는 관문 역할을 하는 우리 백제의 요새입니다. 섬 둘레에 석성을 쌓아 바다로 들어오는 외적을 방비토록 한 것입니다. 지금 우리 배는 원래 미추홀 항구에 정박하여 육로로 한성까지 가려고 했으나, 배에 실린 화물이 많아 한수로 곧장 운항하여 궁궐 턱밑의 선착장에 배를 대려고 합니다. 이번에 특별히 멀리 천축에서 오신 마라난타 스님을 모시고 가는 길이라, 배에서 내려 다시 육로를 통해 도성까지 가는 복잡한 노선보다는 내친김에 수로를 이용하고자 한 것입니다. 관미성은 그러니까 서역에서 장안으로 들어서는 관문인 함곡관처럼, 수로를 통해 서해에서 백제 도성인 한성으로 들어가는 관문 역할을 한다고 할 수 있지요."

동진 사신단의 길안내를 맡은 백제의 사신이 관미성을 바라보며 열심히 설명하고 있었다. 그는 동진 사신들의 이해를 돕기 위해 중원의 요새인 함곡관까지 예로 들었던 것이다.

원래 백제에서 보낸 사신들은 동진에서 천축 승려를 파견하겠다는 소식을 전하기 위해 먼저 귀국했다. 그리고 동진 사신단의 멀고 험한 바닷길 안내를 맡은 백제 사신 두 명만 건강에 남아 있다가, 한 달 후 마라난타와 함께 귀국선에 올랐던 것이다.

백제 사신은 미리 준비해 두었던 황색 바탕에 흰색으로 사신도가 그려진 깃발을 동진 사신단이 탄 무역선의 돛대 꼭대기에 매달았다. 관미성에서 이국의 배라 하여 적으로 여기고 공격해 올지도 모르기 때문에 미리 신호를 보내는 것이었다. 곧 관미성 쪽에서도 같은 깃발이 올라갔다.

그 깃발을 신호로 동진의 무역선은 안심하고 관미성 옆의 한수로 통하는 뱃길을 따라 운항을 계속했다. 그때 관미성 인근 연해에 있는 승천포에서 작은 군선 하나가 미끄러지듯 빠르게 다가왔다. 배에 탄 군사들이 손에 든 황색 깃발을 좌우로 흔들며 마구 뭐라고 소리를 질렀는데, 무역선에서는 그것을 환영하는 뜻으로 받아들이고 계속해서 배를 전진시켰다.

그런데 그때 문제가 생겼다. 갑자기 배가 무엇에 걸렸는지 꼼짝도 하지 않고 한자리에 멈추어버린 것이었다. 한수 쪽에서 굽이쳐 오는 빠르고 거친 물살만 무역선 양편으로 갈라지며 바다로 흘러갈 뿐이었다. 무역선 선원들은 배 밑바닥이 암초에 걸렸는지 갯벌에 얹혔는지 도무지 알 길이 없었다. 영문을 모르기는 뱃길 안내를 맡은 백제의 두 사신도 마찬가지였다.

이때 승천포에서 작은 군선을 타고 급히 다가온 군사들이 무역선 위를 향해 소리쳤다.

"배가 갯벌에 얹혔습니다. 지금은 물때가 아니므로 이런 큰 배는 여기 들어올 수 없습니다."

"무엇이? 물때라니?"

백제 사신이 무역선 갑판에서 군사들을 내려다보며 큰 소리로 물었다.

"지금은 한창 썰물 때라 이곳 수심이 낮아져 큰 배가 들어오면 갯벌에 얹히고 맙니다."

"이 무역선은 동진의 사신단이 탄 배다. 어찌 방법이 없겠는가?"

"내일 밀물이 들 때까지 기다려야 합니다. 그러나 이 큰 배로 한수를 거슬러 한성까지 가는 것은 무리입니다. 물길을 잘 아는 이곳 갑비고차 어부들도 자칫하면 배가 갯벌에 얹혀 오도 가도 못하는 경우가 있으니까요."

군사들의 설명을 듣고 나서 백제 사신은 난감한 표정을 지었다.

결국 동진의 사신단을 태운 무역선은 관미성 앞바다 갯벌에 얹혀 오랜 시간 무작정 지체할 수밖에 없었다. 다음 날 밀물이 들어와 배가 뜰 수 있을 만큼 수심이 깊어져야 하기 때문이었다.

썰물이 완전히 빠져나가도 무역선이 얹힌 갯벌은 다 드러나지 않았다. 그러나 그 주변에 드러난 갯벌을 살펴보니 배가 다닐 수 있는 좁은 수로가 따로 있었다. 갯벌 사이로 용이 몸을 비틀며 지나간 듯한 물길이 좁은 도랑처럼 나 있었던 것이다. 그러니 밀물이 들어왔을 때는 그 물길조차 자취를 감추어버려 배가 좌초되기 십상이었다. 일반 어선들도 바다 밑의 물길을 정확하게 알고 있어야만 안전하게 운항을 할 수 있는 지형이었던 것이다.

담덕은 무역선 갑판 난간을 붙잡은 채 갯벌이 드러난 지형을 물끄러미 바라보았다.

"무얼 그리 골똘하게 생각하나?"

갑판 뒤에서 동진의 대행수가 다가왔다.

"예, 대행수님! 처음 보는 갯벌이 너무 신기해서……."

"실은 나도 이런 경험은 처음일세. 그동안 무역선을 많이 타 보았지만, 배가 갯벌에 얹히다니……. 그래, 내가 제안한 것에 대해서는 생각해 보았는가?"

대행수의 말에 담덕은 쉽게 대답하지 못했다.

바다에 표류되었다가 구사일생으로 살아난 후, 줄곧 담덕의 머릿속에는 국내성과 하가촌 도장에 대한 걱정이 떠나지 않았다. 동부 군사들이 반란을 일으켜 국내성을 들이쳤다는 것만 알았지. 그 이후의 일에 대해선 깜깜했던 것이다. 더구나 당시 해평의 말에 의하면 국내성 군사들을 물리치고 나서 하가촌 무술도장으로 쳐들어왔다고 했다.

'해평은 분명 나의 목을 가지러 왔다고 했다. 그렇다면 왕실은 이미 그들의 것이 되었단 말인가?'

설마 그럴 리는 없겠지만 지금으로서는 대왕의 안위도, 부모의 생사도 알 수 없는 노릇이었다. 담덕과 마동이 떠나올 때 해평의 무리들에 둘러싸여 분전하던 사부 을두미, 그리고 사범 유청하를 비롯한 호위무사들은 어떻게 되었을까……. 궁금한 것이 한두 가지가 아니었다. 그러니 동진 무역선 대행수의 제안을 무턱대고 받아들일 수도 없는 처지였던 것이다.

"어찌 대답이 없는가?"

대행수가 다시 물었다.

"이 무역선이 귀항하려면 얼마나 있어야 합니까?"

담덕이 대행수를 쳐다보았다.

"그건 정확히 알 수 없네. 우리 선단에는 나뿐만이 아니라 여러 상단의 행수들이 타고 왔으니 그들의 일이 다 끝나야 하겠지. 또 우리 사신단을 태우고 가야 하니 그 일정도 확실치 않고……. 그래도 그리 오랜 시일이 걸리지는 않을 걸세."

"그렇다면 이 무역선이 떠날 때가 되면 그때 말씀드려도 되겠는지요?"

"그래 주겠는가? 허면 자네 형제들은 일단 여기 이 섬에 머물면서 나를 따라다닐 수 있겠나? 이곳은 낯선 곳이라서 꼭 자네들의 도움이 필요하네."

대행수는 어떻게 해서라도 담덕과 마동을 곁에 두고 싶어 하는 눈치였다. 그들의 무술 실력을 보았기에 곁에 두어 자신의 호위를 맡기고 싶었던 것이다.

"앞으로 일정은 어떻게 되는지요?"

"우리 상단은 한성으로 들어갈 생각이 없네. 사신단을 태우고 이곳으로 올 때부터 인삼을 구매할 목적이었지. 이 배는 일단 여기 승천포 항구에 정박해 있을 것이네. 사신단과 다른 행상들은 작은 어선들 여러 척을 내어, 그것을 타고 한수를 거쳐 백제의 도성까지 들어갈 걸세. 이 무역선으로 한수를 운항하기에는 위험성이 너무 많아. 물길을 모르기 때문이지. 그동안 나는 이곳에 머물며 우리 상단에서 가져온 물목들을 팔고, 될 수 있는 대로 대량의 인삼을 구매할 생각이네."

담덕은 대행수의 말을 듣고 그의 뜻에 따르기로 했다.

다음 날 여러 척의 작은 어선에 나누어 탄 사신단과 일부 상인들이 한수를 통해 백제의 한성으로 향했다. 그들이 떠나고 나서 대행수도 무역선을 승천포 선착장에 정박시켰다. 물론 담덕과 마동도 대행수와 함께 갑비고차에 머물렀다.

대행수를 따라 며칠 동안 섬을 두루 둘러보면서 느낀 것이지만, 갑비고차는 생각했던 것보다 훨씬 큰 섬이었다. 승천포 인근에는 제법 규모가 큰 인삼밭이 조성되어 있었다. 근처의 백성들 이야기로는 그 인삼밭이 시범단지라고 했다. 부소갑(개성)과 그 인근의 동비홀(개성 일부와 개풍)에서 생산되는 인삼 물량만 가지고는 동진과의 교역에도 한계가 있어, 백제는 갑비고차 땅에 시범으로 인삼밭을 조성하였다는 것이다. 인삼은 개인적으로는 팔 수 없고, 백제 한성에서 파견된 담당 관리들이 수확에서 매매까지 철저하게 관리감독을 하고 있었다. 그 매매 수익은 고스란히 국고로 들어갔다.

　　동진 대행수는 주로 패하 하류의 동비홀 지역에서 나오는 인삼을 예성항에서, 갑비고차에서 생산되는 인삼을 승천포에서 사들였다. 이처럼 예성항과 승천포는 서로 마주 보고 있으면서 중원에서 들어온 무역상들과 인삼 거래를 하는 백제의 국제무역항 역할을 하고 있었다.

　　고구려가 백제로부터 부소갑을 되찾긴 했지만, 아직 예성항까지 관리하지는 못했다. 예성항 바로 앞에 관미성이 있어, 군사적으로 백제의 영향권에 속해 있었기 때문이다.

　　담덕은 마동과 함께 동진 대행수를 따라 배를 타고 승천포에서 예성항을 자주 오갔다. 그때마다 담덕은 바위 절벽에 높다랗게 세워진 관미성을 바라보며 깊은 생각에 잠겼다.

3

갑비고차에 머무는 동안 담덕은 인삼 재배농가와 어부들의 삶을 두루 접해 보기로 했다. 그래서 대행수와 동행하지 않을 때 그는 마동과 함께 섬 이곳저곳을 마음대로 둘러볼 수 있는 기회를 만들었다.

때마침 팔월 한가위도 지나 한창 인삼을 수확할 시기가 되었다. 주로 6년근 인삼을 캐는데, 이때가 되면 갑비고차의 인삼 재배단지에서는 일손이 턱없이 부족했다.

"우리도 인삼밭에 가서 일을 해보자."

담덕이 마동을 부추겼다.

"그런다고 그 비싼 인삼 한 뿌리 얻어먹을 수 있을까?"

마동은 이제 담덕을 친구나 동생처럼 대할 만큼 말도 자연스럽게 나왔다.

"인삼 뿌리나 얻어먹자고 그러는 게 아니야. 이 기회에 인삼에 대해 알아두는 것도 나쁘지는 않겠지."

담덕은 마동과 함께 어느 인삼 재배농가를 찾아갔다. 나이는 앳되어 보이지만 힘깨나 쓸 법한 장골들이 나타나자, 인삼 농가 주인은 반색을 했다.

"처음 캐본다니 먼저 설명하자면, 인삼은 귀한 약재이니 실뿌리까지 다치지 않게 캐야 혀. 그래서 주변 땅까지 넓게 파서 잔뿌리까지 상하지 않게 하는 게 중요하지."

설명을 듣고 나니 별로 어려운 일은 아니었다. 인삼은 그늘에서 자라므로 위에 지붕처럼 짚이나 갈대로 발을 엮어 덮었는데, 그 밑에 엎드려 일을 하는 것이 답답하기는 했다. 그러나 인삼을 캐는 재미는 쏠쏠했다. 마치 사람의 모양을 한 인삼은 그 뿌리를 감상하는 남다른 즐거움도 있었고, 몸통에서 풍겨 나오는 특유의 향에 취하여 힘든 것도 절로 잊게 만들었다.

농가에서 새참으로 내오는 농주가 있었는데, 인삼의 잔뿌리를 재료로 써서 그 향기가 좋았다. 일꾼들은 나무 그늘에서 잠시 허리를 펴고 쉬며 농주를 마셨다. 술이 들어가자 어른들의 입에서 절로 노래가 흘러나왔다.

가지는 셋이고 잎은 다섯이네
햇빛 등지고 응달에만 모이네
나를 구하러 오려고 한다면
잎 큰 나무 밑에서 만날 수 있으리

오래전부터 사람들의 입에서 입으로 전해 내려오는 '인삼의 노래'였다. 노래를 부르는 사람은 나이가 예순 가까운 노인이었다.

"어르신께선 인삼의 노래를 어디서 배우셨는지요?"

담덕이 물었다.

"이 노래? 자네만 할 나이에 깊은 산으로 심을 캐러 다닐 때 배웠지."

노인은 산삼을 굳이 '심'이라고 했다. 사람들이 산삼 씨를 가져다 재배를 하면서 보니 그 뿌리 모양이 사람을 닮아 언제부턴가 '인삼'이라는 이름이 생긴 것이었다.

"한창때는 심마니들 따라 청목령을 넘어 부소산(송악산)까지 정말 많이도 다녔지. 부소산 어느 골짜기라도 모르는 데가 없었으니까."

"부소산이라면? 어르신께선 부소갑이 고향이신 모양이군요?"

"부소갑 북쪽 마을이 고향이지. 죽기 전에 한번 가보고 싶긴 한데, 갈 수 있을지 모르겠네."

노인은 길게 한숨을 내뱉었다.

"아니, 왜요? 지금이라고 가시면 되잖아요? 승천포에서 배 타고 예성항에 내리면 바로 코앞이 동비홀이고, 좀 더 가면 부소갑인데 왜 못 가시나요?"

"원래 나는 청목령 북쪽 산자락의 부소산 밑에서 자랐지. 거기서 인삼 재배농으로 잔뼈가 굵었는데, 10여 년 전 백제군에게 끌려서 이곳으로 오게 되었네. 내 고향이 지금은 고구려 땅이지……. 어쨌든 여기서는 국경을 넘어야 하니 마음대로 갈 수가 없질 않겠나?"

노인은 주위를 살피며 담덕에게만 들릴 정도의 아주 작은 소리로 말했다.

"국경이 뭐 중요합니까? 고향인데 가면 되는 거 아닌가요?"

"아직 나이가 어려서 그런가……. 청목령 부근의 국경 지역은 삼엄하기 이를 데 없네. 지금도 고구려와 백제가 인삼경작권을 놓고 싸움을 벌이는 곳이야. 나도 이리로 끌려왔다 하지 않았나? 우리 같은 무지렁이들이야 고구려 땅이 됐든 백제 땅이 됐든 그저 인삼 농사나 잘 지으면 그만이지만……. 아마도 지금 국경 지역은 더 어수선 할 거야. 들리는 소문에 의하면 고구려에 변란이 일어난 모양이야. 변방 군사들이 왕을 새로 세운다고 국내성을 들이쳤던 모양인데……."

노인의 말에 담덕은 귀를 바짝 곤두세웠다. 이런 곳에서 고구려 변란에 대한 이야기를 듣게 되리라곤 꿈에도 생각지 못했던 것이다.

"고구려에 변란이 일어났다구요?"

"변란이 일어나긴 했는데, 실패했다지 아마? 그 주동자들이 저 동해 바다로 쫓겨나 결국 배를 타고 왜국倭國으로 도망쳤다더군. 어이, 이런! 잡소리가 너무 길었네. 어서 일들이나 하세."

담덕은 노인을 통해 고구려 국내성이 안전하다는 사실을 알게 되자 그나마 한시름 놓을 수 있었다.

'노인의 말이 맞다면 해평이 국내성 군사들에게 쫓겨 왜국으로 망명했다는 얘기가 아닌가? 그렇다면……'

담덕은 해평의 무리가 하가촌 무술도장으로 들이닥쳐 자신을 죽이려 했던 것은 일종의 분풀이 같은 것이었으리라는 데 생각이 미쳤다.

해평이 왜국으로 망명했다면, 담덕은 다시 고구려로 돌아갈 수 있다고 생각했다. 그래서 그는 어부들을 만나 어선을 구할 수 있는 길을 모색해 보기로 했다. 그러나 배를 구하는 것이 생각보다 쉽지 않았다. 설사 배를 구한다 하더라도 노를 저을 줄 몰랐고, 바다에 나가면 어느 방향으로 가야 고구려 땅에 닿게 되는지도 알 수 없었다. 승천포에서 배를 타고 예성항에 내려 육로를 통해 고구려로 가는 방법도 있을 것이었다. 그러나 노인의 말대로라면 백제군이 지키는 동비홀 인근의 국경을 지나야만 하므로 고구려로 진입하기가 쉽지 않을 것 같았다.

이렇게 담덕이 혼자서 고민을 거듭하는 사이에 계절은 어느덧 초겨울로 바뀌어 있었다. 그가 갑비고차 땅을 밟은 지도 벌써 두 달이 넘어가고 있었다. 백제 한성으로 간 동진의 사신들은 아직 감감무소식이었다.

대행수는 해를 넘기기 전에는 귀국해야 한다면서 사신단을 학수고대하며 기다리고 있었다. 동짓달로 접어들어 낮이 짧고

긴 밤이 이어질 때 드디어 동진의 사신단이 갑비고차에 나타났다.

그때까지도 담덕은 동진의 대행수에게 동행하겠다는 답변을 보류해 두고 있었다. 여러 가지로 생각해 보면 모험 삼아 중원 땅을 두루 둘러보는 것도 좋을 것 같았지만, 우선 어떻게 해서든지 다시 고구려로 돌아가야 한다는 생각이 더 강하게 작용했다.

그런데 뜻밖에도 동진의 사신단이 새로운 고구려 소식을 가지고 왔다. 고구려 대왕이 죽었는데, 슬하에 아들이 없으므로 동생이 왕위에 올랐다는 것이다. 그들은 또 앞으로 후연과 고구려 사이에 큰 전쟁이 일어나 요동이 매우 시끄러워질 것이라는 말까지 전했다. 백제에서도 고구려 대왕의 죽음과 후연을 세운 모용수를 연계시켜 요동에 큰 변화가 일어날 것을 예견하고 있다는 것이었다.

'그렇다면 대왕 폐하가 돌아가시고 나서 아버님이 왕위를 이어받으셨구나.'

담덕도 하가촌 무술도장에 있을 때 사부 을두미로부터 대왕이 오래도록 지병을 앓고 있다는 이야기를 들은 바 있었다. 그러므로 고구려 대왕의 죽음은 이미 예견된 일이었다.

고구려 대왕 구부는 재위 14년 11월에 붕어하였다. 그가 바로 고구려 제17대 소수림왕이었다.

마동도 동진 사신들이 떠들어대는 얘기를 듣고 담덕과 단둘이 있을 때 예를 갖추며 말했다.

"이제 공자님이 아니라 왕자님이 되셨군요? 앞으로 어찌할 작정이십니까? 고구려 왕자 신분으로 이렇게 무작정 백제 땅에 머물러 있을 수는 없지 않겠습니까? 왕자님의 신분이 발각되면 큰일 아닙니까?"

"그러니 각별히 조심해야지."

"왕자님, 이제 무슨 수를 쓰든 고구려로 돌아가야 하지 않겠습니까?"

마동이 담덕에게 다그치듯 말했다.

그러나 담덕은 잠시 망설이다가 이내 입을 열었다.

"당연히 고구려로 돌아가야 한다는 것이 얼마 전까지의 내 생각이었다. 그래서 남몰래 어부들을 통해 어선을 구할 생각도 해보았고……."

"그러면 어선만 구하면 되겠네요. 어선이라면 당장이라도 제가 구해 오겠습니다. 왕자님, 내일이라도 이곳을 떠나시지요."

마동은 그동안 기운 쓸 데가 없어 몸살이라도 난 듯 두 팔을 들어 어깨 근육을 푸는 시늉까지 해보였다.

"그렇게 쉽게 해결될 문제가 아니야. 백제군의 경비를 뚫고 용케 어선을 타고 노를 저어 갑비고차 앞바다를 벗어났다고 해 보자. 그다음이 문제다. 노 젓는 것도 서툴뿐더러 배를 다룰 줄 모르니 방향을 알 길이 없지 않느냐?"

"그래도 어떻게 해서든 이 섬을 탈출해야 하지 않겠습니까?"

"이제 내 생각이 바뀌었다. 우리 같이 동진의 대행수를 따라 중원 땅으로 가자. 고구려는 아버님이 왕위를 계승하셨으니 다른 걱정을 할 필요도 없질 않느냐? 지금처럼 대행수가 같이 가자고 조를 때, 이것이 정말 세상 경험을 할 수 있는 좋은 기회다."

담덕은 이미 자신의 마음을 굳게 정했다.

동진의 무역선이 출항하기 며칠 전, 대행수가 담덕과 마동을 불러 물었다.

"생각은 정했는가?"

"예, 대행수님을 따르겠습니다."

담덕이 대답했다.

"대행수님, 동진의 수도 건강에 가면 황궁을 구경시켜 주실 수 있습니까?"

마동이 물었다.

"황궁뿐이겠는가? 재상이신 사안 승상도 소개시켜 줄 수 있지."

"사안 승상이요?"

"너희들은 잘 모를 거다. 저 화북의 맹주 전진의 군대를 물리친 비수전투의 영웅이지. 혹시 자네들 바둑은 좀 둘 줄 아나?"

"바둑이요?"

마동이 물었다.

"그 사안 승상께서는 엄청난 바둑광이기도 하셔. 부견의 백만 대군이 쳐들어왔을 때 자신은 바둑을 두면서 동생과 아들에게 군사 8만을 보내 물리치게 한 일화는 유명하지. 물론 전진의 백만 가까운 대군은 장강을 건너 길게 늘어선 형태로 진군했으니, 부견이 직접 이끄는 군대는 30만 정도밖에 안 됐지만. 그래도 30만과 8만의 병력은 차이가 커도 너무 컸지. 그럼에도 그때 사안 승상께서는 동생과 아들에게 계책을 알려주고 자신은 황궁의 정자 그늘에 앉아 느긋하게 바둑을 즐기고 있었던 걸세. 물론 자신이 세운 계책으로 반드시 동생과 아들이 적군을 크게 무찌르고 돌아오리라는 사실을 조금도 의심치 않으면서 말이지."

대행수의 말을 들으며 담덕은 정말 동진의 재상 사안을 만나보고 싶었다.

"사신단에도 바둑을 잘 두는 사람이 있습니까?"

담덕이 대행수를 바라보았다.

"아마도 찾아보면 있을 테지. 헌데 그건 왜?"

"이 기회에 바둑 한 수 배워두려구요."

담덕이 말했다.

하가촌 무술도장에서 담덕은 사부 을두미에게서 바둑을 배

왔다. 그는 처음에 사부가 놀이 삼아 흰 돌과 검은 돌을 가지고 겨루는 기술을 알려주는 것인 줄 알았다. 그런데 차츰 시간이 지나면서 사부의 표정은 진지해졌고, 그것이 다만 놀이로서 자신에게 가르치는 것이 아님을 알게 되었다. 물론 그 후 지금까지 다른 사람하고는 대국을 한 적이 없었으므로 자기 실력이 어느 정도인지는 알 수 없었다.

"마덕, 그대도 바둑을 좀 둘 줄 아는 모양이군?"

"조금은 돌을 놓을 줄 압니다."

"어느 정도 실력인지는 모르지만, 내가 수소문을 해서 한번 사람을 찾아보겠네."

대행수는 흔쾌하게 대답했다. 그는 담덕과 마동이 동행하겠다고 하자 절로 기분이 좋아졌던 것이다.

4

바다는 잔잔한 물결로 뱃전에 와서 부딪치며 흰 포말을 만들었고, 뭉게구름이 흐르는 하늘은 높고 아득했다. 북서계절풍이 대륙에서 해양으로 불어와 뱃길이 사뭇 순조로웠다. 무역선은 높게 올린 장방형 돛에 바람을 가득 싣고 바다 위를 미끄러지듯 달렸다.

그러나 긴 항해 기간 내내 순조로운 것만은 아니었다. 망망

대해로 나와 무역선이 남서쪽으로 방향을 틀면서, 바다는 더욱 출렁이며 지붕처럼 둥근 파도로 뱃전을 간단없이 때려대기 시작했다. 사방 어디를 둘러보아도 바다밖에 안 보이는데, 어느 날 갑자기 회오리바람이 일면서 흑풍이 불기 시작했다. 모래와 티끌이 바람에 실려 왔으므로, 사람들은 눈조차 뜰 수 없었다. 순식간에 하늘을 캄캄하게 물들이면서 산처럼 높은 파도가 휘몰아쳐 밤낮을 구분하기도 어려울 정도였다. 돛은 내리기도 전에 기폭이 찢어져 너덜거렸고, 그나마 내린 돛도 물을 흠뻑 뒤집어쓰는 바람에 걸레처럼 갑판 위에 널브러져 철벅거렸다.

갑판 위에는 사람의 그림자를 찾아볼 수 없었고, 악귀처럼 흰 이빨을 드러낸 파도만이 아수라 같은 난장판을 연출하고 있었다. 갑판의 사정이 그러하니 파도를 피해 선실로 내려간 선원들도 거의가 뱃속에 든 것들을 모두 게워냈고, 어지러움 때문에 바닥에 쓰러져 짐짝처럼 나뒹굴었다. 그 와중에 중심을 잡기 위해 선원들은 선실 기둥을 붙들고 안간힘을 썼으나, 그나마도 손을 놓쳐 나무통처럼 이리저리 굴러다녔던 것이다.

그렇게 사나흘 흑풍의 파도에 시달린 끝에 바다가 잔잔해지자, 초주검이 되어 초췌해진 얼굴로 사람들이 하나둘 정신을 차리기 시작했다. 담덕과 마동도 죽다 살아난 기분이었다.

폭풍이 지나가고 나자 날씨는 언제 그랬냐는 듯 맑게 개었다. 파도 역시 고기비늘처럼 은빛으로 반짝이며 잔잔한 물결로 뱃전에 와서 부딪쳤다. 정신이 돌아온 사람들은 무역선 내부를 정돈하고, 그동안 걸렀던 끼니도 꼬박꼬박 챙겨 먹었다. 무엇보다 먼저 체력을 찾아야 기동할 수 있기 때문이었다.

기운을 차린 선원들은 우선 갑판 위로 올라가 바람에 찢긴 돛부터 손질해야만 했다. 물에 젖은 돛을 햇볕에 말리고, 걸레 조각처럼 된 기폭을 꿰매는 작업은 쉽지 않았다. 그래도 얼기설기 엮은 돛을 올리자 바람에 부풀어 올라 마침내 무역선이 파도타기를 하듯 가볍게 바다 위를 미끄러지고 있었다.

그렇게 오랜 기간 동안 항해한 끝에 육지가 가까워지자, 어느 사이 갈매기들이 나타나 뱃길을 인도하기 시작했다. 겨울 하늘은 청명했고, 창공을 나는 갈매기들의 날갯짓은 더없이 한가로웠다.

푸른 하늘 아래 수평선이 떠 있었다. 사방이 탁 트인 갑판 위에 올라가서 좌우로 시야를 크게 넓혀 바라보면, 수평선은 직선이 아니라 둥그런 곡선을 그리고 있는 것처럼 보였다. 그 끝에서 한 점 가물가물하게 떠오르는 물체가 있었다. 갈매기들은 그쪽을 향해 힘찬 날갯짓을 하며 날아가다 지치면 돛이나 뱃머리에 앉아 쉬곤 했다. 수평선 위에 아스라하게 떠 있던 물체는 갈수록 점점 커졌는데, 가까이 다가가면서 보니 그것은 바로 육지였다.

마침내 멀리 항구가 보였다. 명주였다. 동진의 사신단을 태운 무역선은 서해 뱃길로 남행하여 한 달여 만에 명주항에 닻을 내렸다. 항구에는 멀리 남양(동남아시아) 여러 나라에서 온 상선들이 즐비하게 정박해 있었다. 돛을 달아 풍력으로 바다를 운행하는 범선들이었다. 모두 돛을 내려 돛대만 하늘을 향해 장대같이 솟아 있는 모습이, 마치 창과 기치를 높이 든 군대의 진영처럼 나름대로 질서를 유지하고 있었다. 대충의 눈어림으로도 항구에는 수백 척 이상의 범선들이 정박해 있는 것 같았다.

무역선이 곧바로 건강으로 향하지 않고 도중에 명주항에 기착한 것은, 남양의 선박들이 싣고 온 각종 향료와 특산품을 교역하기 위해서였다. 외국에서 들어온 상선을 시박市舶이라 하는데, 각 지역에 따라 남해박·곤륜박·파라문박·사자국박·파사박 등으로 구분하여 불렀다. 이렇게 상선마다 애써 지명을 넣어 달리 부르는 것은, 각각 싣고 온 물산이 특별하기 때문에 쉽게 구분할 수 있도록 하기 위해서였다.

대행수와 함께 배에서 내려 풍물들을 둘러보던 담덕과 마동은 명주항이 국제무역항답게 규모가 매우 큰 데 놀랐다. 우선 사람들의 얼굴 색깔이 저마다 달랐으며, 상설 시장에 진열해 놓은 물품들이 대부분 생전 처음 보는 것들이었다.

항구에는 얼굴이 황갈색을 띤 천축이나 삼불제(수마트라)를 비롯한 남양 각 나라에서 온 상인들로 북적거렸다. 더러는 코

가 우뚝하고 푸른빛 눈이 움푹 들어간 대식국(아라비아)에서
온 상인들도 눈에 띄었다. 이들 외국 상인들을 일러 중원에서
는 번상蕃商 또는 상호商湖라고 했다. 그것은 중원 제국들이 외
국 상인들을 얕잡아 부르는 말로, '오랑캐 장사꾼'이라는 뜻이
었다.

이처럼 번상들의 얼굴이나 차림새가 가지각색인 데다 말도
각기 달라 서로 소통에 불편을 느낄 경우 통역인이 따라붙기도
했다. 개중에는 현지 언어에 능통한 외국인들도 있었는데, 그
들이 번상과 현지 중개무역상을 이어주는 거간꾼 노릇을 했다.

각 나라마다 무역선에 싣고 온 특산물도 다양해서, 항구의
시전에 진열된 각종 상품들은 눈으로 보는 것만으로도 매우
흥겨운 일이었다. 특히 여러 가지 천연색을 띤 향료들은 시각과
후각을 동시에 자극했다.

"향기가 독특하네요! 이것들이 다 무엇에 쓰이는 향료들인가
요?"

담덕이 묻자 대행수가 빙그레 웃으며 향료들에 대해 설명해
주었다.

"향료는 대체로 분향료·화장료·향신료로 나뉜다네. 분향료
는 불로 태워 향기를 내는 것으로, 유향과 단향 등이 여기에 속
하지. 화장료는 몸에 뿌리는 향료이고, 향신료는 음식에 넣는
것으로 후추·계피 등이 있지. 여기 시전에는 서방과 동방 각국

을 대표하는 향료들이 거의 다 들어와 있다고 보면 되네."

"대행수께서는 여기서도 거래를 하십니까?"

"우리는 백제에서 가져온 인삼을 팔아 저 향료들을 사는 거지."

대행수는 그러면서 대식국에서 생산되는 분향료인 유향이 아주 오래전에 천축으로 전파되었는데, 다시 천축 상인들이 삼불제까지 전했고, 삼불제 상인들은 또 남양 각국과 교류하여 마침내 명주항까지 들어오게 되었다고 설명해 주었다. 이렇게 여러 경로를 거쳐 교역이 이루어지므로 생산지인 대식국에서 명주항까지 오는 동안 유향의 가격은 수십 배로 뛰어올라, 동진에서는 특별히 관리를 파견하여 유향의 독점권을 갖고 민간에 고가로 판매해 큰 수익을 챙긴다고 했다.

"그러면 유향의 판매 수익이 국고로 들어가겠군요?"

담덕이 물었다.

"물론이지. 자네들 나라가 인삼 독점권을 갖고 판매를 하는 것과 크게 다르지 않은 방법이지. 국고가 튼튼해야 군사력을 기를 수 있고, 그래야 천하를 경영할 수 있지 않겠나? 우리 대상들은 그렇듯 나라를 위해 일한다는 자부심을 갖고 있다네. 장수들은 무기로써 국가를 지키지만, 대상들은 재화로 부국을 만들지."

대행수의 말은 담덕을 크게 고무시켰다.

대행수는 동진이 비수전투에서 전진의 백만 대군을 물리친 후 그 기세를 몰아 북벌을 단행했다는 이야기도 들려주었다. 동진군은 장강을 건너 서북쪽의 낙양 땅을 공략하고, 동북쪽의 산동반도 일대를 포함하여 황하 이남까지 영토를 크게 넓혔다고 했다. 이 모든 기반이 나라를 부강하게 만든 대상들이 없었다면 불가능한 일임을 대행수는 강조하면서, 이제 바야흐로 전진의 시대가 저물고 동진의 시대가 열렸다고 말했다.

　마침내 무역선은 장강에 이르렀다. 장강은 중원에서 남북을 경계로 삼아 횡단하는 가장 긴 강으로, 그 강폭을 눈으로 가늠하기 어려울 정도로 넓었다. 서남부의 청해에서 발원하여 굽이굽이 흘러 사방의 지류가 하나의 큰 물줄기를 이루어 동쪽 바다로 빠져나갔다.

　담덕은 장강 하류의 상해에서 건강까지 무역선을 타고 이동하면서 놀라움을 감추지 못했다. 강이 이렇게 넓고 크니 그 양안에 발달된 기름진 옥토는 또 얼마나 광활할 것인가…… 도무지 상상이 되지 않았다.

　마침내 건강에 도착했다. 동진의 도성인 건강성의 까마득히 높은 성벽을 보고 담덕은 다시 한번 놀랐다.

　사신단을 따라 건강성의 문을 통과하면서 그는 스스로를 향해 말했다.

　'그동안 나는 우물 안 개구리였어! 이제 높은 창공을 나는

해동청이 되어야 해.'

마동 역시 건강성의 높은 벽과 그 규모에 주눅 들기는 마찬
가지였다. 그는 하늘을 향해 치솟은 성벽을 올려다보며 도무지
고개를 바로하지 못했다. 성벽만 바라보고 걷다가 그만 발을 헛
디뎌 넘어질 뻔하기도 했다.

건강에서 가장 큰 대상은 왕유징 대인이었다. 그 상단의 대
행수가 바로 담덕과 마동을 대동한 서용각이었다.

왕 대인의 저택은 건강성 시전 뒤편에 자리 잡고 있었다. 널
찍한 정원까지 갖춘 대저택이었다. 대행수 서용각은 짐을 푼 후
왕 대인에게 담덕과 마동을 소개했다.

"백제 소년 무사들이라……. 무술 실력이 그렇게 출중하다
고? 언제 그 실력을 보여줄 수 있겠는가?"

왕 대인이 물었다.

"지금 당장이라도 보여드릴 수 있습니다."

마동이 선뜻 나섰고, 담덕은 빙그레 웃기만 했다.

"일단 편히 쉴 숙소를 정해 주고, 소년 무사들의 실력을 볼
자리를 마련하게."

왕 대인이 대행수에게 일렀다.

"예, 대인 어른!"

대행수 서용각은 일단 담덕과 마동을 객사에 머물도록 했
다. 객사는 외부에서 온 객인들의 숙소였다. 건강에서 가장 큰

대상인 만큼 물목 거래를 위해 객사에는 각처에서 온 많은 객인들로 북적거렸다. 눈이 쑥 들어가고 코가 우뚝한 얼굴의 서역 상인들도 보였고, 토번(티베트)이나 남방의 천축 등에서 온 얼굴이 거무스레한 상인들도 더러 눈에 띄었다.

건강성 서북쪽 장강 주변에는 상호들이 운집해 사는 마을들도 여러 곳에 형성되어 있었다. 아예 이곳에 터를 잡고 상주하면서 서역과의 문물 교류를 통해 의식주를 해결하고 부를 축적하는 상호들이 일가를 이루어 살고 있는 것이었다. 담덕은 객사에 머물며 객인들로부터 그와 같은 얘기를 듣고 느끼는 바가 많았다. 동진은 상업을 활성화하기 위하여 크게 문호를 개방해 외국 상인들을 불러들였고, 그들을 통하여 자연적으로 문물 교류가 이루어져 국가를 부강하게 만들었던 것이다.

며칠 후, 왕 대인 저택의 서쪽 후원 도장에는 무술 시합을 할 수 있는 준비가 갖추어졌다. 대행수를 비롯한 상단 행수들의 지도 아래 그 수하들이 시시때때로 무술 훈련을 하는 곳이었다.

대상단을 움직이려면 무술은 필수였다. 특히 서역의 경우 도처에서 비적들이 출몰하여 상단을 습격했고, 장강에서는 수적水賊들이 호시탐탐 무역선의 귀중품을 노렸다. 또한 남방의 다도해상에는 인육까지 먹는 식인종들도 사는데, 무역선을 타고 가다 그런 해적을 만나면 귀중한 물품은 물론 인명까지 잃을 위험에 처할 때도 종종 있다고 했다. 이에 대비하여 대상단 소속의 장정들은 평소 무술을 익혀둘 필요가 있었던 것이다.

마침내 그곳에 대인 왕유징과 대행수 서용각을 비롯한 휘하 행수들이 자리를 잡고 앉아 무술 시합이 시작되기를 기다렸다. 시합이 열린다는 소식에 객사에 머물고 있는 외부 객인들과 외국에서 온 상호들도 몰려왔다. 업무차 상단을 수시로 드나드는 성내 사람들도 소문을 듣고 달려왔다.

대행수 서용각의 지시대로 도장의 너른 마당에는 녹색·빨간색·노란색으로 원을 그린 과녁이 마련되어 있었다. 먼저 담덕이 활을 들고 나와 과녁을 향해 화살을 날렸다. 연달아 열 발의 화살을 쏘았는데 모두가 노란색으로 칠해진 정중앙에 가서 정확하게 꽂혔다. 이번에는 마동이 달리는 말 위에서 과녁을 향해 수리검을 날렸다. 순식간에 열 개의 수리검이 연달아 과녁에 가서 꽂혔다. 정중앙에 꽂힌 한 개의 수리검을 중심으로, 과녁 가장자리의 녹색 바탕에 아홉 개의 수리검이 동그란 형태로 박혀 있었다.

"과연 대단들 하군."

왕 대인이 박수를 쳤고, 다른 사람들도 감탄을 금치 못했다.

다음에는 담덕이 검술을, 마동이 창술을 보여주기로 했다. 왕 대인의 도장을 대표하는 장정들과 맞대결을 하는 대련이었다.

과연 마동의 기마술은 뛰어났다. 말을 달리는데, 사람이 보였다 사라졌다를 수시로 반복하며 상대와 맞섰다. 왕 대인의 도장을 대표하는 장정은 말타기보다 창술에 뛰어났다. 두 사람이 서로 말을 달려와 창으로 찌르는데, 마동은 상대의 창을 창으로 쳐서 막지 않고 허리의 유연함으로 피했다. 앞으로 엎드려 말갈기에 몸을 찰싹 붙이거나, 뒤로 누워 창이 아슬아슬하게 배 위로 비껴 지나가도록 했다. 어떤 때는 상대의 창이 왼쪽 옆구리를 공격해 오자 오른쪽으로 몸을 숨겨 말 등에서 사라졌다. 순간적으로 사람이 말에서 떨어진 줄 알았는데, 잠시 후에 보면 말의 오른쪽 뱃구레에 붙었다가 다시 안장 위로 올라오는 것이었다. 신기하게도 사람과 말의 몸이 한가지로 놀았다.

마동의 기마술을 보고 사람들의 박수갈채가 끊이지 않았다. 상대의 창술 공격을 방어만 하면서 여러 번 시험한 그는 이제 자신의 창으로 공격을 시작했다. 그러나 창술이 뛰어난 상대는 그의 공격을 가볍게 쳐내면서 여유를 부렸다. 방어에 허점이 보이지 않을 정도였다. 10여 합을 겨뤘으나 승부는 나지 않았다. 누가 이기고 지고도 없었다. 두 사람 모두 승리자라고 할 수 있었다.

다음은 담덕의 검술 차례였다. 검술은 땅 위에서의 대련이었다. 대련이 시작되었을 때 담덕은 방어 자세를 취했다. 상대가 공격해 들어오기를 기다리며 가볍게 발만 놀렸다.

검술에서 보법은 기본이었다. 그래서 발놀림만 보고도 상대의 실력이 어느 정도인지 충분히 가늠할 수 있었다. 발놀림은 공격이나 방어에 있어서 몸의 안정감을 유지하는 기본적인 자세이므로, 자칫 호흡 조절에 실패하여 좌우의 발놀림이 얽히면 상대에게 허점을 드러내기 쉬웠다. 상대가 공격해 오면 방어하는 자세를 취하게 되는데, 그것이 곧 공격으로 이어지는 순발력으로 작용할 수 있도록 안정적인 발놀림을 해야만 하는 것이었다.

담덕은 정작 검술 대련에서 칼을 좀처럼 쓰지 않았다. 애써 칼을 아낀다고 여겨질 만큼 공격을 하지 않았다. 그러자 몇 번 선제공격을 감행한 상대는 조급해지기 시작했다. 처음에 날카로웠던 상대의 공격이 점점 무뎌진다는 느낌을 받게 되면, 그것은 몸의 놀림과 호흡이 엇박자로 나가고 있다는 증거였다.

이렇게 되면 일단 심리 싸움에서 담덕이 이기고 있다고 해도 좋았다. 대등한 검술 능력을 가진 자들의 대련에서는 무술 솜씨보다 심리 싸움에서 누가 먼저 이기느냐 하는 것이 관건이었다.

상대가 기합을 넣으며 칼을 휘두를 때마다 담덕은 가벼운 몸놀림으로 피하면서 한 발 한 발 더 가까이 접근해 들어갔다. 상대의 발놀림이 어지러워질 때를 기다리는 것이었다. 즉, 상대의 허점이 발견되면 한칼에 제압을 하겠다는 속셈이었다.

검술 대련은 보는 사람들의 손에 땀을 쥐게 하기에 충분했다. 숨소리조차 멎은 것처럼 조용한 가운데 허공에서 칼 부딪치는 소리만 불꽃을 튕겨내며 들려왔다. 상대의 기합 소리만 뺀다면 숨 막히는 적요가 흐르는 뙤약볕의 한낮이, 시간조차 멈춘 것처럼 느껴질 정도였다.

드디어 담덕에게 기다리던 기회가 찾아왔다. 계속적으로 공격을 하느라 힘에 부친 상대는 시합을 빨리 끝내기 위해 무리한 동작을 펼쳤다. 초조해지면 무리수가 뒤따르기 마련이었다.

상대가 갑자기 보폭을 늘려 몸동작을 크게 그리며 공격을 가해 왔을 때, 담덕은 살짝 몸을 뒤틀면서 어깨 높이로 칼을 들어 허공에서 문득 멈추었다. 그러자 갑자기 상대의 몸이 뻣뻣하게 굳은 채 움직이질 않았다. 어느 사이 담덕의 칼이 목을 겨냥하고 있어, 상대는 조금만 몸을 움직여도 상해를 입을 위기에 놓여 있었던 것이다. 결국 상대는 칼을 거두고 패배를 인정하는 뜻에서 허리를 깊이 숙였다.

그제야 숨을 죽인 채 구경하던 사람들이 요란하게 박수를 쳐대기 시작했다. 여기저기서 담덕의 칼솜씨를 칭찬하는 소리들이 들려왔다.

5

어느 대저택의 후원 마당에서 한 소년이 목검을 들고 한창 무술 연습에 열중하고 있었다. 그것을 바라보는 노인의 눈길이 범상치 않았다. 머리와 수염이 모두 하얗게 세었지만 그 형형한 눈빛만은 매우 날카로웠다. 노인은 동진의 재상 사안이었고, 열 살 남짓한 소년은 그의 손자 사균이었다.

원래 사안은 백면서생이었다. 마흔이 넘을 때까지 회계산에서 은둔생활을 하며 명필 왕희지와 교유했다. 사안은 서예와 시문을 가까이하며 선비들과 어울려 풍류를 즐겼는데, 뒤늦게 환온의 휘하에 들어가 사마 벼슬을 했다. 나중에 환온이 제위를 찬탈하려고 하자 그는 강하게 이를 제지했다. 그 공로로 효무제는 환온이 죽은 이후 그를 승상으로 전격 발탁했다.

이처럼 사안은 문신 출신이었으나 동생이나 조카, 그리고 아들은 일찍부터 무술을 익혀 동진을 대표하는 장수가 되었다. 그의 아들 사염은 조카 사현보다 어렸으나 무술이 뛰어났으며, 비수전투 이후 회계에 수장으로 파견되어 군무를 맡아 보고 있었다. 임지까지 어린 아들을 데리고 갈 수 없게 된 사염은 일단 사균을 아버지 사안에게 맡겼던 것이다.

사안 승상이 손자의 무술 연습을 바라보고 있는 중에 비복 하나가 들어와 왕유징 상단에서 사람이 왔음을 전했다.

"승상께선 그간 기체 안녕하셨습니까?"

사안의 대저택에 도착한 대행수 서용각은 두 손을 마주 잡고 고개 숙여 정중하게 인사를 올렸다.

"오, 그간 대행수가 사신단과 함께 백제에 다녀왔다는 얘길 들었소."

"진작 인사를 드리러 온다는 것이 조금 늦었습니다. 이것은 백제에서 가져온 인삼입니다. 몸을 보하는 데 좋은 약재이지요."

대행수는 사안에게 비단으로 정성 들여 싼 인삼 보따리를 건넸다.

"우리에겐 불로초처럼 알려진 것이 인삼 아니오? 이리 귀한 것을……."

사안이 비단 보따리를 받아 사동에게 건네며 덕담을 한마디 했다.

"그렇습니다. 백제에서도 인삼은 불로장생의 명약으로 알려져 있습니다."

"허허허, 이 늙은이가 살면 얼마나 더 오래 산다고? 이처럼 귀한 것을 보내주신 왕 대인께 감사하다고 전해 주시오. 다 늙어서 이 몸이 호사를 하게 되었구려."

사안이 겸손의 말로 인사치레를 하고 나자, 대행수는 담덕과 마동을 돌아다보았다.

"그리고 참, 인사들 하게. 자네들이 그토록 뵙고 싶어 하던 사안 승상이시네."

담덕과 마동이 사안을 향해 깊이 허리를 숙였다.

"오, 이번 행차에 백제에서 함께 왔다는 소년 무사들이로구먼!"

사안은 얼굴 가득 미소를 담으며 손을 들어 인사에 답했다.

"승상께서는 어디서 이 소년 무사들 이야기를 들으셨는지요?"

대행수의 말에 사안이 대답했다.

"이번에 백제에 다녀온 사신단에게서 들었소. 백제로 가던 도중 해적을 만났을 때 소년 무사들이 큰 활약을 했다지? 소년 무사들이 무술도 뛰어나지만 바둑도 잘 둔다고 하더군."

"그러셨군요. 그래서 이번에 승상께 인사드리려 데리고 왔습니다."

"잘하셨소. 이리 온 김에 내가 이 소년 무사들에게 부탁을 하나 드려도 되겠소?"

"무슨 부탁이시온지?"

"내게 아직 배움이 필요한 손자가 하나 있소. 그 아이에게 무술 선생이 필요한데, 우리 소년 무사들이 그 일을 맡아주면 어떻겠소. 또 바둑 솜씨도 뛰어나다고 하니 이 늙은이가 심심파적 삼아 두는 바둑의 상대가 돼주기도 하고 말이오."

사안은 담덕과 마동을 번갈아 바라보았다.

"이렇게 승상은 뵌 것만으로도 광영이온데, 그런 부탁을 하시니 몸 둘 바를 모르겠나이다."

담덕이 허리를 숙였다.

이렇게 하여 담덕은 사안의 바둑 상대가 되었고, 마동은 사균에게 창술과 수리검 던지는 법을 가르쳐주기로 했다.

사안은 아예 담덕과 마동에게 숙소를 내주어 당분간 대저택에 머물 수 있도록 하고, 대행수에게 선처를 부탁했다. 대행수 서용각도 사안의 청을 거절하지 못해 두 사람을 맡겨둔 채 혼자 돌아갈 수밖에 없었다.

그날 이후 담덕은 저택 후원의 고목 그늘 밑에 놓인 평상에서 자주 사안과 바둑을 두었다.

"백제에 갔던 사신들에게 듣던 바대로 과연 바둑 실력이 출중하군."

"과찬이십니다. 사실은 오히려 승상께 놀림을 받는 것 같아 송구할 따름입니다."

"허허헛! 그저 실력이 한 끗 차이인 것을. 내가 아무리 노력해도 단 한 집밖에 이기지 못하는데 어찌 그런 소리를 하시는가?"

사안이 웃으며 말했다.

"승상께서는 저를 놀리시는군요. 많은 집을 낼 수 있는 바둑을 일부러 한 집 승리로 끝나게 만들지 않으셨습니까?"

담덕의 얼굴이 붉어졌다.

"허허, 그것을 어찌 알았는가?"

"제게 바둑을 가르쳐주신 사부가 계셨사온데, 그분께서도 그리하셨습니다. 분명히 공격을 해오면 제 대마가 죽을 수밖에 없는 자리에서 더욱 신중한 행마를 하곤 하셨습니다."

"과연……!"

사안은 말끝을 흐리며 부드러운 눈길로 담덕을 바라보았다.

"죄송한 말씀입니다만, 일부러 봐주는 것은 상대에 대한 배려이기보다는 조롱에 가까운 것이 아니겠습니까?"

담덕은 자신의 서운했던 마음을 숨기지 않았다. 바둑은 승부의 세계였고, 승부의 세계에서 양보는 있을 수 없는 일이었다.

"아아, 아닐세. 나는 정도를 지킨 거네. 이기고 지는 것이 단한 집으로 충분한 것이기에 나는 바둑을 좋아하는 것이네. 실상 내가 자네의 대마를 잡겠다고 싸움을 걸었다면 반드시 내가 이길 수 있었을 거라곤 장담할 수 없지. 자네의 실력이면 내 실수를 틈타 역공을 하고도 남았을 터이니 말일세. 굳이 싸우지 않고도 이길 수 있다면 그 얼마나 멋진 일인가? 바둑은 전쟁과도 비슷한 면이 있지. 실제 전쟁에서 많은 살상을 않고도 승리할 수 있다면 당연히 그 길을 가야 하지 않겠나?"

담덕은 불현듯 일어나 승상에게 절을 했다. 비슷한 말을 했던 스승 을두미가 생각났기 때문이기도 했다. 그때는 무슨 소리인 줄 잘 몰랐는데 이제야 이해가 되었던 것이다.

"허허허. 이런 이런! 늙은이가 쓸데없는 소리를 했구만."

승상의 겸양에 이어 담덕이 말했다.

"승상께선 경서뿐만 아니라 병법에도 밝다 들었습니다."

"허어? 대행수가 그러던가?"

"예, 이 기회에 저에게도 병법을 가르쳐줄 수 있으신지요?"

담덕의 말인즉슨 스승이 되어 달라는 뜻이었다.

"허허, 내가 어디 그럴 자격이 있나? 그보다는 내 서실에 가면 젊어서 즐겨 읽던 병서들이 더러 있을 것이니, 그걸 참고하도록 하게나."

사안은 곧 담덕을 자신의 서실로 안내해 주었다.

서실의 책들을 두루 둘러보며 담덕은 새삼 놀라지 않을 수 없었다. 온갖 경서들과 천문지리에 관한 책들이 가득했다. 그중에는 병법서도 있었는데, 태공망의 저서로 알려진 『육도』와 『삼략』을 비롯하여 『손자병법』, 『오자병법』, 『손빈병법』 등 다양한 전략전술을 내용으로 한 책들이 많았다. 스승 을두미의 서재에도 여러 병법서가 있었으나, 전혀 생소한 책들이 있어 반갑기 그지없었다. 특히 태공망의 병법을 대할 수 있었던 것은 큰 행운이었다. 고구려에도 태공망에 대한 이야기는 구전되어 오고 있었지만, 그의 전술전략이 서책으로 전해지는 것은 없었다.

담덕은 사안과 바둑을 둘 때 이외에는 거의 모든 시간을 서실에 파묻혀 살았다. 돈을 주고도 얻기 힘든 귀한 책들을 필사하여 간직하기 위해서였다.

그렇게 한 달이 훌쩍 지나갔다. 담덕으로선 그 시간들이 어떻게 흘러갔는지 알 수 없을 정도였다.

서역의 바람

1

백제에서 사기라는 대상이 왕유징 대상단을 찾아온 것은 담덕과 마동이 상단으로 돌아와 있던 몇 달 후였다. 사기는 전에 동진에 여러 차례 사신으로 오가다 대상으로 나선 사람인데, 이번에는 황칠을 대량으로 가지고 왔다고 했다. 백제의 완도·보길도·어청도·홍도 등에서 자라는 황칠나무 진액을 채취한 것을 황칠이라 하는데, 이것은 투구나 갑옷에 칠하는 도료로 사용되고 있었다.

황칠을 하면 금빛이 나는데, 동진의 황제는 특히 금빛 투구와 갑옷을 좋아했다. 그래서 백제에서 나는 황칠은 귀한 도료로 비싸게 팔렸으며, 동진에서는 이것을 최고의 진상품으로 여겼다. 사기는 새로 즉위한 백제왕의 진상품이라며 황칠을 한

금빛 투구와 갑옷도 가져왔다. 물론 동진의 황제에게 바칠 것들이었다.

전부터 대행수 서용각과 친했던 사기는 이번에는 서역의 말을 대량으로 구매하여 백제로 싣고 가겠다고 밝혔다. 그러면서 그는 왕유징 대상단의 호위무사들을 서역까지 대동할 수 있도록 해달라고 부탁했다. 처음 가는 길이라 길안내가 필요했던 것이다. 그에 대한 대가는 황칠로 대신하기로 했는데, 대행수는 왕 대인과 상의하여 사기로 하여금 대상단의 호위무사들을 동행토록 해주었다. 귀한 황칠에 욕심이 나기도 했지만 서역의 말들을 들여오게 될 경우 반은 동진이, 반은 백제가 소유하는 조건 또한 마음에 들었던 것이다.

서역은 거리가 멀고 험한 노정인 만큼 말을 들여오기가 쉽지 않았다. 일단 말들을 이끌고 육로로 사막을 통과해야 했고, 장강 상류에서부터는 배로 수송을 해야 하므로 일반 물산들에 비하면 시일도 오래 걸리고 힘도 몇 배 더 드는 교역이 아닐 수 없었다.

"때마침 우리 상단에 백제 출신 소년 무사 두 사람이 와 있습니다. 그들도 동반할 수 있도록 내가 설득해 보겠소."

대행수의 말에 사기는 놀라는 눈빛으로 상대를 쳐다보았다.

"소년 무사라니요? 서역은 험난한 곳인데, 괜찮을지 모르겠네요."

사기는 백제 출신 소년 무사가 이곳에 와 있다는 것도 의아스러운 데다, 나이가 어리면 오히려 방해만 될 것 같아 걱정부터 되었던 것이다.

"나이가 어리지만 무술 실력은 우리 상단의 호위무사들 그 누구보다 뛰어나다는 걸 내가 보장하지요. 실은 내가 그들의 뛰어난 무술 실력을 보고 백제에서 데려온 것이오."

"그렇다면 일단 만나본 후에 결정하지요."

사기도 백제에서 왔다는 소년 무사들이 누구인지, 과연 대행수가 말하는 것처럼 무술 실력이 그렇게 뛰어난지 몹시 궁금했다.

얼마 지나지 않아 담덕과 마동의 무술 시범을 보고 난 사기는 놀라움을 금치 못했다.

"허허, 서용각 대행수에게 듣던 대로 그대들의 무술이 과연 출중하군. 그대들이야말로 근초고대왕 이래 우리 백제를 다시금 일으켜 세울 미래의 헌헌장부들이 아니겠는가? 근구수대왕의 태자 시절 패기를 그대들에게서 보는 기분이 드는군!"

사기는 턱에 달린 염소수염을 까딱대며 연방 싱글벙글 입을 다물지 못했다.

담덕은 스승 을두미로부터 자주 들었던 백제왕이 사기를 통해 거론되자 묘한 느낌이 들었다. 그러면서 사기라는 인물에 대한 궁금증이 부쩍 일었다.

사기는 담덕과 마동이 백제 소년들임을 믿고 자기 자랑부터 늘어놓았다. 백제 왕실의 말먹이꾼이었던 그가 국용마의 발굽을 상하게 하여 고구려로 도망쳤다는 이야기를 천연덕스럽게 했다. 그리고 고구려에서는 신분을 속이고 하가촌에 머물며 말을 사육하던 이야기, 또한 고구려군에 가담하여 치양성을 칠 때 백제군에게 고구려군의 기밀을 알려주어 대승을 거두게 한 이야기를 실타래 풀어나가듯 줄줄 엮어댔다. 그로부터 2년 후 다시 수곡성(신계) 전투에서도 사기는 고구려군에 가담했다 백제군으로 탈출하여 혁혁한 공을 세웠노라고 자랑했다. 그는 그 공을 인정받아 동진으로 가는 사신단에 합류할 수 있었고, 대상이 되어 이번에는 서역의 명마를 구입하기 위해 백제 상단을 이끌고 왔다는 것이다.

　담덕은 뜻하지 않은 곳에서 하가촌은 물론 치양성과 수곡성 두 전투 이야기를 접하게 되자 더욱 놀라지 않을 수 없었다. 그러고 보니 고국원왕이 치양성에서 백제군에게 패하여 수곡성까지 빼앗기게 된 이유이자 그 원흉이 바로 백제의 첩자인 말먹이꾼이었다는 이야기를 스승 을두미에게서 언뜻 들은 듯했다.

　"국용마 발굽을 상하게 해서 고구려로 도망쳐 하가촌 종마장에 잠시 머물 때 나는 굳게 결심한 바가 있었지. 당시 고구려는 전쟁터에서 철갑기병으로 위세를 떨쳤다네. 그들이 철갑기병을 기를 수 있었던 것은 우선 양질의 말을 보유하고 있었기에 가능한 일이었어. 그런데 그 양질의 말은 하가촌의 하대용 대상단이 저 초원로를 통하여 서역으로부터 들여오고 있었던 것이야. 허나 우리 백제는 고구려가 북방을 차지하고 있기 때문에 초원로를 이용할 수 없고 단지 바다를 이용해 양질의 말을 확보해야 하는데, 그것이 참으로 어려운 일이었거든. 그래서 나는 다시 백제로 돌아가면 서역의 말을 백제로 직접 들여오는 대상이 되겠다고 굳게 결심했던 것이지."

사기는 그 결심을 이번에 결행하게 된 것이라며 담덕과 마동이 적극적으로 도와주기를 청했다.

"글쎄요. 우리가 뭘 어떻게 도와야 할지……."

마동은 은근히 담덕의 표정부터 살폈다. 사실 두 사람 모두 고구려의 원수를 동진에서 만난 것이 너무 뜻밖이라 놀랐다. 더구나 적이 도와달라고 청하는데 어찌해야 할지 도무지 갈피를 잡을 수 없었던 것이다. 단둘이서 사기를 맞닥뜨린 상황이라면 단칼에 베어버릴 수도 있는데, 동진은 백제와 교린 관계에 있는 나라인 데다 주위에 보는 눈이 많아 이러지도 저러지도 못하는 입장이었다.

그때 담덕이 입을 열었다.

"나라를 위한 일인데 도와드려야지요. 그러나 우린 아직 나이가 어려서 오히려 폐나 끼치지 않을지 모르겠습니다."

"허허, 무슨 소린가? 내 방금 그대들의 무술 솜씨를 보지 않았는가? 일당백의 기량이로세. 이번 서역 행로에는 비적과 수적들이 자주 출몰하는 지역이 많으므로 특히 자네들과 같은 고단수의 무술을 겸비한 실력자들이 필요하네. 자네들에게도 좋은 경험이 되겠지만, 특히 내게는 큰 도움이 될 것이야. 이번에 서역의 말들을 배에 싣고 백제로 돌아가게 되면 자네들 두 사람의 출세는 내가 책임지지. 근구수대왕이 살아 계셨다면 더욱 좋았을 것이지만, 새로 즉위한 대왕에게도 이 몸이 신임을 받고 있으니 자네들의 미래는 내가 보장함세."

사기는 아주 자신 있는 말투로 자신의 가슴까지 두드리며 다짐했다.

이때 마동은 자주 담덕과 눈을 마주치며 대체 어찌할 셈이냐고 눈짓으로 물었다. 그러나 담덕은 그 눈짓을 무시한 채 담담하게 말했다.

"좋습니다. 이번 행차야말로 서역 구경도 해보는 좋은 기회가 되겠군요."

결국 마동도 담덕의 의견을 따를 수밖에 없었다. 담덕이 사기를 따라 서역 행로에 가담키로 한 것은 건강성에 와서 본 심복고비의 상호들에 대한 호기심과, 과연 *그들*이 사는 서역은 어떤 곳인지 무척 궁금했기 때문이다.

사기는 곧 말 교역을 하기 위해 서역으로 갈 대상단을 꾸렸다. 그는 백제에서 같이 온 상단 30여 명, 왕유징의 상단 20여

명 등 총 50여 명의 상단을 꾸려 건강성을 출발해 배를 타고 장강 상류로 거슬러 올라갔다. 사기는 담덕과 마동을 특히 개인의 호위무사로 삼아 꼭 곁에 붙어 다니도록 했다.

장강 상류에서 육로로 사막을 경유해 명마의 산지인 오손(투르크족 혹은 이란)·대원(페르가나)·월지(투르크족 혹은 사카족) 등 서역 나라까지 가는 길은 매우 험난한 여정이었다. 자갈 같은 돌들과 흙먼지가 풀풀 나는 메마른 고비사막이 광활하게 펼쳐져 있었고, 그곳에선 아무리 사방을 둘러보아도 지평선뿐이었다. 하다못해 야산 하나 보이지 않았고, 실핏줄처럼 물이 흐르는 개천 역시 눈을 씻고도 찾아볼 수가 없었다. 그런 메마른 땅에서는 가시가 많이 달린 키 작은 낙타풀이 뿌연 먼지를 뒤집어쓰고 있었고, 하늘에서는 더운 김을 훅훅 불어대는 태양이 졸음에 겨운 듯 게으르게 서쪽으로 흐르고 있었다. 눈앞에 보이는 것은 지열로 인해 아지랑이처럼 피어오르는 뜨거운 기운뿐이었다.

사기가 이끄는 상단은 천산을 넘어 서역으로 가는 길을 택했다. 한무제 때 장건이 서역으로 오가는 길을 개척한 이래, 천산을 기준으로 남로와 북로가 주로 이용되었다. 남로는 '죽음의 사막'이라 일컫는 타클라마칸사막을 가로질러 가야만 했고, 북로는 깊은 계곡과 높은 능선을 넘어 곡예를 하듯 서역까지 가야 하므로 또한 험난한 노선이었다.

중원에서 서역을 갈 때 대상들은 천산북로를 주로 이용했다. 이 길은 도중에 산적들을 만날 위험도 있으나, 대상단 또한 그에 대한 준비를 철저히 하여 일당백의 무사들로 행상을 조직했다. 아무튼 죽음을 각오하기는 사막을 가로지르는 남로나 천산을 넘는 북로나 매일반이었다. 다만 북로는 만년설을 이고 있는 천산으로부터 눈 녹은 물이 흘러내려 식수 걱정을 하지 않아도 되었다. 끝없는 사막으로 이어져 오아시스를 만나기 전에는 물 구경을 하기 힘든 남로보다 갈증으로 고생할 염려가 없어 그나마 다행이었다.

　담덕은 멀리 하얗게 눈이 덮인 천산의 봉우리를 쳐다보았다. 평지는 푹푹 찌는 한여름인데, 천산 봉우리는 사시사철 만년설을 머리에 이고 있어 한겨울이었다. 하가촌 도장에서 사부 을두미에게 무술을 배울 때 마동과 함께 자주 태백산(백두산)에 올라갔던 적이 있었다. 겨울에는 태백산도 눈이 쌓여 있어 백두산이란 별칭을 얻고 있었지만, 천산처럼 만년설을 머리에 이고 있지는 않았다. 늦은 봄에서 초가을까지는 눈이 내리지 않아 백두산도 짙푸른 녹음이 우거져 있었던 것이다.

　'세상은 넓고도 넓구나. 사람도 피부색이 제각각이고, 사는 모습도 다르구나.'

　서역으로 가는 노정은 악전고투를 거듭하는 고생길이었지만, 담덕은 그래도 다양한 세상을 구경하게 된 것을 참으로 다행스럽게 생각했다.

천산북로의 밀림에는 산적이 많다고 들었는데, 가끔 어느 길목의 숲속에서 대상단을 노리고 기웃거리는 족속들이 나타나기는 했다. 그때마다 담덕과 마동은 기지를 발휘하여 하늘을 나는 독수리나 나뭇가지에 앉은 산비둘기, 들판에서 날아오르는 꿩 들을 화살과 수리검으로 잡았다. 그 솜씨를 보고 산적들은 동태만 살필 뿐, 함부로 대상단에 접근해 오지 못했다. 물론 그 덕분에 대상단은 담덕과 마동이 잡은 날짐승으로 고기 맛을 보기도 했다.

그렇게 사기가 이끄는 대상단은 천산북로를 넘었다. 천산 서쪽 계곡으로 흐르는 만년설 녹은 물은 이식쿨이라는 호수를 만들었다. 서역 대상들은 그렇게 불렀고, 중원에서 천산북로를 넘어온 대상들은 이 호수를 천지라고도 했다.

자주 천산을 넘은 경험이 있는 동진의 대상 중 한 사람이 이식쿨에 대해 설명했다.

"이 호수를 열해라고도 부르는데, 한겨울에도 얼음이 얼지 않습니다. 사시사철 물이 따뜻해 우리 대상들은 이곳에 이르면 즐겨 목욕을 하곤 합니다. 자, 다들 훌훌 옷을 벗고 목욕을 합시다."

이식쿨 호수 주변의 날씨는 시원한 바람이 불어 봄이나 가을 날씨 같았다. 사기의 대상단은 천산을 넘으면서 많은 땀을 흘렸으므로 모두들 옷을 벗고 목욕을 했으며, 땀에 젖은 옷도 빨아 말렸다.

"애개개, 무슨 천지가 산 아래 있어? 태백산처럼 산꼭대기에 있어야 천지지. 태백산 천지 물은 한여름에도 이가 시릴 정도로 차가운데, 이 물은 정말 열해라는 이름에 어울리게 뜨뜻미지근하구먼!"

마동이 담덕과 단둘이 있을 때 저 혼잣소리처럼 툴툴대며 말했다.

"아무튼 이 지역은 살기 좋은 곳 같다! 날씨도 덥거나 춥지 않고, 초원도 많아 말을 기르기 적격이란 생각이 드는군."

담덕이 호수 주위를 둘러보며 역시 작은 소리로 말했다.

2

담덕은 서역의 넓고 푸른 초원지대를 보고 한혈마를 기른다는 대원이나 서극마로 유명한 오손이란 나라가 가까워졌음을 짐작할 수 있었다. 오손과 대원은 북쪽으로 천산산맥이, 남쪽으로 파미르고원이 가로막고 있는, 그 중간의 드넓은 초원시대에 자리 잡고 있었다. 말들을 방목하기에는 기후나 초목이 자라는 토양의 조건이 딱 맞아떨어졌다. 땅은 기름지고 초원은 드넓어 말 사육의 최적지임을 느끼게 했다. 또한 하늘이 청명하고, 새들이 떼를 지어 까마득히 높이 떠서 호수와 초원을 가로질러 갔다.

담덕은 같이 가는 대상단 사람들에게서 서역 사람들의 경우 유독 황새를 사랑한다는 말을 들었다. 고구려에서는 아이가 어른들에게 자신이 어디서 왔느냐고 물으면, 다리 밑에서 주워 왔다고 흔히들 대답했다. 그러나 서역에선 황새가 물어왔다고 대답해 주는데, 그 편이 훨씬 그럴듯하다는 생각이 들었다. 직설적인 대답을 피하기 위해 다리를 비유 삼아 내세우기보다는, 차라리 하늘나라에서 황새가 데려왔다는 말이 더 상징적이고 설득력 있게 느껴졌기 때문이다. 이는 단군의 아버지 환웅이 오룡거에 올라앉아 고니를 탄 백여 명의 사람과 함께 천상에서 지상으로 내려왔다는 신화와도 일맥상통하는 부분이 있었다. 흔히 사람들은 황새나 고니를 천상과 지상을 오가는 상징적인 새로 여겼던 것이다.

세상은 참으로 넓었다. 그러나 천지만물을 느끼는 사람들의 생각은 같았고, 지역적 특성과 삶의 여건에 따라 사는 모습만 약간씩 차이가 있을 뿐이었다. 담덕은 그런 동질성과 이질성의 간극 사이에서 특별히 느끼는 바가 많았다. 그는 아직 어린 나이였지만 이처럼 생각이 깊었다.

험난한 여정을 거쳐 서역에 도착한 사기의 대상단은 동진에서 가져간 고급 비단을 팔아 명마를 사들였다. 역시 백제의 국용마를 기르던 사기는 제대로 된 명마를 고르는 데 일가견을 갖고 있었다.

사기는 말 사육장으로 가서 우선 방목하는 말들을 우리 안에 가두게 하였다. 이틀 정도 먹이를 주지 않고 놔두었다가 멀리 언덕배기에 건초더미를 쌓아두고 나서, 사육장 안의 말들을 일제히 풀어놓게 하였다. 배가 고플 대로 고팠던 말들은 전속력으로 달려가 허겁지겁 건초를 풀어헤쳐 먹기에 바빴다.

이때 사기는 잘 달리는 말을 눈여겨봐 두었다가 하나하나 골라냈다. 그는 우선 골라낸 말들의 두상부터 살폈다.

"잘 달리는 말을 골라내는 법은 알겠는데, 말의 두상을 보고 어찌 명마인지 구분할 수 있습니까?"

담덕이 사기에게 물었다.

"사람만 관상을 보는 것이 아니다. 말도 관상을 봐야 한다. 저 춘추시대 진나라 목공 때 상마가相馬家로 유명한 백락이란 사람이 있었지. 그가 내세운 명마의 조건이 있다. 바로 불쑥 나온 번듯한 이마, 영롱한 빛을 내는 툭 불거진 눈, 그리고 누룩을 쌓아올린 것처럼 두터운 말발굽 등이다. 내 경험으로 보면 꼭 그 조건이 정확하게 맞는다고 볼 수는 없지만, 이론상으로 그 세 가지 조건은 일리가 있다고 생각한다. 즉, 이마가 툭 튀어나왔다는 것은 앞으로 질주할 때 속력을 내는 데 유리하다. 눈이 툭 불거진 것은 앞만 보는 것이 아니라 좌우와 뒤편까지 살필 정도로 시야가 넓어, 전투에 임할 때 어디로 뛰어야 할지 판단하는 능력이 뛰어나다. 누룩을 쌓아올린 것 같은 두툼한 말발굽은 땅을 딛는 면적이 그만큼 넓어 안정적이고, 앞으로 박차고 나가는 힘이 세다. 또한 명마는 가는 목에 갈기가 아름다우며, 몸집이 크고 다리가 길어야 한다. 다리가 길어야 내를 건너뛰는 데 수월하고, 허리까지 차오르는 물속에도 능히 달려 건널 수 있다. 그러나 명마는 주인을 잘 만나야만 명마로서 가치를 인정받을 수 있다. 주인을 잘못 만나면 수레의 짐이나 끌다죽을 수도 있기 때문이다. 어떤 주인을 만나느냐 하는 것은 명마의 운명이다."

사기는 나이 어린 담덕이지만 매사 신중한 질문을 던질 줄 아는 것이 마음에 들어 내심 믿음직스럽게 생각하고 있었다.

"그건 명마만 그런 것이 아니라 사람도 마찬가지 아닌가요?"

담덕이 은근슬쩍 물었다.

"그건 그렇지. 주군을 잘 만나야 훌륭한 신하가 되고, 우리 같은 대상단을 이끄는 행수들도 대행수를 잘 만나야 안전하게 먼 길을 내왕할 수 있는 법이지. 마동과 마덕, 너희 두 사람은 앞으로 나만 잘 따라다니면 크게 출세할 수 있을 거야. 백제로 귀국하게 되면 너희 두 사람에게 특별히 명마 하나씩을 골라주지. 그러니 이번 행차에 최대한 내 곁을 지켜 우리 대상단이 안전하게 동진까지 귀환할 수 있도록 해야만 한다. 그다음 백제로 가는 것이야 바다에서 해적만 만나지 않으면 결코 어려운 노정이 아니니 문제 될 게 없다."

사기는 명마를 보는 눈뿐만 아니라 말을 다루는 기술도 뛰어나 오손과 대원의 말 사육장 주인들까지 놀라게 만들었다. 주로 방목을 하였으므로 사람들에게 길들여지지 않은 야생마나 다름없는 말들이 많았다. 일을 시키기 위해 코뚜레를 해서 소를 길들이듯, 말에게는 입에 재갈을 물려야만 했다. 재갈은 쇠막대를 말의 입안에 깊이 넣어 고착시키고, 그 양편에 둥근 고리를 매달아 고삐와 연결한 다음 말을 길들이는 데 용이하도록 만든 도구였다. 재갈을 물릴 때는 말이 요동치기 쉬우므로 마구간 기둥에 머리를 묶어놓아야만 했다. 그런 다음 강제로 말의 입을 벌리고 재갈을 끼워 고정시키는 작업인데, 사기의 능수능란한 솜씨는 사육장 주인들마저 혀를 내두르게 했던 것이다.

처음에 사기는 사육장 인부들이 재갈 물리는 걸 구경 삼아 바라보기만 했다. 그러다가 솜씨가 서툰 사람의 일을 거들어주게 되었고, 종내는 아예 자신이 대신해서 작업을 했다. 재갈뿐만이 아니었다. 그는 말발굽 가는 일도 자기 스스로 했다.

"말에게는 말발굽이 아주 중요하다. 더구나 사막으로 가는 길은 험난하므로 말발굽을 잘 갈아주어야 뜨거운 모래땅에서 오래 견딘다."

명마를 고르는 것도 중요하지만 관리가 더 중요하다는 것을,

사기는 그런 식으로 표현했다. 그가 고른 명마 중에서는 이미 재갈을 물린 것도 있었지만, 길들여지지 않은 야생마도 많아서 재갈을 물리고 말발굽을 가는 데 시간이 그만큼 오래 걸렸다. 그래서 거의 두 달 이상을 말 사육장에서 보낸 뒤에야 귀로에 오르게 되었다.

사기의 대상단은 오손에서 백여 마리의 서극마를, 대원에서 2백여 마리의 한혈마를 샀다. 모두 합해 3백여 마리인데, 문제는 50명 남짓한 대상단 장정들이 어떻게 그 많은 말들을 끌고 동진까지 가느냐 하는 것이었다.

3

사기는 우선 말의 고삐와 고삐를 연결하여 장정 한 사람당 예닐곱 마리씩 책임을 지워 끌고 가도록 했다. 이렇게 하여 모두들 자신의 말 위에 올라타고, 각자 맡은 말들이 연결된 고삐를 틀어쥔 채 귀환 여정에 올랐다. 수십 대의 수레에 3백여 마리의 말이 먹을 건초까지 싣고 가야 하므로, 대상단의 행렬은 끝에서 끝이 보이지 않을 정도로 길게 이어졌다.

사기의 대상단은 사막을 통과하는 천산남로의 노정을 잡아 귀로에 올랐다. 천산남로는 타클라마칸사막을 사이에 두고 다시 두 갈래로 길이 나누어져 있었다. 타클라마칸사막은 북쪽의 천산산맥, 서쪽의 파미르고원, 그리고 남쪽의 곤륜산맥으로 둘러싸인 타림분지 안에 있었다. 타림분지와 타클라마칸사막의 중앙을 가로질러가는 것이 지름길이지만, '죽음의 사막'이라 알려져 있을 만큼 도처에 위험이 도사리고 있어 '사막의 배'라는 낙타를 이끌고 이동하는 대상단도 겁을 먹는 노정이었다.

천산남로 북쪽의 천산산맥과 타클라마칸사막 사이로 난 길은 소륵(카슈가르)·구자(쿠처)·언기(카라샤르) 등을 거치는 노정이었다. 그리고 천산남로 남쪽의 길은 타클라마칸사막과 파미르고원 및 곤륜산맥 사이로 난 화전(허텐)·니양(니야) 등을 거쳐야만 했다. 두 길은 모두 누란(크로라이나)에서 만나 돈황으로 이어졌다. 타클라마칸사막을 에둘러 간다 해도 연이어 거칠고 광막한 고비사막이 펼쳐져 있어 대상단은 악전고투를 거듭할 수밖에 없었다.

사기의 대상단은 드디어 옥이 많이 난다는 화전과 니양을 지나 고비사막으로 들어섰다. 돌과 모래로 이루어진 고비사막은 거칠고 황량했으며, 끝없는 지평선으로 이어졌다. 사방을 둘러봐도 나무 한 그루 없는 까마득한 평야지대였다.

담덕은 백제에서 동진의 무역선을 타고 바다를 건널 때 섬 하나 보이지 않고 사방이 수평선으로 이어진 것을 보고 경이로움을 느낀 적이 있는데, 고비사막 역시 마찬가지였다. 사방의 지평선은 모두 하늘과 맞닿아 있었다.

"이런 사막 한가운데서 비적 떼라도 만나면 큰일이야."

사기가 모래 먼지를 하얗게 뒤집어쓴 얼굴로 담덕과 마동을 바라보았다.

"목이 마르군요. 말들도 물을 마시지 못해 헉헉대고 있습니다."

더위에 지친 담덕이 겨우 입을 벌려 마른 목소리로 말했다. 입술까지 말라 쩍쩍 갈라질 판이었다. 이미 가죽 주머니에 담아온 물은 떨어진 지 오래였다.

"가만있자. 서용각 대행수가 알려준 정보에 의하면 이 근처 어디에 지하수로(카레즈)가 있다고 했는데……."

사기는 주위를 두리번거렸다.

"지하수로가 있다구요?"

마동도 물을 마시고 싶어 미칠 지경이었다.

"자, 각자 말을 세우고 지하수로를 찾아라. 길 근처에 진흙이나 돌을 무덤처럼 무더기무더기 쌓아놓은 곳이 있을 것이다. 그곳에 지하수로와 수직으로 연결되는 우물이 있다고 한다."

사기가 대상단 장정들을 향해 소리쳤다. 대상단 장정들은 일단 행렬을 멈춘 채 말들을 모아놓고 지하수를 찾기 위해 각자 사방으로 흩어졌다. 멀리서 회오리바람이 불어 마른 먼지를 하늘 높이 솟아오르게 했다. 그 먼지들이 바람에 날려 들판을 가득 메웠고, 온몸으로 먼지를 뒤집어쓰는 바람에 사람들의 입안으로 모래가 들어가 서걱서걱 씹히기까지 했다.

"이런 사막에도 지하로 흐르는 물이 있는 모양이죠?"

담덕이 모래 섞인 침을 뱉어내며 사기에게 물었다.

"서용각 대행수의 말에 의하면, 천산산맥의 만년설이 녹아 흐르는데 오랜 옛날부터 이곳 사막지대에 사는 사람들이 지하수로를 파서 그 물을 식수와 농업용수로 사용했다고 하더군. 수백 리 이상 되는 거리를 지하의 진흙층에 굴을 파서 물을 끌어온다는 거야. 그런데 간혹 지하수로가 막힐 때가 있어서 군데군데 수직굴을 파놓는다고 하더군. 그것이 바로 지금 우리가 찾고 있는 우물인데, 사람이 그 수직굴을 통해 지하로 내려가 막힌 수로를 뚫는다는 거야."

담덕은 사막에 사는 사람들의 지혜에 놀라움을 금치 못했다. 천산산맥으로부터 진흙 굴의 지하수로를 뚫어 수백 리 이상 물을 끌어온다는 사실이 도무지 믿기지 않았던 것이다. 그것도 한두 갈래의 물길이 아니고 무려 수천 갈래나 된다고 했다.

"물이다! 지하수로로 통하는 우물을 발견했다!"

사방으로 흩어져 굴을 찾던 장정들 중 하나가 소리쳤다. 모두들 그쪽으로 달려가 보니 정말 우물 같은 수직굴이 뚫려 있는데, 그 주위는 돌과 진흙으로 두껍게 테를 둘러 세찬 바람이 불어도 모래나 자갈이 휩쓸려 들어가지 않도록 해놓았던 것이다. 그처럼 지하로 뚫린 우물은 일정 간격으로 이어져 있었다.

장정들은 우물이 있는 곳마다 흩어져 두레박을 지하수로로 내려 보냈다. 지하수로는 의외로 깊었다. 말고삐를 연결해 만든 줄을 한참 동안 늘어뜨려서야 물이 흐르는 수로 밑바닥에 두레박이 닿았다. 지하 깊이 흐르는 물이라 그런지 찌는 듯한 날씨에도 물은 시원했다. 장정들은 각자 돌아가며 물을 실컷 마신 후 말들에게도 물을 주어 갈증을 가시게 했다.

그러다 보니 시간이 꽤나 많이 지체될 수밖에 없었다. 어느 사이 해가 서편 하늘로 한참 이동해 있었다. 그때까지도 해는 지글지글 끓는 듯 뜨겁고 강렬한 빛을 쏘았다. 하늘과 땅이 온통 불가마 속 같았다.

사기가 막 대상단을 출발시키려고 할 때였다.

"비적이다! 비적 떼가 나타났다!"

눈 밝은 장정 하나가 손가락으로 먼 들판을 가리키며 소리쳤다. 뿌연 모래 먼지가 막막한 들판 저 끝에서 구름처럼 일어나고 있었다. 자우룩한 먼지에 가려 인마의 그림자는 보이지 않았으나, 말 울음소리와 휘파람 섞인 요란한 외침이 들려왔다.

"모두 전투태세를 갖추어라! 말이 놀라면 안 되니 저만큼 앞으로 나가 비적 떼가 말들에게 접근하지 못하도록 철저히 막아라."

사기가 말 위에 훌쩍 뛰어올라 칼을 빼어들며 소리쳤다.

담덕과 마동도 급히 말을 타고 전투태세를 갖추었다. 담덕은 활과 화살을 챙겼고 어깨에는 칼을 메었다. 마동은 오른손에 창을 비껴들고 왼손으로 허리에 찬 수리검을 확인했다.

드디어 인마의 모습이 가까이 다가왔다. 그 뒤로 말발굽에서 일어난 먼지가 폭풍처럼 하늘을 덮고 있었다. 그래서 희뿌연 먼지 위로 우쭐대는 비적 떼들의 머리만 시야에 들어왔다. 천으로 질끈 동여맨 그들의 머리는 길게 늘어져서 마치 말의 갈기처럼 바람에 휘날렸다. 먼지에 가린 말과 그들은 한 몸이 된 듯 같이 움직였다.

이히히히힝!

끼야호!

말 울음소리와 비적 떼들의 함성이 점점 가까워졌다. 말을 탄 비적 떼들은 괴상한 소리를 지르며 창칼과 도끼 등을 들고 대상단을 향해 순식간에 덮쳐 왔다. 그것은 마치 사막의 바다를 가로질러 오는 질풍노도와도 같았다.

비적 떼와 대상단 장정들은 금세 어지럽게 얽혔다. 피아를 분간하지 못할 정도로 모래 먼지가 자우룩하게 이는 가운데 창칼 부딪치는 소리만 요란했다. 누가 누구를 찌르고 베는지도 몰랐다. 모래 먼지 속에서 불쑥 얼굴을 들이밀고 덤벼드는 것은 적이었다.

담덕도 멀리서 오는 비적 서너 명을 활로 쏘아 거꾸러뜨렸으나, 다른 비적들이 떼로 몰려오자 칼을 빼어들고 대적할 수밖에 없었다. 마동 또한 왼손으로 수리검을 날리면서 오른손으로는 창을 휘둘러 적의 창칼을 막았다.

"압!"

"옛!"

"허억!"

"으악!"

기합소리와 비명소리가 뒤죽박죽으로 얽혀 들려왔는데, 누구의 기합이고 또 어느 쪽의 비명인지 구분이 안 갔다. 먼지 구름이 자욱한 가운데 피아의 구분을 할 수 없으니 먼저 보고 베거나 찌르는 것이 상수였다. 이럴 때는 감각적으로 칼을 휘두르고 창으로 찌르는 수밖에 없었다. 이와 같은 전투적 감각은 숱한 무술 연습의 결과이기도 했다.

한동안 비적 떼와 상단 장정들이 얽혀 난전을 치르고 있는데, 이번에는 비적 떼들 뒤쪽에서 또 한 떼의 군마들이 나타났다. 싸움판으로 뛰어든 그들은 닥치는 대로 비적 떼들을 베어 넘겼다. 졸지에 싸움판의 가운데 끼게 된 비적 떼들은 위기를 느끼자 급히 말 머리를 돌려 달아나기 시작했다.

비적 떼들이 다 달아난 뒤에 대상단을 위기에서 구해 준, 정체를 알 수 없는 군마의 우두머리가 앞으로 나섰다.

"어디로 가는 상단이오?"

얼굴에 하얗게 먼지를 뒤집어 쓴 우두머리가 칼을 빼어든 채 물었다. 그의 칼날은 온통 피로 얼룩져 있었다.

이때 사기가 앞으로 나서며 말했다.

"뉘신지 정말 고맙소. 우리는 강남에서 온 상단이오."

"그럼 건강성에서 온 상단이겠군?"

"그렇소. 그대들은 어느 상단이오?"

사기가 물었다.

"우린 장안에서 온 상단이오. 나는 장안 진유량 대상단의 행수 조환이라 하오."

조환이 흰 이를 드러낸 채 빙그레 웃었다. 얼굴이 햇볕에 그을려 시커멓게 탄 데다 먼지를 뒤집어쓴 채 땀이 그대로 말라붙어 서로가 형상을 구분하기조차 힘들 정도였다.

"이번에 건강의 왕유징 대상단과 백제의 대상단이 합동으로 서역의 말을 구매해 귀환하는 길이오. 나는 백제 대상 사기라 하오. 우물에서 길어 올린 물을 마시며 잠시 휴식을 취할 때 비적 떼를 만난 것이오. 위기에서 구해 줘 대단히 고맙고, 이렇게 만나게 되어 반갑소."

사기가 조환을 향해 손을 번쩍 들었다.

"뭐? 사기? 네가 백제에서 온 사기라고? 어쩐지 그 목소리가 귀에 익다 싶었다. 네 이놈, 잘 만났다."

갑자기 조환이 고구려 말로 소리치며 칼을 높이 치켜들었다.

"뭐, 뭣이라고? 그대가 나를 안단 말이오?"

"그래, 이놈아! 원수는 외나무다리에서 만난다고 하더니. 사기야, 넌 내 목소리도 잊었느냐? 네놈에게 속아 수곡성 전투에서 이렇게 한 팔을 잃어버린 고구려 장수 두충이 바로 나다."

조환은 쇠갈고리를 매단 왼쪽 팔의 의수를 들어 보이며 눈을 부릅떴다.

"뭐, 뭐? 두, 두충이라고?"

사기는 당황한 나머지 말 머리를 돌려 달아나려고 했다.

"네 이놈! 그동안 이 칼이 울면서 네놈의 목을 기다리고 있었다. 어딜 도망가려고 하느냐?"

조환이 사기의 목을 향해 칼을 휘둘렀다. 사기는 얼떨결에 칼을 피하면서 소리쳤다.

"여봐라! 이놈의 패거리들도 다 도적떼들이다! 모두 살육하라! 마동과 마덕은 뭐하고 있느냐? 어서 저 외팔이 놈의 목을 쳐라!"

사기는 이렇게 외치며 말에 박차를 가해 달아나기 시작했다.

"너희들은 건강의 상단과 싸우지 말고 대치만 하고 있어라. 내가 저놈의 목을 끊어 올 때까지 기다려라! 사기, 이놈아! 어딜 달아나려고 하느냐?"

조환은 자신의 상단을 향해 지시를 한 후 곧바로 말에 채찍을 가해 사기의 뒤를 쫓았다. 혼쭐이 나서 달아난 사기는, 그러나 멀리 도망가지 못하고 숨을 헉헉대기 시작했다. 조환은 곧 그의 뒤를 바짝 따라붙었다. 사정거리에 들어오자 조환은 칼을 칼집에 꽂고, 말안장에 꽂아둔 짧은 표창을 꺼내들어 사기를 향해 힘껏 던졌다. 사기의 등을 향해 던진 표창은 말의 엉덩이에 꽂혔다. 그 순간, 말이 펄쩍 뛰는 바람에 사기는 말 등에서 떨어져 땅바닥에 데굴데굴 굴렀다.

온몸이 모래투성이가 된 사기가 무릎을 꿇더니 두 손을 싹싹 비볐다.

"두충 장군님! 한 번만 살려주십시오."

조환도 말에서 뛰어내려 사기에게 다가갔다.

"사기야! 네가 빈다고 내가 용서해 줄 것이라 생각하느냐?"

"전쟁도 끝났지 않습니까? 제발 목숨만 살려주시면 제가 서역에서 끌고 온 말들을 다 드리겠습니다."

사기는 눈물까지 뚝뚝 흘리며 하소연했다.

"두 번 다시 네놈에게 속지 않는다."

조환은 칼을 들어 가차 없이 사기의 목을 쳤다. 그러자 목 없는 사기의 몸이 퍼들퍼들 떨다 모래땅으로 픽 쓰러졌다. 그리고 그의 머리는 피와 모래에 뒤범벅이 된 채 땅바닥에 데굴데굴 구르다 멈추었다.

4

조환이 도망치는 사기의 뒤를 쫓아간 후 건강 대상단과 장안 대상단은 어정쩡한 가운데 대치국면에 들어갔다. 서로 상단 우두머리가 사라져버렸으므로 책임지고 지휘를 맡을 자가 없었고, 갑자기 두 사람 사이에 일어난 일의 내막을 모르므로 함부로 상대를 향해 공격을 가하기도 애매한 상황이었다.

그런 가운데 담덕은 비적 떼에게 공격을 받아 죽거나 상처를 입은 건강 대상단의 피해 상황을 어림짐작으로 파악해 보았다. 건강 대상단 중 왕유징 대상의 장정들은 대체로 피해가 적었으나 사기가 백제에서 대동하고 온 장정들은 사상자가 많았다. 동진보다 백제의 장정들이 사막의 행로에 서투른 데다 더위에 대한 적응력이 약해 심신이 지친 탓이었다. 또한 조환이 이끌고 온 장안의 대상단 장정들과 비교해 보니 건강의 대상단이 수적으로 너무 열세였다. 함부로 공격하다가는 큰 낭패를 보기 십상이었다.

이때 담덕의 머리가 재빠르게 돌아갔다. 어떻게 해서든 이 어려운 상황에서 국면 전환의 기회를 노려야만 했던 것이다.

"미치겠군! 대체 갑자기 나타난 저 녀석들은 뭐야?"

마동이 턱으로 장안의 대상단을 가리키며 중얼거렸다.

"가만있어 봐! 지금 우리는 중대한 갈림길에 놓여 있어."

담덕은 조환이란 인물에 대해 생각해 보았다. 조환 스스로 사기에게 말하기를, 자신은 고구려의 장수 두충이라고 했다. 수곡성 전투라면 고국원왕이 백제를 공격하러 갔다가 대패한 싸움이란 것을 담덕은 스승 을두미를 통해 익히 들을 바 있었다. 또한 사기 역시 자신이 그 전투에서 고구려군에 가담했다가 몰래 도망쳤고, 백제군에게 기밀을 알려주어 큰 공을 세웠다고 자랑삼아 말한 적이 있었다. 말하자면 사기는 고구려의 원수인 셈이었다.

여기에서 담덕은 마음속으로 결단을 내렸다. 사실 사기의 경우 언젠가 기회를 잡아 제거해야 할 존재였다. 끝내 사기가 명마를 백제로 가져간다면 고구려 입장에서는 막대한 피해가 예상되었다. 아마도 백제는 서역의 명마를 가져다 종마장을 만들어 많은 군마를 키워낼 생각인 것 같았다. 그렇다면 더더욱 사기를 백제로 살아 돌아가게 할 수 없었다.

담덕이 이런 생각에 몰입해 있을 때, 사기와 조환이 사라진 벌판 저쪽에서 회오리 같은 먼지가 일어나면서 말이 전속력으로 달려오는 모습을 볼 수 있었다. 필마단기로 달려오는 사람은 조환이었다. 그의 오른손에는 사람의 머리가 들려 있었다. 시뻘건 피가 뚝뚝 떨어지는 그 머리는 두말할 필요도 없이 사기의 것이었다.

조환은 두 상단이 대치한 곳에 이르자 사기의 머리를 번쩍 치켜들었다. 그는 휘파람을 불듯 길게 숨을 내쉬더니, 두 상단을 둘러보며 잔뜩 충혈된 눈을 지릅떴다. 아직도 분노가 삭지 않은 듯 그의 얼굴은 벌겋게 달아올라 있었다. 회색 먼지를 뒤집어쓰고 있었지만, 피부의 붉은 기운이 더 강하여 밖으로까지 드러났던 것이다.

"중원에서 서역으로 행상을 다니는 상단들에게는 의리가 있다. 따라서 국가나 주군을 달리 모신다 하더라도 위기가 닥쳤을 때는 서로 도울지언정 다투지 않는다. 다만 건강 상단의 행수인 이놈은 나와 개인적으로 원수지간이었다. 그러므로 건강 상단에게는 원한이 없으니 안심해도 좋다. 사기는 백제 출신이고, 서역의 명마를 구해 백제로 가져가려는 놈이다. 나는 그것을 용납할 수 없다. 따라서 저 말들의 절반은 건강의 상단에서 가져가고, 나머지 절반은 여기 사기의 수하인 백제 놈들을 포로로 삼아 내가 장안으로 가져가겠다. 나는 고구려 장수 출신으로, 이 명마들이 백제로 가는 것을 원치 않기 때문이다. 자, 너희 행수의 머리는 돌려줄 테니 알아서 사막에 장사 지내도록 하여라."

조환은 사기의 머리를 건강 상단 앞으로 툭 던졌다. 머리가 데굴데굴 굴러 또 한 번 먼지를 뒤집어썼다. 피와 먼지가 뒤범벅이 된 그것은 긴 머리털만 없다면 머리인지 돌덩인지 잘 구분이 되지 않을 정도였다. 다만 아직도 베어진 목덜미 쪽에서는 피가 배어나와 메마른 땅을 적시고 있어서, 그것이 방금까지 살아 있던 사기의 머리통임을 말해 주고 있었다.

건강 상단은 잔뜩 긴장했다. 특히 조환의 말을 듣고 난 백제의 장정들은 모랫바닥에 굴러떨어져 흙투성이가 된 사기의 머리를 보자 분노가 치솟아 각자 병장기를 더 단단히 움켜쥐었다.

"네가 고구려 장수 출신이라고? 그렇다면 더더욱 네놈들의 포로가 될 수 없다. 여기서 사생결단을 내자."

백제 장정 중 하나가 결기 있게 소리쳤다.

"자, 잠깐!"

담덕이 급히 손으로 저지를 하고 나섰다.

"너, 너는 뭐냐? 행수님의 호위무사란 녀석이 저 흙바닥에 떨어진 머리도 보이지 않느냐?"

또 다른 백제 장정이 담덕을 노려보았다.

"이런 사막 땅에서 개죽음을 당할 수는 없습니다. 좋은 방도를 찾아봅시다."

담덕은 그러면서 조환에게로 몸을 돌렸다.

"좋은 방도라? 꼬마 녀석이 매우 당돌하군!"

"방금 전에 행수께선 서역과 교류하는 대상단끼리는 의리가 있다고 하셨습니다. 그런데 비적 떼와 다름없는 약탈행위를 한다면 그것을 의리라고 할 수 있겠습니까?"

담덕은 당당하게 따지고 들었다.

"허허헛! 너 말 한번 잘하는구나? 누가 약탈행위를 저지르고 있다는 것이냐?"

"저 비싼 돈을 주고 사오는 명마를 절반이나 가져가겠다는 것이 약탈행위가 아니고 무엇입니까? 더구나 백제 장정들을 전부 포로로 삼겠다니. 여기는 전쟁터가 아닙니다. 착각하지 마십시오."

"네 말이 참으로 맹랑하구나."

조환의 언성이 아까보다 약간 누그러져 있었다. 담덕의 말에 조금도 틀린 구석이 없었으므로 더 이상 반박할 말을 찾지 못했던 것이다.

"협상을 하자는 것입니다."

"협상?"

조환은 담덕의 말에 끌려 들어가고 있었다.

"말과 사람 중 하나만 선택하십시오. 그래야 공평하지 않습니까?"

"그건 안 된다. 백제 놈들은 나의 원수다. 사기 놈에게 속아 이렇게 되었지만, 실제로 내 왼팔을 자른 놈은 백제의 장수였다. 그리고 저놈들이 명마를 가져갈 경우 내 조국인 고구려에 엄청난 해를 끼치게 될 것이다. 둘 다 양보할 수 없다."

조환은 확실하게 선을 그은 듯 말을 끝내자마자 한일자로 굳게 입을 다물었다. 더 이상 조건을 내걸어 봤자 들어줄 턱이 없다는 태도였다.

"그렇다면 백제 장정들을 살려 보내는 대신 사기 행수의 호위무사를 맡았던 우리 두 사람을 포로로 삼으십시오. 그것도 안 된다면 조 행수께선 더 이상 서역 행상에 나설 자격이 없어집니다. 이 소문이 장안 바닥에 널리 퍼질 것이고, 그리되면 대상들이 조 행수를 신임하지 않게 될 테니까요."

담덕의 말에 마동이 눈을 휘둥그레 떴다. 대체 어찌하려는 것이냐는 뜻이 그 표정에서 역력히 느껴졌다.

조환은 상단을 이끄는 행수답게 빠르게 머리를 굴렸다. 비적 떼와 싸울 때 그는 담덕과 마동이 소년 무사답지 않게 무술이 월등히 뛰어난 것을 목격했던 것이다. 그래서 사기가 어린 그들을 자신의 호위무사로 데리고 다닌 것도 충분히 이해가 되었다.

"포로가 된다는 것이 무슨 뜻인지 아는가? 내가 너희들을 노예로 팔아먹든 종으로 삼든 마음대로 해도 된다는 것이다. 너희들의 목숨이 내 손아귀에 있다는 것을 명심하라. 진정 그리할 수 있겠는가?"

조환은 넌지시 담덕과 마동의 의중을 떠보았다.

"백제 장정들을 털끝 하나 건드리지 않고 보내주신다면 그렇게 하지요."

담덕은 그러면서 마동을 바라보고 염려 말라는 듯 눈으로 신호를 보냈다.

"좋아! 어린놈들에게 비적 떼니 약탈행위니 하는 소리 듣는 것도 좋지 않으니, 우리 상단이 저 두 녀석을 포로로 삼고 말 1백 두만 가져가겠다. 나머지는 건강 상단의 차지이니 마음대로 해라!"

조환은 말 3백 두 중 2백 두를 건강 상단에 주더라도, 사기가 없는 한 그것들이 백제 소유로 넘어가기는 힘들 것이라 판단했다. 건강 상단도 조환의 협상 조건을 수락하지 않을 수 없었다. 왕유징 대상단 장정들로서는 손해 볼 것이 없었고, 백제 장정들도 그나마 목숨을 부지하는 것을 천만다행으로 여기고 있었다.

건강 상단은 말 2백 두를 이끌고 먼저 떠났다. 백제 상단의 장정들은 담덕과 마동을 장안 상단에 남겨두고 미련 없이 건강 상단 장정들의 무리에 합류했다.

이렇게 하여 담덕과 마동은 조환이 이끄는 장안 상단의 포로가 되었다. 그들은 장안까지의 긴 여정 동안 밧줄로 몸을 포박당한 채 건초를 실은 수레에 얹혀 끌려가는 신세가 되고 말았다.

"왕자님, 대체 어찌하려고 그러십니까?"

털털거리는 수레 위에서 마동이 불안한 눈길로 담덕을 바라보았다. 백제에서 동진으로 무역선을 타고 올 때부터 두 사람만 있을 경우 마동은 반드시 담덕을 왕자로 대우했다.

"어차피 백제 장정들과는 떨어져야 할 운명이었다. 그들이 우리의 정체를 알기 전에 장안 대상의 포로가 된 건 참으로 다행한 일이다. 조환이 이끄는 대상들을 따라가면 마음대로 장안 구경도 할 수 있지 않겠느냐?"

담덕이 느긋한 표정으로 웃었다.

"우린 이제 저들의 포로가 되었다구요. 장안에 간들 무슨 뾰족한 수가 있겠습니까?"

"조환이 고구려 장수 출신이라 하지 않더냐? 고구려 사람들끼리는 통하는 법이다. 그가 어찌해서 장안 상단의 행수가 되었는지 그 내막도 듣고 싶다. 또한 장안에 가면 육로를 통해 고구려까지 갈 방도를 찾을 수 있을 것 아니냐?"

담덕의 태연한 모습을 보고 마동은 그저 어이가 없다는 듯 한동안 벌어진 입을 다물지 못했다.

태극군

1

장안에 도착한 담덕과 마동은 진유량 대상단의 저택 창고 속에 갇혀 장정들로부터 몸수색을 당했다. 이미 사막에서 포로 신세가 되었을 때 두 사람 다 휴대하고 있던 대도는 빼앗긴 뒤였으나, 혹시 몰라 몸에 숨긴 무기까지 찾아내려는 것이었다.

장정들은 담덕의 품속에서 단도와 필사본으로 엮은 책 한 권을 발견했다. 단도는 그가 오래전 국내성을 떠날 때 부친으로부터 받은 것이고, 필사본은 동진의 재상 사안의 장서 중 태공망의 병법서인 『육도』를 옮겨 적은 것이었다. 마동은 비적 떼와 싸울 때 사용한 수리검을 회수하지 못했으므로, 몸수색에서 나올 것이 없었다.

"흠, 고급 단도로군!"

두 사람의 몸을 수색한 상단 장정은 유독 단도에 관심을 가졌다.

"그 단도만은 안 됩니다!"

담덕이 소리쳤다. 지금까지 목숨처럼 아끼던 단도를 장안에 와서 진유량 대상단 장정에게 빼앗기게 된 것이었다.

"네 이놈! 이런 귀한 단도를 품속에 숨기고 있는 걸 보니 네놈의 정체가 수상하다."

상단 장정은 단도와 필사본을 챙겨 들고 창고에서 나갔다.

"왕자님! 대체 어찌하시려고 그러십니까?"

마동이 뒤로 묶인 손을 풀어보려고 애쓰다 말고 담덕을 쳐다보았다.

"기다려보자! 반드시 조환이란 자가 나를 부를 것이다. 같은 고구려 사람인데 설마 우리를 어찌하진 못하겠지."

담덕은 오히려 느긋한 마음이었다. 상단 장정에게 빼앗긴 단도가 어쩌면 두 사람을 포로 신세에서 구해 줄지도 모른다는 생각을 하고 있었기 때문이다.

한편, 조환은 상단 장정이 가져온 담덕의 단도를 요모조모 꼼꼼하게 살펴보았다. 손잡이에 금장의 용무늬와 삼태극이 새겨져 있었다. 예사 물건이 아니었다. 탁자 위에는 태공망의 병법서 필사본도 놓여 있었다.

조환은 때마침 손장무가 찾아왔을 때 손에 든 단도를 보여주었다.

"혹시 이러한 단도를 어디선가 본 적이 있으시오?"

손장무가 단도를 받아들고 이리저리 살폈다.

"흠, 손잡이가 금으로 장식되어 있군! 이 단도는 어디서 난 것이오?"

"이번에 포로로 잡아온 백제 소년 무사에게서 나온 것입니다."

"백제 소년 무사라? 이 장도粧刀를 가진 자는 신분이 높은 가문의 자제일 것이오. 이 칼자루에 새겨진 삼태극 문양은 서북방의 흉노족들이 즐겨 쓰는데, 어찌하여 백제에서 이런 단도가 나왔는지 모르겠소."

손장무가 고개를 갸우뚱거리며 조환을 바라보았다.

"아무래도 내 생각에는 두 소년 무사가 백제인 같지 않았어요. 고구려 말씨를 쓰더란 말입니다."

조환의 눈이 손장무의 눈과 허공에서 마주쳤다.

"고구려 말씨를 쓴다?"

"고구려 말씨는 백제 말씨보다 억양이 좀 드센 편이지요. 그런데 어찌하여 두 소년이 백제인 행세를 하고 있느냐, 그것이 수상하다는 겁니다. 사실은 그 두 사람의 무술이 출중해서 곁에 수하로 두고 싶은 욕심에 억지를 부려 포로로 삼기는 했는데……."

조환은 깊은 생각에 잠길 때의 버릇처럼 목을 앞으로 빼서 길게 늘어뜨렸다.

"두 소년 중 이 단도는 누구의 것입니까?"

"나이 어린 자의 품에서 나왔다고 들었소. 둘이 형제라고는 하는데 피를 나눈 것 같지는 않고, 나이 어린 자가 아주 영특한 것이 오히려 형 같은 느낌이 들 정도였소."

조환은 그동안 두 소년 무사를 예의 주시하면서 느낀 점을 그대로 손장무에게 말했다.

"가만있자…… 고구려 말씨를 쓴다? 나이 어린 자가 영특하고 어른스러워 보인다?"

손장무는 문득 어떤 생각이 떠오른 듯 긴장된 얼굴로 조환을 쳐다보았다.

"그 나이 어린 자의 품속에서 이 단도와 함께 태공망의 병법서인 『육도』의 필사본이 나왔습니다. 우리 장안에서도 소장하고 있는 자가 많지 않고 개인적으로도 구하기가 매우 힘든 책인데, 그자가 이런 필사본을 가지고 있다니 그야말로 심상찮은 일이 아니겠습니까?"

조환이 손장무에게 필사본을 건넸다. 자세히 책을 넘겨보던 손장무가 조용히 입을 열었다.

"글씨체를 보니 제대로 익힌 솜씨요. 두 소년은 예사 인물이 아닌 것이 틀림없소. 만약 그들이 고구려에서 온 소년 무사이고 이 단도를 가지고 있다면, 저 초원로를 통하여 서역과 교역을 할 때 들어온 물건이 분명하오. 고구려는 오래전부터 초원로를 통해 서역과 교류를 해오고 있었으니까요. 이런 귀한 물건을 가지고 있을 사람이 과연 고구려인 중 누구이겠소?"

"초원로를 통한 교역……?"

조환은 문득 하가촌 대상단 하대용의 얼굴을 떠올렸다. 고구려에서 서역과 직접 교역을 하는 상단은 하 대인의 대상단밖에 없었던 것이다. 초원로를 통하여 서역의 말들을 들여와 종마장을 경영하면서 고구려 철갑기병에 군마까지 공급하고 있다는 걸 그는 너무도 잘 알고 있었다.

"이거 큰일 아니오?"

손장무가 뭔가 짐작 가는 일이 있다는 듯한 눈빛으로 조환을 쳐다보았다. 그 눈빛을 보며 조환도 예리한 것으로 가슴을 찔린 듯 속으로 움찔했다.

"……큰일이라면?"

"갑자기 작년 여름 동부욕살 하대곤 장군과 그 아들 해평의 역모 사건이 떠올라서요. 당시 국내성 공략에 실패한 동부 반군이 다시 책성으로 쫓겨 갈 때 해평의 무리들이 하가촌의 무술도장에 들이닥친 일이 있었지 않습니까? 그때 무술도장의 사부 을두미를 비롯하여 왕손 담덕의 호위무사들이 거의 척살되었는데, 담덕과 그를 따르는 젊은 호위무사를 놓쳐버렸다고 했소. 때마침 폭우가 쏟아져 압록강이 범람했는데, 그 두 사람만 배를 타고 격랑 속으로 휩쓸려 떠내려갔다고 들었소."

"손 행수 짐작으로는 저 창고에 갇혀 있는 소년들이 담덕과 그의 호위무사일 것이란 말씀 아니십니까?"

조환도 그런 예상을 하고 있었던 듯 고개를 두어 번 끄덕이더니 깊은 한숨을 빼물었다.

"이 단도가 바로 담덕 왕자의 신분을 말해 주고 있질 않습니까? 이 단도는 서역과의 교역품이 분명하고, 하대용 상단에서 나온 것이 틀림없소. 그렇다면 이는 필시 지금 고구려 대왕 이련과 왕후가 아들 담덕에게 내린 하사품일 것이오."

"이 태공망의 병법서 필사본을 보고 범상치 않은 인물임을 짐작했소이다. 손 행수의 말을 듣고 보니 내가 짐작한 것과 다르지 않소. 앞으로 우리 대상단은 고구려와 지속적으로 교역을 해야 하는데, 두 사람을 우리가 포로로 잡아놓고 있다는 것이 행운인지 악운인지 알 수 없소이다."

조환은 또다시 긴 한숨을 내쉬었다.

"조 행수가 뭘 고민하고 있는지 알겠소. 그동안 우리 상단이 고구려 동부와 긴밀한 교류를 해온 것이 사실이오. 명색은 호피와 문피紋皮를 얻는 일이었지만, 그 교역이 알게 모르게 그들에게 반역을 준비하는 군자금으로 대준 꼴이 되었음은 부인할 수 없는 일. 그런데 작년 동부군의 반역으로 유랑객이 된 담덕과 호위무사 두 소년을 우리가 창고에 가두어두고 있으니 이를 어찌 처리해야 할지 난감하단 말씀 아니겠습니까?"

"잘 보셨습니다. 나는 전에 동부욕살 하대곤 장군의 호위무사 겸 집사였고, 그것 하나만으로도 변명할 여지 없이 담덕 왕자에게 오해를 사기 충분하지 않습니까? 그래서 아까부터 행운이기보다 악운이란 생각이 드는 것입니다."

조환의 얼굴빛이 흐려졌다.

"허허허! 사막을 호령하던 대상단 행수의 사자후는 어디로 가고 갑자기 그렇게 의기소침해지셨습니까?"

"……예에?"

"그렇지 않습니까? 서역으로 가는 사막지대에서 비적 떼들조차 꼼짝 못하게 하는 조 행수가 아닙니까? 염려 마세요. 저들이 만약 담덕 일행이 맞다 해도 행운과 악운은 손바닥 뒤집기 차이에 불과합니다. 조 행수가 방금 악운이라 말했지만, 그것을 행운으로 만드는 것이 우리 대상단의 기지와 지혜 아니겠습니까? 그것이 바로 상술이지요. 대상단은 적성국에 가서도 목숨까지 걸고 물건을 사고파니, 어쩌면 장사는 전쟁보다 더한 전쟁인지도 모릅니다. 그리고 우리 대상단의 상술은 어려운 역경을 극복하고 악재를 호재로 만드는 데 있습니다."

손장무가 조환을 향해 눈을 찡긋해 보였다.

"허면, 일단 두 소년을 데려다 시험을 해볼 필요가 있겠군요."

"아직 신분을 확실하게 아는 것이 아니므로 반드시 그런 과정이 있어야겠지요. 그 결과 우리가 예상했던 신분이 확실하게 드러난다면, 그때 가서 협상의 상술을 발휘해도 늦지 않습니다."

자신감 있는 손장무의 말에 용기를 얻은 조환은 휘하 장정을 시켜 창고에 갇힌 두 소년 무사를 데려오게 했다.

얼마 지나지 않아 담덕과 마동이 오랏줄에 묶인 채 조환과 손장무가 있는 거처로 끌려 들어왔다. 두 소년과 탁자를 마주하고 앉은 조환과 손장무는 상대를 뚫어지게 쳐다보았다. 그때 조환은 나이 어린 소년의 얼굴에서 언뜻 하대용의 딸 연화의 처녀 시절 얼굴을 본 듯했다. 그 순간, 상대가 틀림없는 고구려 왕자 담덕이라고 판단했다.

"두 사람에게 묻겠다. 너희들은 스스로 백제 행수 사기의 호위무사라 했다. 그런데 내가 사기의 목을 베기 위해 쫓아갈 때 호위무사들인 너희들은 왜 가만히 보고만 있었느냐?"

조환이 두 사람을 번갈아 바라보았다.

"그것은 상단과 아무런 관계없는, 오직 두 사람 개인의 원한에 얽힌 싸움 아니었습니까? 더구나 건강 상단과 장안 상단은 대치 중에 있었구요. 수적으로도 건강 상단이 열세인데, 행수 개인보다는 상단을 지킬 의무가 더 크지요."

담덕이 말했다. 마동은 옆에서 가만히 지켜보고만 있었다.

"이름이 마동이라 했는가? 그대의 의견도 그러한가?"

"그렇습니다."

"흐음, 허면 백제 장정들을 대신해 두 사람이 포로를 자청한 이유는 무엇인가?"

조환은 두 사람을 번갈아 보았다.

"전쟁 상황도 아닌데 서로 간에 피를 흘릴 수는 없질 않습니까? 백제 장정들 전원을 포로로 삼겠다는 것은 일전을 벌이자는 뜻에 다름 아닙니다. 그건 양측 상단 모두에게 피해가 가는 일이지요. 피를 흘리지 않고 합리적으로 해결하는 것이 양 상단 모두에게 이득이 되는 일이라 생각했습니다."

담덕은 눈 하나 깜짝하지 않고 생각한 바를 털어놓았다.

"흐음, 그대는 어린 나이인데도 불구하고 상술에 아주 능통해 있군! 무엇이 득이 되는지 아주 잘 알고 있어. 상술이란 이득이 있는 쪽을 우선순위에 두기 마련이거든. 어디서 그런 지혜를 배웠는가?"

이번에는 손장무가 나섰다.

"지혜는 배워서 익힐 수 있는 것이 아닙니다. 지식의 습득을 통해 오래도록 숙련시킨 통합적인 사고 속에서 지혜가 나온다고 생각합니다. 어떤 경우든 대결 구도 속에서는 서로 상생하는 길을 찾는 것이 정도 아닌가요?"

"어린 나이에 대단한 식견을 가지고 있구먼! 그렇다면 이 단도는 그대의 품속에서 나왔다고 들었는데, 이 귀한 물건을 어디서 구한 것인가? 지금까지 거짓 없이 그대의 속내를 밝힌 것처럼, 이것에 대해서도 바른대로 말해 주기 바라네."

손장무는 마른침을 꿀꺽 삼켰다. 상대에게서 어떤 답변이 나올지 궁금하기도 했지만, 그 역시 지금의 상황이 몹시 긴장되었던 것이다.

그런데 손장무가 손에 들고 있는 단도를 아까부터 유심히 바라보고 있는 눈길이 있었다. 바로 마동이었다. 창고에서 상단 무사들이 담덕의 품속에서 단도를 가져갈 때는 자세히 보지 못해 잘 몰랐었다. 그런데 이제 손장무의 손에 들린 단도를 가까이에서 제대로 볼 수 있게 되자, 갑자기 숨부터 콱 막히는 것이었다. 그는 어린 시절 부친이 품속에 간직하고 다니는 단도를 우연히 본 적이 있었다. 그런데 그것과 똑같은 것을 담덕이 가지고 있었던 것이다.

'이상한 일이다!'

마동 역시 마른침을 꿀꺽 삼켰다.

"어서 말해 보거라. 이 단도는 어디서 난 것이냐?"

이번에는 조환이 다그쳤다.

"조건이 있습니다."

담덕이 짤막하게 말하며 조환과 손장무를 번갈아 바라보았다.

"조건이라면……?"

"지난번 사기 행수의 목을 칠 때 조 행수께서는 스스로 고구려 장수였다고 했습니다. 이 자리에서 그 정체를 밝혀주십시오."

조환은 담덕의 말에 당황했다. 그런 조건을 내걸 줄은 미처 생각지 못했던 것이다.

"너희들은 백제인이 아닌 고구려인이지? 그 억양에서 이미 나는 간파하고 있었다. 그래서 너희 두 사람을 포로로 이곳 장안까지 데려온 것이야."

"알고 있습니다. 우리가 포로가 되기를 작정한 것은 조 행수께서 고구려 출신 장수라고 말했기 때문입니다."

"그렇다면 나의 정체는 이미 알려졌다고 보는데 무엇을 더 말하라는 것인가?"

조환은 이제 점점 더 나이 어린 자가 담덕 왕자임이 확실하다고 판단하였다. 그러나 본인의 입으로 자신의 정체를 밝히기 전까지는 두고 봐야 할 일이었다.

"고구려 장수 출신이 어찌하여 장안에 와서 행수 노릇을 하는가, 묻고 싶은 것입니다."

담덕의 말은 조용조용했지만, 그 조목조목 따지듯 던지는 질문은 조환을 은근히 압박하는 느낌까지 들게 했다.

결국 조환이 먼저 자신의 정체를 밝혔다. 수곡성 전투에서 수하로 있던 사기가 사실은 백제의 첩자였다는 것, 사기가 몰래 백제 진영으로 도망쳐 아군의 기밀을 털어놓는 바람에 고구려군이 대패했다는 것, 자신은 백제군의 무리 속에서 사기를 발견하고 추격하다가 적의 포위망에 갇혔다는 것, 그리고 결국 바위벼랑까지 몰려 적장의 칼에 한쪽 팔을 잘린 채 절벽 아래 강으로 떨어져 구사일생으로 살아났다는 것, 패장으로 수치심을 극복할 수 없어 장안으로 도망쳐 진유량 대상단의 행수가 된 일련의 이야기들을 들려주었다. 그러나 동부욕살 하대곤의 집사 겸 호위무사였다는 사실은 일부러 말하지 않았다. 그것은 나중에라도 밝힐 기회가 있을 것이기 때문이었다.

"이젠 그대가 정체를 밝힐 차례일세."

조환은 잔뜩 긴장되어 뒷머리까지 뻣뻣해져 옴을 느꼈다.

담덕은 조환의 말을 듣고 나서야 적이 안심이 되었다. 만약 고구려를 배반하고 장안으로 쫓겨 온 자라면 자신의 정체를 함부로 밝힐 수가 없을 것이기 때문이었다.

조환과 손장무를 한참 동안 바라보던 담덕은 천천히 입을 열었다.

"나는 고구려의 왕자 담덕이오. 그 단도는 오래전 국내성을 떠나 하가촌 무술도장으로 을두미 사부를 찾아갈 때 부친께서 주신 것이오. 당시 부친은 왕태제였고, 지금은 고구려 대왕이 되셨소."

담덕의 말이 끝나기 무섭게 조환이 벌떡 일어서더니 바닥에 무릎을 털썩 꿇고 군례를 올렸다.

"소신 두충이 왕자님을 뵙습니다."

그러자 손장무도 허리를 깊이 꺾으며 예를 올렸다.

"저는 고구려 유민 출신으로 손장무라 하옵니다. 이곳에서 왕자님을 뵙게 되다니, 이런 광영이 다시없사옵니다. 그동안 소홀하게 대접했던 점 너그러이 용서해 주시기 바라옵니다."

조환과 손장무는 손수 달려들어 두 사람의 포박을 풀어주었다.

"이 먼 타향에서 고구려 출신인 두 분을 만나게 되다니 참으로 감개가 무량합니다."

포박에서 풀려난 담덕은 감동한 얼굴로 두 사람을 바라보았다.

2

장안 거리의 버드나무 가지에 물이 오르고, 한창 샛노란 이파리들이 잎눈을 열기 시작하는 봄이었다. 서북풍은 모래바람을 실어 왔고, 갓 피어난 연녹색 이파리에도 희뿌연 먼지가 내려앉았다. 그래서 도성 안팎은 하늘이고 땅이고 할 것 없이 우중충한 회색빛을 띠고 있었다.

담덕과 마동은 장안에 온 이후 거의 두어 달 동안 도성 곳곳을 마음껏 유람할 수 있었다. 그냥 유람하는 것이 아니라 탐험이라고 해야 옳을 정도로 황궁을 비롯하여 명승고적, 그리고 상설시장인 시전 거리를 두루 살펴보았다. 특히 황궁을 구경할 때는 조환이 안내를 하여 마음 놓고 둘러볼 수 있었다. 그가 표찰 하나만 내보이면 수문장들이 지키는 곳이라도 웬만하면 무사통과였다.

"조 행수께서는 어떻게 황궁도 마음대로 드나들 수 있게 되었소?"

담덕이 물었다.

"전진의 황제께선 우리 고구려에서 나는 호피를 좋아합니다. 고구려와 교역하면서 태백산에서 나는 호피를 황제께 자주 헌상했지요."

"황제가 호피를 좋아한다구요?"

"예, 태백산 호랑이는 이마에 임금 왕 자 무늬가 있지요. 그 무늬가 왕을 상징한다 하여 제후들이 아주 좋아합니다. 황제는 바로 제후들을 다스리기 위하여 하사품으로 호피를 내려 환심을 사곤 하지요."

담덕은 고개를 끄덕거렸다. 조환의 말이 일리가 있었던 것이다. 문득 담덕은 마동과 함께 개마고원 말갈족들이 사는 사냥꾼 마을에 가서 두치와 함께 호랑이 사냥을 하던 기억을 떠올렸다. 당시 잡은 호랑이의 이마에도 분명 임금 왕 자가 새겨져 있었다.

"중원을 다스리는 황제는 연호를 사용한다고 들었소. 황제만 연호를 사용할 수 있다고 하는데, 이것도 제후들을 다스리기 위한 권위의 상징 같은 것입니까?"

황궁 곳곳을 두루 돌면서 담덕은 조환에게 궁금한 것을 자주 물었다.

"맞습니다. 제후들은 절대로 연호를 사용할 수 없지요. 연호는 천하 패권을 쥔 황제만이 사용하는 정치적 상징 수단입니다. 제후가 다스리는 각 나라들은 모두 황제의 연호를 사용해야만 하지요. 그것이 바로 중원 제국의 천하관天下觀입니다. 하늘 아래 황제가 있고, 지상의 땅은 모두 천하를 제패한 군주의 소유가 되는 것이지요. 그러니 각 지역을 다스리는 제후들은 황제에게 조공을 바치고 신하로서 복종해야 합니다. 중원에서 연호를 처음 사용한 황제는 한나라 무제인데, 건원建元이라 했지요. 연호는 모두 나름대로 황제의 위상에 걸맞게 그 뜻이 웅혼합니다."

조환은 그러면서 전진의 부견은 황제로 즉위하자마자 연호를 영흥永興이라 했으며, 한 해 전에 부견을 배반하고 후연을 세운 모용수는 연원燕元이라 했고, 후진을 세운 요장은 백작白雀이라 했다고 설명을 덧붙였다.

"허면 모용수와 요장이 연호를 사용하는 것은 스스로 황제를 칭한다는 것 아닙니까?"

"그렇습니다. 그래서 지금 진노한 전진의 황제 부견이 내심 속만 부글부글 끓이고 있지요. 휘하 장수였던 모용수와 요장 두 사람이 반역을 해 스스로 황제라 칭하고 있으니, 그 타는 속이 어떠하겠습니까? 엎친 데 덮친 격으로 요즘 들어 요장이 곧 부견을 잡아 죽이겠다며 장안으로 쳐들어올 기세라는 소문이 파다하게 나돌고 있습니다."

조환의 말이 맞았다. 이른 봄부터 서북풍의 바람을 타고 들려오는 소문에 의하면, 요장이 이젠 장안까지 밀고 들어와 부견의 세력을 완전히 소탕하겠다고 벼르고 있다는 것이었다.

장안의 황궁을 둘러보고 온 뒤 며칠 지난 어느 날 밤, 조환이 조용히 쉬고 있는 담덕을 찾아왔다.

"이 밤에 무슨 일이 있으시오?"

"왕자님! 긴히 드릴 말씀이 있습니다."

조환이 좌정하기를 기다려 담덕이 물었다.

"무슨 말씀이신지요?"

"이곳 장안은 위험합니다. 폭풍전야입니다. 곧 요장이 군사를 이끌고 쳐들어올 모양이니 당장 내일이라도 피하셔야 하옵니다."

"그렇게 빨리요?"

"예, 요장의 군사가 들이닥치면 장안은 걷잡을 수 없는 전쟁의 소용돌이에 휘말리게 될 것입니다. 양군이 한 치도 물러설 수 없는 극한상황에 도달해 있으니까요."

조환은, 그러더니 갑자기 담덕 앞에 무릎을 털썩 꿇었다.

"아니, 조 행수께서 갑자기 왜 이러시오?"

담덕이 당황해서 소리쳤다.

"왕자님! 이 세상에 비밀이란 없다고 생각합니다. 사실은 제가 그동안 왕자님을 속인 것이 있습니다."

"그것이 무엇이오?"

"저는 예전에 동부욕살 하대곤 장군의 집사 겸 호위무사로 있었습니다. 그런데 동부 군사를 이끌고 수곡성 전투에 참여했다가 백제의 첩자 사기 때문에 대패하고 말았지요."

"그것이 어쨌다는 겁니까?"

"외팔이가 되어 이곳 장안으로 온 이후 진유량 대인 밑에서 행수로 있으면서 저는 서역과 옥 교류를 통하여 많은 이득을 취할 수 있었습니다. 그 자금을 가지고 손장무 행수로 하여금 고구려와 교역을 하도록 해서 태백산 호피와 문피를 구해 왔지요. 그때 동부의 책성이 태백산과 가까워 호피를 구하는 요처로 삼았습니다. 동부에선 우리에게 호피를 팔아 모은 자금으로 군사력을 키워 반란을 책동했구요. 그러니 본의 아니게 왕자님으로 하여금 지금과 같은 큰 고난을 겪으시게 한 것 아니겠습니까? 그 점, 백배 사죄를 드립니다."

"조 행수께선 동부를 떠날 때 해평의 반역 음모를 알고 있었습니까?"

"그건 몰랐지만, 동부욕살 하대곤 장군이 오래전부터 국내성과 거리를 두고 있었던 건 어렴풋이 짐작하고 있었습니다. 저 옛날 연나라 모용황이 고구려에 쳐들어왔을 때 하대곤 장군은 당시 무 왕제王弟의 수하에 있었다고 들었습니다. 하대곤 장군의 양자인 해평은 바로 그 무 왕제의 친아들입니다. 연나라에게 패한 직후 백성들은 고국원대왕보다 무 왕제를 더 추앙하고 있었다고 합니다. 하대곤 장군도 진짜 왕자王者의 면모를 갖춘 인물은 무 왕제라며 주군으로 모시겠다고 했다가 크게 꾸중을 들었다고 하더군요. 당시 연나라 모용황도 무 왕제를 무척 두려워했을 정도니까요. 연나라에 사신으로 파견되어 미천대왕의 유해를 모셔 올 때 무 왕제는 고구려 국경에서 갑자기 사라지셨지요. 하대곤 장군에게 미천대왕의 유해를 안전하게 국내성까지 모셔 가라고 이른 후, 무 왕제는 부여 땅의 깊은 산속으로 숨어버렸던 것입니다. 연나라 모용황이 미천대왕의 유해를 내주는 조건이 바로 그것이었죠. 모용황은 무 왕제가 고구려에 있을 경우 반드시 보복을 하리라 생각했던 깃입니다. 그래서 무 왕제가 고구려를 떠나지 않으면 볼모인 태후와 왕후를 연나라에 계속 묶어둘 수밖에 없다고 엄포를 놓았다고 합니다. 그러나 무 왕제가 고구려 국경에서 사라진 것은 모용황과의 약속을 지키기 위해서이기보다 다른 깊은 뜻이 숨어 있었기 때문으로 보입니다. 만약 무 왕제가 고구려로 돌아가게 된다면 백성들의 추앙을 받고 있는 자신 때문에 형인 고국원대왕의 입지가 매우 곤란한 처지에 놓이게 될 것이라 판단했을 것입니다. 자칫하면 골육상쟁의 왕권 다툼이 일어날 수도 있다는 우려 때문에 무 왕제 스스로 부여 땅의 깊은 산속으로 숨어버렸다고, 당시 수하였던 하대곤 장군은 판단했다고 합니다. 그 후 오랜 세월이 지난 어느 날 무 왕제의 서찰을 든 열 살 난 해평이 동부로 찾아왔습니다. 서찰에서 무 왕제가 부탁한 대로 하대곤 장군은 해평을 양자로 삼았습니다. 그때부터 하대곤 장군은 해평을 통해 옛날 무 왕제가 못했던 왕위 계승의 꿈을 이루겠다고 생각했던 것입니다. 그래서 동부욕살 하대곤 장군은 국내성과 어느 정도 거리를 두면서 기회를 노리고 있었다고 판단됩니다. 제가 집사 겸 호위무사로 있으면서 느낀 대강이 이러합니다. 그러나 제가 동부를 떠날 때는 하대곤 장군이나 해평도 그러한 야심을 외부에 전혀 내보이지 않은 채 군사훈련에만 전력을 다하고 있었지요."

조환의 말을 가만히 듣고만 있던 담덕이 문득 물었다.

"이를테면 심증은 가나 확증이 없었다는 말 아닙니까?"

"그렇습니다. 사실 저는 하대곤 장군을 생명의 은인으로 여겨 왔습니다. 떠돌이 무사 시절 태백산을 헤매다가 절벽에서 굴러떨어져 다 죽게 된 것을, 때마침 사냥 나온 하대곤 장군이 구해 주었으니까요. 그런데 어느 날 국내성에 갔다가 석정이란 괴승을 만났고, 그로부터 장안의 이야기를 듣고 무사보다는 장사꾼이 되어야겠다고 결심했습니다. 책성에 돌아와서 하대곤 장군에게 그 이야기를 했더니 선뜻 허락해 주며, 장안에 가서 돈을 벌어 동부를 도와달라고 하더군요. 그러면서 무사 두 층 대신 상인 노릇을 할 이름으로 조환이라 개명까지 해주었습니다. 그래서 저는 외팔이가 되어 장안에 왔을 때, 서역에서 벌어 온 돈의 일부를 태백산 호피와 문피를 사들인다는 명목으로 손장무 행수를 통해 동부에 보냈던 것입니다. 제 생명을 살려준 은인의 부탁을 거절할 수 없었고, 사나이로서 약속은 지켜야 했으니까요. 그것이 바로 저의 죄입니다."

조환은 하대곤과의 인연에 대해 말하다가 감정이 격해졌는지 흐흑거리며 흐느끼기까지 했다.

"그것이 어찌 조 행수의 죄입니까?"

"결국 제가 동부로 돈을 보낸 것이 군사력을 강화시키는 자금으로 쓰였고, 그 힘을 얻어 동부 군사들이 반란을 일으킨 것 아니겠습니까? 그로 인해 왕자님께서는 본의 아니게 이렇게 유랑생활까지 하시게 되었구요."

"조 행수께서 본인 스스로 판단하기에 죄를 지었다면 그렇다고 칩시다. 그러나 그 이면에는 생명의 은인인 하대곤 장군에 대한 의리가 숨어 있습니다. 이는 충분히 상을 받을 만한 일이라 생각합니다. 그러니 역지사지로 생각해 보면 딱히 조 행수가 죄를 지었다고 할 수도 없지요."

담덕은 그때까지 무릎을 꿇고 있는 조환을 바로 앉게 했다.

"그러면 저의 죄를 용서해 주시는 것이옵니까?"

조환이 자세를 바로잡으며 담덕을 바라보았다.

"용서랄 것까지도 없지요. 아까 이야기 중에 석정 스님을 만난 적이 있다고 했는데, 예전에 우리 고구려에 불교를 전파하기 위해 온 순도 스님을 안내한 바로 그분을 말씀하시는 것입니까?"

담덕은 그 순간 자신에게 불경을 가르친 스승 석정의 얼굴을 떠올렸다.

"예, 맞습니다."

"나는 바로 석정 스님에게 불경을 배웠습니다. 나의 정신적인 지주이자 은사님이시지요."

담덕은 일곱 살 때 하가촌 무술도장으로 떠나던 날, 국내성에서 마지막으로 사부 석정을 보았었다.

"사실 제가 장안에서 황궁을 자유롭게 드나들게 된 것도 석정 스님 덕분이었습니다."

"오, 그래요? 그건 그렇고, 지금부터는 우리 이야기를 시작합시다."

담덕은 조환을 처음 만날 때부터 곰곰이 곱씹어 왔던 생각을 이제는 정리할 필요가 있다고 판단했다.

"우리 이야기라면……?"

"이미 동부의 역모 사건은 끝났습니다. 백제 행수 사기를 통해 들은 이야깁니다. 국내성 군사들에게 쫓기던 동부욕살 하대곤 장군은 끝내 자결했고, 해평은 왜국으로 망명했다고 하더군요. 그러니 이제부터는 고구려를 어떻게 재건하느냐가 중요합니다. 조 행수께서 나를 도와주신다면 우리 고구려는 든든한 지지 세력을 얻게 되는 것입니다. 강한 군사력도 중요하지만, 그보다 먼저 부강한 나라를 만드는 것이 우선 아니겠습니까? 이번 유랑생활을 하면서 백제의 관미성에 가보았습니다. 관미성은 난공불락의 요새이고, 그 요새는 한수로 통하는 관문이기 때문에 백제에선 매우 중요하게 생각하고 있지요. 물론 내 생각도 크게 다르지 않습니다. 하지만 이번에 다른 측면에서 관미성이 중요하다는 것을 알게 되었습니다. 패하 하류의 바다와 만나는 지점에 예성항이 있는데, 이곳이 부소갑에서 산출되는 인삼을 교역하는 국제무역항 역할을 하고 있다란 말입니다. 고구려가 백제로부터 관미성만 탈취하게 된다면 예성항을 고구려의 국제무역항으로 만들어 자연스럽게 인삼 교역권을 확보할 수 있게 되는 것이지요. 나는 조 행수와 앞으로 이와 같은 교역에 관한 일을 논의하고자 합니다."

담덕의 말을 들은 조환은 어떤 감동으로 몸까지 떨려 오는 걸 느꼈다. 아직 담덕은 열한 살의 소년이었다. 그런데 그의 말이나 생각은 이미 중년의 나이를 넘어선 조환 자신보다 훨씬 앞질러가고 있었다.

"왕자님! 허락만 해주신다면 충심을 다 바쳐 왕자님을 돕겠사옵니다. 고구려를 부강한 나라로 만드는 일에 제 모든 것을 바치겠사옵니다."

조환은 감읍한 나머지 다시 무릎을 꿇었다.

"일어나시오. 조 행수께서 이렇게 다짐을 해주시니 내일 이곳을 편안한 마음으로 떠날 수 있을 것 같습니다."

담덕은 조환을 일으켜 세우며 매우 만족스런 웃음을 지었다.

3

담덕과 마동은 장안을 떠날 채비를 하였다. 가까이에서 부견과 요장의 군대가 치열한 공방전을 벌이는 걸 보고 싶긴 했지만, 조환과 손장무가 전쟁에 휩쓸리면 위태로우니 급히 장안을 벗어나는 것이 좋다고 거듭 강조했기 때문이다.

"연나라를 재건한 모용수도 각지에 흩어진 연나라 유민들을 설득해 군사를 조발, 강훈련을 시키고 있다는 소문이 자자합니다. 고구려를 치기 위한 준비를 하고 있는 것인데, 심지어는 오래전 모용황이 볼모로 끌고 온 고구려 유민의 자제들까지 전쟁터로 내보내기 위해 강제동원을 하고 있다는 것입니다. 고구려 유민의 자제들을 선두에 세워 방패막이를 하자는 심산이 아니고 무엇이겠습니까?"

고구려 유민의 아들인 손장무의 목소리에는 은연중에 비분강개의 심리까지 섞여 있었다. 담덕은 곧바로 그 심사를 읽을 수 있었다.

"손 행수의 말을 들으니 서둘러 고구려로 돌아가야겠군요. 달포 이상은 걸리겠지요?"

"워낙 먼 길이니 서둘러 간다 해도 그 이상의 기간이 소요될 겁니다. 허나 가다 보면 연나라 군사들이 곳곳을 지키고 있어, 고구려 국경까지 가는 데도 많은 어려움이 뒤따를 것이라 짐작됩니다. 만약 연나라 군대를 만나 매우 난처한 입장에 처하게 되면, 모용수의 넷째 아들 모용보가 이끄는 군대의 휘하 장수로 있는 고화의 이름을 대십시오. 고화는 고구려 유민 출신으로 모용보 군대의 노장인데, 연나라 군사들 사이에서도 매우 추앙받고 있는 인물입니다. 연전에 시생도 고구려로 상단을 이끌고 가다가 연나라 군대에 잡혔는데, 고화 장군 덕분에 안전하게 풀려날 수 있었습니다. 고화 장군은 시생의 아버지 친구이기도 합니다. 고화 장군의 아들 고발도 모용보 군대에서 아버지를 보좌하고 있습니다. 시생이 두 사람 모두 잘 알고 있으니, 유사시에 제 이름을 대면 그들의 도움을 받을 수 있을 것입니다."

손장무는 진유량 대상단에서 기르고 있는 말 중에서 명마로 알려진 갈색 한혈마를 담덕에게 선물했다. 마동에게는 본인이 말을 잘 다루니 종마장에 가서 마음에 맞는 말을 고르도록 했다.

마침내 담덕과 마동은 장안을 떠나게 되었다. 진유량 대인에게 인사를 마치고 나오자, 조환과 손장무가 각기 두 사람의 말 등에 가죽 주머니 하나씩을 매달아 주었다.

"금붙이를 좀 넣었으니 노자로 쓰십시오."

조환이 담덕을 향해 허리를 깊이 숙였다.

담덕이 손짓으로 만류하려 들자 손장무가 거들었다.

"만약 긴박한 상황이 닥쳤을 땐 목숨을 담보할 수 있을 만큼 요긴하게 쓰일 것이니 사양치 마십시오."

담덕과 마동은 진유량 대상단의 저택을 떠났다. 조환과 손장무가 말을 타고 장안 변두리까지 따라왔다.

"왕자님! 다시 뵙기를 바라옵니다."

"왕자님! 고구려의 영광을 멀리서나마 빌겠습니다."

조환과 손장무의 마지막 인사를 받고 난 담덕과 마동은 까마득하게 펼쳐진 들판을 향해 힘껏 말을 달렸다.

중원 땅은 과연 광활했다. 하루 종일 달려도 낮은 언덕과 들판으로 이어진 땅이 끝 간 데를 알 수 없을 정도로 펼쳐져 있었다. 담덕과 마동이 말을 달리는 양편으로 펼쳐진 들판에는 갓 자라나기 시작한 밀·수수·조 등 농부들이 뿌려놓은 씨앗들이 새싹을 틔워 바람결에 가녀린 이파리들을 하늘거리고 있었다.

"이 땅에서 나오는 곡물들이 과연 얼마나 될까?"

담덕은 말의 속도를 늦추며 곧 뒤따라와 말 머리를 나란히 한 마동에게 물었다.

"대단하지요? 그러니 이 중원을 두고 온갖 종족들이 땅을 차지하기 위해 혈안이 되어 있는 것 아니겠습니까?"

"여기에서 거두어들이는 세수가 다 국고로 들어가고, 그것으로 군사들의 무기와 군량미를 갖추는 것 아니겠는가?"

"그렇겠지요."

"우리 고구려도 광활한 땅이 필요해. 땅은 농부들에겐 부와 행복을 주고, 또한 그들이 내는 세수가 부국강병의 나라를 만들어주니까."

담덕은 사방 지평선으로 연결된 너른 들판을 둘러보며 내심 남다른 감개에 젖지 않을 수 없었다. 고구려의 경우 산악 지형이 많아서 그런 평야지대를 구경하기 쉽지 않았다.

담덕과 마동은 가다가 날이 저물면 자고, 자고 일어나면 다시 말을 달렸다. 벌써 한 달 가까이 되었는데도 중원의 들판은 끝이 보이지 않았다. 이때 담덕은 공자의 『논어』에 나오는 한 구절을 떠올렸다. '학이편'에 '유붕자원방래有朋自遠方來 불역낙호不亦樂乎', 즉 '멀리서 친구가 찾아오니 또한 기쁘지 아니한가?'라는 구절이 있었다. 그 '친구'가 한 달 동안 말을 달려서 찾아온 친구라면, 정말 기쁘지 않을 수 없을 것이라는 생각이 새삼 들었다.

담덕은 중원 땅이 그만큼 넓다는 것을 경험으로 체득했다. 사부 을두미에게서 『논어』를 배울 때는 친구가 찾아왔으므로 그저 기쁘다는 것 정도로 여겼었다. 그런데 실제로 말을 타고 중원 땅을 서에서 동으로 달려보니, 그것이 실감으로 와 닿았다. 얼마나 간절하게 만나고 싶었으면 말을 타고 한 달을 달려서 친구의 얼굴을 보러 오겠는가. 그 간절함을 공자는 '학이편'을 통해 밝히고 있는 것이었다.

황하의 물길을 따라 달릴 때는 말발굽 아래서 황토의 흙먼지가 자욱하게 일어났다. 아침에는 해가 떠오르는 것을 보며 달렸고, 저녁에는 해를 등지고 무조건 동쪽을 향해 말채찍을 휘둘렀다. 강이 가로막혔을 때는 배에 말을 싣고 건너가기도 했다. 그렇게 동으로 동으로만 달려가다 문득 좌우로 길게 가로막은 거대한 산줄기를 만났다.

연나라 세력들이 장악하고 있는 요하 북서부 지역에 가까워졌음을 감지한 마동이 전부터 생각해 두었던 말을 조심스럽게 꺼냈다.

"왕자님! 연나라 군대에 가로막혀 요하를 건너 고구려 국경까지 가기는 힘들 것 같습니다. 제 부친께서 산동에 계십니다. 산동까지 가서, 거기서 다시 배를 타고 해로를 이용해 국내성까지 가는 것이 좋을 듯싶습니다."

"나도 같은 생각을 하고 있었다. 네 부친께서 산동에서 해적을 잡는 일목장군으로 있다는 얘길 전부터 듣고, 나도 꼭 만나보고 싶었지. 이제부터 산동을 향해 말을 달리자."

담덕이 양발로 말의 옆구리를 걷어찼다. 갈색의 말갈기를 세운 말은 전속력으로 들판을 달려 나갔다. 마동도 지지 않고 말을 몰아 담덕의 뒤를 바짝 따라붙었다. 두 사람이 어느 야트막한 산을 등지고 들어앉은 마을에 도착했을 때였다.

"안 돼요. 집안의 대를 이을 우리 아들을 전쟁터로 보낼 수는 없어요."

아주머니가 강제로 자신의 아들을 끌고 가는 군사들의 바짓가랑이를 붙들고 늘어졌다.

"이놈들아! 늘그막에 얻은 귀한 아들이다. 우리 아들 대신 차라리 나를 데려가거라."

노인의 울부짖는 소리도 들려왔다.

동구로 들어서던 담덕과 마동은 말을 탄 군사들과 청년의 부모들이 실랑이를 벌이고 있는 모습을 목격했다.

"무지렁이 같은 고구려 놈들이 말만 많구나. 반항하면 이 자리에서 목을 베겠다."

말을 탄 군사들이 말채찍으로 청년들의 등을 후려치며 엄포를 놓고 있었다.

"멈추시오."

담덕이 군사들을 향해 소리쳤다.

"너는 뭐야? 오, 네놈들도 고구려 놈들이냐? 잘 만났다. 오늘 머리수를 채우지 못해 걱정했는데, 저놈들도 끌고 가자."

군사들이 담덕과 마동에게로 달려들었다.

"너희들은 누구냐?"

마동이 담덕 앞으로 나서며 달려오는 군사들에게 대항했다.

"우린 연나라 모용부 군사들이다. 감히 우리 모용부에게 대드는 네놈들은 누구냐?"

군사들 중 대장인 듯한 자가 앞으로 선뜻 나섰다.

"연나라 군사들이라고? 이제야 알겠다. 네놈들이 우리 고구려 유민 출신 청년들을 끌어다 전쟁터의 선두에 세워 방패막이로 삼으려 한다는 얘길 들은 바 있다. 지금 당장 고구려 유민 출신 청년들을 풀어주지 않으면 이 칼이 용서치 않을 것이다."

담덕이 마동을 제치고 앞으로 나섰다.

"후하하하! 아직 머리에 피도 안 마른 어린놈이 매우 당돌하구나. 하룻강아지 범 무서운 줄 모르는 놈이로다. 여봐라, 저 두 놈부터 사로잡아 묶어라. 고구려와 전쟁을 하게 되면 저 두 놈부터 방패막이로 써먹어야겠다."

대장이 명령하자, 연나라 군사들이 담덕과 마동을 가운데 두고 둘러쌌다. 연나라 군사들 숫자는 대장까지 포함하여 얼추 10여 명 남짓했다. 담덕과 마동은 서로 등을 기댄 채 달려드는 적들을 향해 칼을 겨누었다.

이때 마동은 칼보다 먼저 기선을 제압하기 위해 수리검을 써서 연나라 군사 서너 명을 순식간에 말에서 떨어뜨렸다.

"으앗!"

"악!"

말에서 떨어지며 비명을 지르는 연나라 군사들을 보자, 대장은 당혹감을 감추지 못했다. 그런 대장의 모습을 본 담덕은 먼저 그를 향해 칼을 뺐었다. 대장부터 제압하면 나머지 졸개들은 그대로 항복할 것이라 판단했기 때문이다.

나이가 서른 안팎쯤 되어 보이는 연나라 대장은 담덕의 상대가 되지 못했다. 몇 합 싸워보지도 못하고 그는 담덕의 칼등에 목덜미를 맞아 말에서 굴러떨어졌다.

"항복하라!"

담덕이 대장의 목에 칼을 들이대며 소리쳤다.

"모, 모두들 무기를 버려라!"

대장이 졸개들을 향해 다급하게 명령을 내렸다. 그러자 나머지 연나라 군사들은 무기를 버리고 땅에 꿇어 엎드렸다. 싸움은 너무 싱겁게 끝났다.

"당신은 누구요? 아까 당신이 하는 말을 들으니 우리 고구려 사람들이 즐겨 쓰는 말을 사용하더군. 머리에 피도 안 마른 놈이라느니, 하룻강아지 범 무서운 줄 모른다느니 하는 말은 고구려 속담이오. 솔직히 말하시오. 당신도 고구려 피를 이어받은 유민이 아니오?"

담덕은 마동으로 하여금 연나라 군사들의 무기를 거두게 한 다음 대장을 다그치기 시작했다. 적장이지만 자신보다 훨씬 연배가 높아 보여서 맞대고 하대를 하지는 않았다.

"맞소. 나는 고구려 유민이오."

대장이 고개를 푹 숙였다. 목숨이라도 살아남으려면 순순히 대답을 해야 한다고 판단한 모양이었다.

"헌데 어찌하여 연나라 군대에 들어갔으며, 그 졸개들을 이끌고 고구려 유민들을 괴롭혀 청년들을 끌고 가려 하는 것이오? 정체를 밝히시오."

담덕은 연나라 대장을 노려보았다.

"나는 연나라 모용보 장군이 이끄는 군대에 소속된 고발이라 하오. 부친인 고화 장군 밑에서 부장으로 있소. 이번에 고구려 유민 자제들을 동원하라는 명을 받고 임무를 수행하고 있던 중이오."

연나라 장수 고발은 자신보다 한참 나이가 어린 담덕에게 솔직하게 자기 신분을 털어놓았다. 그가 이렇게 고분고분하게 굴 수밖에 없었던 것은 상대가 어리지만 그 태도와 말투에서 범상치 않은 인물임을 간파했기 때문이다.

"모용보 휘하에 고구려 출신의 고화 장군이 있다는 얘기는 익히 들은 바가 있소. 연나라 군사들조차 존경해 마지않는다는 소문이 났다고 하는데, 그 고화 장군의 아들이라니 반갑소. 허나 오늘의 만남은 실망스럽기 그지없소. 같은 종족에게 칼을 들이대고 채찍을 휘둘러 강제징집을 하는 것은 용서할 수 없는 일이오."

담덕은 고발이 자신의 정체를 솔직하게 밝히자, 같은 핏줄로서 예우를 해서 목소리가 한결 부드러워졌다. 더구나 장안에서 손장무 행수가 고구려 유민 출신의 연나라 장수 고화에 대한 귀띔을 해준 일도 있었기 때문에 한편으로는 반갑기도 했던 것이다.

"죽을죄를 지었습니다. 목숨만 살려준다면 다시는 고구려 유민들을 괴롭히는 일을 하지 않겠습니다."

고발은 어린 담덕을 향해 머리를 조아렸다.

"일어나시오. 나는 당신이 우리 고구려 속담에 능한 것을 보고 동족임에 틀림없다 생각하여 함부로 칼을 쓰지 않고 칼등으로 제압했을 뿐이오. 마을 청년들은 놓아주고, 어서 졸개들을 이끌고 가시오. 그리고 다시는 이 마을에 와서 연나라 군사들이 난동을 부리는 일이 없도록 해주시오."

담덕은 고발과 그의 졸개들이 함께 떠날 수 있도록 놓아주었다. 마동의 수리검을 맞은 연나라 군사들도 급소를 비껴간 곳에 상해를 입어 다시 말에 오를 수 있었다.

연나라 군사들이 떠난 후, 마을 사람들은 담덕과 마동에게 감사하다는 말을 전하고 극진히 대접했다. 두 사람에 대한 소문을 듣고 고구려 유민 촌장 집으로 마을 사람들이 몰려들었다.

촌장이 두 사람에게 물었다.

"소년 무사들이 참으로 대단하오. 그런데 어찌하여 연나라 군사들을 모두 보내준 것이오? 아까부터 그것이 참 이상하다 생각하고 있었소."

"만약 연나라 군사들을 모두 죽이면 이 마을 사람들은 살아남지 못합니다. 그들에게 엄포를 주어 살려 보낸 것은 그런 이유 때문입니다. 그들에게 다시는 이 마을에 오지 못하게 했지만, 다른 연나라 군사들이 또 들이닥치지 않으리란 보장이 없습니다. 그러므로 청년들이 연나라 군사들에게 강제로 징집되지 않게 하려면 당분간 깊은 산속으로 피하는 것이 좋을 것입니다. 소문을 들으니 태산 줄기에는 연나라 군사들의 징집을 피해 숨어든 고구려 유민들이 많다고 하더군요."

담덕의 말에, 그때서야 촌장과 마을 사람들이 고개를 크게 끄덕거렸다.

4

산동은 중원에서 태산 동쪽에 있다고 해서 붙여진 이름이었다. 태산은 평지 위에 우뚝 솟은 큰 산으로, 그 지역에서는 제일 험하고 높았다. 중원 땅에서는 가장 성스러운 산으로 떠받들어, 황제가 하늘에 제사를 지내는 봉선封禪 의식이 행해지는 곳이기도 했다.

고구려 유민 마을에서 하룻밤을 보낸 담덕과 마동은 태산을 향해 떠나기로 했다. 마동은 태산을 빙 둘러 산동으로 가자고 했지만, 담덕의 생각은 달랐다.

"우회하지 말고 곧바로 태산으로 가자. 지금 아니면 언제 태산을 넘어보겠느냐?"

정작 담덕이 말은 그렇게 했지만, 사실은 깊이 생각해 둔 바가 있었다. 바로 태산에 은거하고 있다는 고구려 유민 청년들을 만나기 위해서였다.

때마침 전날 연나라 군사들에게 붙잡혀 갈 뻔한 청년들이 따라나섰다.

"우리들도 데려가 주시오. 태산 속에 들어가 숨어 있겠소."

일행은 두 사람을 포함해 모두 일곱 명이었다.

태산은 고구려의 태백산보다 그 높이나 험하기에서 미치지

116　　　　　　　　　　　　　　　　　　　광개토태왕 담덕

못했다. 평지에 우뚝 솟은 산이라 높아 보였지만, 막상 산속으로 들어서면서 보니 경사도가 밋밋하여 말을 타고 천천히 오르면 고개까지도 수월하게 당도할 수 있을 것 같았다.

그러나 고개 아래에 가파른 길이 있어 담덕 일행은 말에서 내려 고삐를 끌고 올라가야만 했다. 태산 정상에서 중반쯤 되는 곳인 회마령은 말도 되돌아간다는 가파른 언덕길이었다.

겨우 말을 끌고 고갯마루에 올라서서 땀을 식히고 있을 때였다. 등 뒤에서 요란한 외침이 들리더니, 두억시니 같은 사내들이 각자 병장기를 든 채 비탈길을 달려 내려오고 있었다. 행색으로 보아 산적들이 분명했다.

"저 자식들을 어떻게 처리해야 하나?"

마동이 혼잣소리처럼 말했지만, 눈길은 담덕에게 던져두고 있었다.

"어찌하는지 가만히 놔둬 보자구."

담덕은 일단 산적들의 작태를 지켜보기로 했다. 고구려 유민 마을에서부터 따라온 청년들도 두 사람의 눈치만 살피고 있었다.

"꼼짝 말거라. 움직이면 이 도끼가 네놈들 머리를 두 쪽으로 갈라놓을 것이다."

산적들 중 가장 건장한 사내가 도끼를 둘러멘 채 통방울 같은 눈을 굴리며 엄포를 놓았다. 머리에 붉은 두건을 둘러쓴 그의 뒤에 열댓 명의 졸개들이 따라붙고 있었다.

"그대들은 혹 고구려 유민들이 아니오?"

담덕은 다짜고짜 붉은 두건을 향해 물었다.

"무엇이? 아직 젖내 나는 풋내기가 겁도 없구나?"

붉은 두건이 졸개들에게 눈짓을 하자, 그들은 담덕 일행을 빙 둘러싸며 각자 지닌 병장기로 위협을 가했다.

"대체 우리를 어찌하려고 그러는 거요?"

담덕은 태연자약했다.

"보아하니 어느 귀한 집 도령 같은데, 가진 것을 다 내놓으면 보내주고 그렇지 않으면 이 도끼로 요절을 내버리겠다."

붉은 두건은 여전히 큰 소리로 엄포를 놓았다.

"이 산속에 연나라 군사들의 강제징집을 피해 온 고구려 유민들 다수가 숨어 있다 들었소. 우리는 바로 그들을 찾아온 것이오."

"무엇이? 너희들도 고구려 유민들이란 말이냐?"

"바로 찾아온 것 같군. 우리들 역시 연나라 군사들에게 붙잡혀 가지 않으려고 이곳으로 들어온 것이오."

담덕의 말에 붉은 두건은 고개를 갸우뚱거리며 도무지 믿을 수 없다는 표정을 지었다.

"여봐라! 아무래도 이자들의 정체가 의심스럽다. 일단 포박을 해서 산채로 끌고 가자."

붉은 두건의 명이 떨어지기 무섭게 졸개들이 담덕 일행에게 달려들어 손을 뒤로 하여 끈으로 묶었다. 그러는 사이에 나머지 졸개들은 말 뒤에 얹혀 있는 가죽 자루를 풀었다.

"우와, 이건 황금이잖아?"

"횡재했네."

이렇게 떠드는 졸개들 가운데는 저희들끼리만 의사소통을 하기 위해 서로 눈짓을 해가며 고구려 말을 쓰는 자들이 있었다. 담덕은 그 말을 예사로 듣지 않았다.

"이놈들이 수상하구나. 어찌하여 이런 좋은 말에 황금을 지니고 있는가?"

붉은 두건이 어깨에 도끼를 둘러멘 채 물었다.

"고구려 말을 쓰는 사람들이 있는 걸 보면 우리가 아주 제대로 찾아온 것 같군요. 우린 고구려 유민의 자손이오. 이번에 연나라 군대에 끌려가지 않으려고 태산을 찾아온 것이오. 우리를 살리려다 부모가 모두 그들에게 살해당하였소. 그래서 고구려 유민들이 태산에 숨어 있다는 소문을 듣고 숨겨둔 재산을 다 털어 금덩이로 만들어 가지고 이곳으로 달려온 것이오."

담덕의 말을 듣고 붉은 두건은 금세 태도를 바꾸었다. 그러고는 정색을 하고 물었다.

"너희들이 정말 고구려 유민의 자손이란 말이지?"

고구려 말이었다.

"예, 우리를 받아주시오."

마동도 담덕의 눈짓에 따라 고분고분하게 굴었다.

"오늘 좋은 동지들을 만났군! 자, 모두들 산채로 돌아가자."

산적들은 담덕 일행을 앞세우고 말 두 필의 고삐를 잡은 채 시끌벅적하게 떠들면서 산길을 오르기 시작했다.

산적들의 산채는 회마령에서 울창한 숲길을 지나 비탈길을 한참 거슬러 오르는 계곡 안에 있었다. 기암절벽으로 이루어진 계곡은 깊었다. 골짜기 안에는 산자락에 잇대어 지은 굴피 지붕의 귀틀집들이 보였다. 십여 채가 넘는 집들 가운데는 제법 너른 마당이 있었는데, 한눈에 보아도 장정들이 무술 훈련을 하는 곳임을 짐작하기 어렵지 않았다.

산채에 도착하자 붉은 두건은 담덕 일행을 마당 한가운데 무릎을 꿇린 채 두령에게 보고했다.

"회마령에서 수상한 자들이 있어 포박해 왔습니다."

"저들을 어찌하여 이 산채까지 끌고 온 것이냐?"

두령은 의외로 글줄이나 읽은 선비 같은 모습이었는데, 담덕과 마동 일행에게 의심의 눈초리를 던지고 있었다. 그 눈빛이 제법 날카로웠다.

"저들의 말로는 고구려 유민으로, 우리 산채를 찾아왔다고 합니다."

나이 서른 안팎으로 보이는 두령은 천천히 담덕 일행 곁으로 다가왔다. 머리와 검은 콧수염에 감싸인 흰 얼굴이 매우 인상적이었다.

"너희들이 애써 우리 산채를 찾아온 이유가 무엇이냐?"

"고구려 유민들이 연나라 군사들에게 쫓겨 이곳으로 들어왔다는 소문을 듣고 찾아온 것입니다. 헌데 제 발로 찾아온 손님에게 이렇게 푸대접을 하는 법이 어디 있습니까?"

담덕이 두령을 똑바로 쳐다보았다.

"허헛! 어린것이 제법 말은 번듯하게 하는구나."

"이자들이 그냥 찾아온 것이 아니고, 저 말 두 필에 금덩어리를 싣고 왔습니다."

붉은 두건이 말 두 필의 잔등을 가리켰다.

"무엇이? 금덩어리라니? 귀한 집 도령의 일행 같은데, 더욱 수상쩍지 않으냐?"

두령은 고개를 갸우뚱거리며 담덕 일행을 두루 훑어보았다.

"의심도 참 많으십니다. 어른들은 스스로가 솔직하지 못하기 때문에 남을 의심하는 버릇이 있는 것입니다. 그렇게 믿지 못하고서 어찌 산채를 거느리십니까?"

"무엇이?"

두령은 담덕의 당돌함에 놀라지 않을 수 없었다.

"도둑에게도 법도가 있다 들었습니다. 옛말에 이르기를 감춰진 재물을 알아내는 것을 성聖이라 하고, 잘 판단하는 것을 지

知라고 한다 했습니다. 또한 가장 먼저 앞장서 들어가는 것을 용勇, 맨 나중에 나오는 것을 의義, 훔친 물건을 공평하게 나누는 것을 인仁이라 하였습니다. 아무리 산채라 하지만 이렇게 찾아온 손님을 홀대하는 것을 보니 판단하는 능력, 즉 지知가 매우 부족한 듯 보입니다."

담덕의 말에 두령은 당혹감을 감추지 못했다.

"네가 어찌 그것을 아느냐? 어디에서 읽었느냐?"

"『장자』에 나오는 말 아닙니까?"

담덕의 말이 끝나기 무섭게 두령은 뭔가 느끼는 바가 있었던지 급히 졸개들을 향하여 소리쳤다.

"여봐라! 어서 이 귀한 손님들의 포박을 풀어드려라."

곧 졸개들에 의해 담덕 일행의 손발이 자유로워졌다.

두령은 담덕 일행을 자신이 거처하는 집 안으로 안내했다. 그리고 그들을 위해 크게 잔치를 베풀 준비를 하도록 졸개들에게 일렀다.

"고맙습니다. 초면에 실례가 많았습니다."

담덕이 두령을 향해 예를 올렸다.

"보아하니 귀한 집 도령 같은데…… 어찌 이곳까지?"

두령은 아직도 믿기지 않는다는 듯한 표정을 지었다. 그의 말은 밖에서 딱딱하게 대하던 것과는 달리 매우 부드러워져 있었다.

"그것은 차차 이 산채의 식구들이 다 모였을 때 이야기하도록 하지요."

담덕의 이 같은 말에, 마동이 대체 어찌하려고 그러느냐는 눈빛으로 쳐다보았다. 두령이 보지 않는 틈을 노려 두 사람은 여러 번에 걸쳐 눈빛으로 무언의 대화를 나누었다. 오래도록 함께 생사고락을 같이하다 보니 그들은 이심전심으로 통하는 바가 있었다.

"일찍부터 책을 많이 읽은 것 같군. 나도 이곳에 오기 전까지는 서당에서 학동들에게 천자문을 가르쳤네. 선비족들 등쌀에 못 이겨 이곳으로 피신을 오긴 했지만……."

두령은 잠시 말을 끊었다.

"훈장님이셨군요. 이거 공자님 앞에서 문자를 쓴 꼴이 되었네요. 죄송합니다."

"아닐세. 『남화경』에 나오는 도둑의 도가 나이 어린 그대의 입에서 나올 줄은 정말 몰랐네."

두령이 말하는 『남화경』은 『장자』를 달리 부르는 책명이었다.

"어려서부터 경전을 좋아했습니다. 병법서도 좋아하여 두루 섭렵하였지요."

"그러한가? 아직 어린 나이에 놀라운 일이로세. 나도 병법서를 읽은 덕분에 산채에 들어와 두령 노릇을 하고 있네만, 그대가 읽은 병법서 중 무엇이 가장 기억에 남던가?"

"근자에 이르러서는 어렵게 태공망의 『육도』를 구해 읽었습니다."

"강태공의 병법서를? 그것은 좀처럼 구하기 힘든 책이라서 아직 나도 구경조차 못했는데……."

두령은 놀라운 표정으로 담덕을 다시금 쳐다보았다.

담덕은 품속에 간직하고 있던 태공망의 『육도』 필사본을 꺼내 두령에게 보여주었다.

"어렵게 책을 구해 필사한 것입니다."

"흐음……."

두령은 신음을 깨물며 고개를 연신 갸우뚱거렸다. 도무지 담덕의 정체를 알 수 없다는 표정이 역력했다.

그러는 사이 산채에선 곧 잔치가 벌어졌다. 마당에 가득 멍석이 펼쳐졌고, 멧돼지 고기며 각종 산나물들이 상 위에 올라왔다. 동이에 가득 넘치는 술은 미주米酒였다. 흑갈색을 띤 이 술은 흔히 황주黃酒라고도 불렸다.

두목이 먼저 산채의 손님인 담덕과 마동에게 술을 따랐다. 졸개들도 그들 일행인 고구려 유민 마을에서 온 청년들에게 술을 따라주었다.

술을 좋아하는 마동은 저절로 입이 벌어졌다. 군내라도 날 듯 굳게 다물고 있던 그의 입이 드디어 터졌다.

"꼭 술 색깔이 사약 같습니다."

그 말에 산채 식구들 모두 웃음바다가 되었다.

"그렇게 의심이 가면 마시지 말게나."

두목이 마동을 향해 웃으며 술잔을 자기 앞으로 끌어당겼다.

"술잔을 주었다 빼앗는 경우도 있습니까?"

마동은 다시 술잔을 자기 앞으로 거두어 갔다.

"산동에서 나는 술로, 이를 즉묵로주라고도 부른다네. 이 술은 수수로 담그는 고량주와 달리 차조를 재료로 쓰지. 저 하남의 소흥에서는 황주라고 부르기도 한다네."

두목은 모처럼 기분이 좋았다. 산채 식구들도 오랜만의 잔치라 매우 흥청거리는 분위기였다.

담덕은 산채 두목에게서 태산 골짜기에 숨어 사는 고구려 유민들이 많이 있다는 이야기를 들었다. 그들 역시 곳곳의 고갯마루를 지키며 지나가는 길손의 짐을 털어 겨우 연명하며 살아가고 있다고 했다.

술이 몇 순배 돌아갔을 때였다. 담덕이 벌떡 일어나더니 품에서 단도를 꺼내 탁자 위에 꽂았다. 단도의 손잡이가 부르르 떨렸다. 금장의 용무늬와 삼태극이 새겨진 칼자루는 누가 보더라도 범상치 않은 귀중한 물건임을 알 수 있었다. 그것은 지니고 있는 주인의 신분이 고귀하다는 것을 바로 증명해 주었다.

갑작스런 일이라 몹시 당황한 마동도 급한 김에 손이 허리춤으로 먼저 갔다. 누군가 담덕에게 위해를 가하려는 자가 있으면 수리검을 날릴 자세를 취한 것이다.

"나는 고구려 왕자 담덕이오. 이 단도는 내가 일곱 살 때 국내성을 떠나 하가촌 무술도장으로 을두미 사부를 찾아갈 때, 지금의 고구려 대왕이신 부친께서 주신 것이오."

담덕의 말에 산채의 장정들은 모두들 깜짝 놀라 자리에서 벌떡 일어났다.

"무엇이? 고구려 와, 왕자라고?"

여기저기서 웅성거리는 소리가 들렸다.

놀라기는 두령 역시 마찬가지였다.

"자, 모두들 침착해라. 고구려 왕자인지 아닌지는 그의 말을 들어보면 알 것이다. 나도 처음 두 사람을 본 순간부터 예사 인물이 아님을 짐작하고 있었다."

두령의 말에 잠시의 소요가 가라앉았다.

담덕이 다시 입을 열었다.

"여기 계신 분들은 고구려 유민의 자제들로 선비족에게 쫓겨 산으로 들어왔다 들었습니다. 여러분들의 몸엔 고구려의 피가 흐르고 있습니다. 나의 조부이신 고국원대왕께선 오래전 연나라 모용황의 침입을 받아 온갖 치욕을 겪었습니다. 그때 저들은 미천대왕의 능을 파헤쳐 유해를 빼앗아 갔고, 태후와 왕후까지 볼모로 삼아 끌고 갔습니다. 뿐만 아니라 고구려 백성들 5만을 포로로 잡아 퇴각하면서, 저들은 우리 고구려 추격군의 방패막이로 삼기까지 했습니다. 당시 여러분들의 부모형제들이 저들의 포로가 되어 선비족의 도성으로 끌려갔던 것입니다. 그분들은 노예로 팔리고, 성벽 쌓는 노역에 시달리는 등 온갖 수모를 당했습니다. 이 어찌 통탄할 일이 아니겠습니까? 그런 조상들의 피를 이어받은 여러분들의 가슴속에는 아직도 연나라에게 당한 치욕과 분노가 살아 꿈틀거리고 있습니다. 지금 전진의 부견에게 망했던 연나라가 재기를 했습니다. 모용황의 아들 모용수가 선비족을 규합해 후연을 세우고 스스로 황제라 칭하고 있는 것입니다. 우리 고구려와 국경을 맞대고 있는 숙적 후연은 매우 위협적인 존재입니다. 더군다나 모용수는 고구려를 공격하기 위해 여러분과 같은 고구려 유민의 자제들을 징집해, 예전에 여러분의 부모들이 포로가 되었을 때처럼 방패막이의 희생물로 바치려 하고 있습니다. 이러한 때에 고구려의 피를 이어받은 여러분들이 태산 회마령을 넘는 선량한 백성들의 주머니나 터는 좀도둑 노릇으로 세월을 보내서야 되겠습니까? 나는 지금 산동으로 가는 길입니다. 여기 있는 이 사람은 나의 호위무사입니다. 산동에서 해적들을 소탕하여 명성을 날리고 있는 일목장군이 바로 이 사람의 부친이십니다. 여러분들도 나를 따라 산동으로 가서 후연 세력을 소탕하는 일에 앞장서지 않겠습니까?"

담덕은 옆에 있던 마동의 한 손을 잡아 공중으로 높이 치켜

올렸다.

"왕자님! 진작 알아 뵙지 못한 불충을 용서하소서."

두령이 담덕을 향해 무릎을 꿇었다. 그러자 나머지 졸개들도 모두 무릎을 덥석 꿇고 예를 올렸다.

"왕자님, 부디 소인들을 이끌어주소서."

"자, 모두들 일어서십시오. 오늘 이 잔치는 여러분들이 좀도둑의 멍에를 벗고 진정한 고구려의 용사로 다시 태어나는 축배의 자리입니다. 모두들 잔을 가득 채워 건배를 하십시다."

담덕이 소리 높여 외쳤다.

"담덕 왕자 만세!"

"고구려 만세!"

산채가 떠나갈 듯 장정들의 소리는 우렁찼다.

그날 밤 담덕은 두령과 밤이 깊도록 많은 이야기를 나누었다. 두령의 이름은 이정국이었다.

"젊어서부터 학문을 즐겼으나 병법서를 더욱 가까이했습니다. 왕자님께서 거두어주신다면 이 몸이 부서져 가루가 될 때까지 멸사봉공으로 모시겠사옵니다."

"이곳에서 이정국 선생을 만나다니, 나는 참으로 인복이 많은 사람이오. 더구나 산채의 장정들까지 거느리고 있으니 마음이 든든합니다. 선생께서 장정들을 설득하여 나와 함께 산동으로 갈 수 있도록 앞장서 주실 수 있겠는지요?"

담덕은 두령이란 말을 별로 좋아하지 않아, 이정국에게 선생이란 호칭을 썼다.

"이르다 뿐이겠습니까? 일단 내일 아침 산채를 버리고 하산토록 하겠습니다. 가족을 두고 온 사람들이 많으므로 먼저 집으로 돌려보냈다가, 차후 산동으로 모이도록 조처하겠습니다."

이정국의 말에 담덕은 크게 고개를 끄덕였다.

"고맙습니다. 내가 가지고 온 금덩어리들은 집으로 돌아가는 장정들에게 골고루 나누어주도록 하십시오. 젊은이들이 당분간 집을 떠나 있으려면 저 금덩이들이 가족들 생계에 적잖은 도움을 줄 것입니다."

담덕은 장안에서 조환과 손장무가 준 금덩어리의 쓰임새를 비로소 찾았다는 생각에 마음이 뿌듯했다.

5

다음 날 아침, 이정국은 산채의 장정들을 모아놓고 말했다.

"오늘 우리는 이 산채를 비우고 하산한다. 나는 태산 골짜기에 숨어 있는 우리 고구려 유민들을 찾아내 산동으로 갈 것이다. 나를 따라갈 사람은 같이 행동하고, 집에 가족을 두고 온 사람들은 각자 집으로 돌아가 뜻이 통하는 청장년들을 더 모아 산동으로 오도록 하라. 왕자님께서는 말에 싣고 온 금덩어리를 우리들에게 골고루 나누어주어 집에 가져가라고 하셨다. 식구들이 먹고살 길이 마련되면 여러분들도 홀가분하게 집을 나설 수 있을 것이다."

"집에 가셨다가 나중에 산동 항구로 와서 일목장군을 찾으면 다시 우리와 만날 수 있을 것입니다."

마동이 장정들을 향해 소리쳤다.

산채 식구들은 그동안 창고에 쌓아둔 곡물들과 패물들, 그리고 담덕과 마동이 가져온 금덩어리들을 골고루 나누어 어깨에 짊어졌다.

"모두들 몸조심하시오. 연나라 군대를 만나면 붙잡힐 수도 있으니."

담덕이 당부했다.

산채 식구들이 다 떠나고 나서, 담덕과 마동은 회마령을 넘어 산동으로 향했다. 그들을 따라왔던 고구려 유민 마을 청년들도 산채 식구들과 함께 고향으로 돌아가 이웃 마을 청장년들을 모집해 산동으로 오라고 다시 돌려보냈다.

중원 서쪽 청해성에서 발원한 황하는 화북의 너른 들판을 가로지르고 높은 산을 비껴 돌아 동쪽의 발해만에 닿으면서 바다와 합류했다. 중원에서는 장강 다음으로 긴 강이었다.

장안에서부터 황하의 강줄기를 끼고 달려 산동에 이른 담덕과 마동은 마침내 등주(옌타이)에 도착했다. 석양이 질 무렵 그들은 항구와 가까운 산 중턱에 자리한 해룡부 지휘소를 찾아갔다. 그들이 찾는 일목장군이 바로 해적들을 소탕하는 해룡부를 진두지휘하고 있었기 때문이다.

상선과 군선이 즐비하게 늘어선 해변이 잘 바라다보이는 언덕에 해룡부 지휘소가 있었다. 용이 그려진 수많은 깃발들이 바닷바람을 맞아 세차게 펄럭이며 자못 그 위용을 자랑하고 있었다.

바로 지휘소 아래 바다와 면하여 무역 거래가 이루어지는 시전들이 즐비하게 들어서 있었다. 지휘소 입구에는 군사들이 삼엄한 경비를 하고 있었는데, 담덕과 마동이 나타나자 창을 들어 그들의 앞길을 가로막았다.

"무엇 하는 자들이냐?"

경비병 중 하나가 물었다.

"일목장군을 뵈러 왔습니다."

마동이 선뜻 앞으로 나섰다.

경비병들은 곧 마동의 고구려 말을 알아들었다.

"고구려에서 왔나?"

"예!"

마동은 고개를 끄덕거렸다.

"무슨 일로 일목장군을 만나자는 것이냐?"

"일목장군은 나의 부친이시오."

경비병들은 곧 태도가 달라졌다. 급히 한 명이 부대 안으로 보고를 하기 위해 달려갔고, 오래지 않아 말을 탄 장수가 나타났다. 왼쪽 눈에 가죽으로 된 검은 안대를 대고 있어, 한눈에 보아도 일목임을 짐작하기 어렵지 않았다.

일목은 말에서 뛰어내려 마동에게로 달려왔다.

"아버지!"

마동도 일목을 향해 달려갔다.

"네가 업복이 맞느냐?"

일목은 아들을 뚫어지게 바라보았다.

"예, 담덕 왕자님과 함께 왔습니다."

"무엇이? 담덕 왕자님이 살아 계시느냐?"

"예, 아버지!"

마동이 일목을 담덕에게 안내했다.

일목은 담덕 앞에 와서 무릎을 털썩 꿇었다.

"불충한 일목이 왕자님을 뵙습니다."

일목은 한눈에 보아도 담덕이 왕후를 닮았다는 것을 알 수 있었다. 젊은 시절 홀로 가슴 태우며 연모했던 하연화, 그 우아한 모습은 그의 가슴에 화인처럼 뚜렷한 자국으로 아로새겨져 있었던 것이다. 그는 당시 자신의 이름인 추수를 오래도록 잊고 지금까지 일목이란 이름으로 살아왔다.

"일목장군님! 오래전부터 마동에게, 아니 업복에게서 장군님에 대해 자주 들었습니다. 왜 이러십니까? 어서 일어나세요."

담덕은 당황하여 일목에게 팔을 뻗었다.

"아니옵니다. 왕자님, 이 불충을 용서치 마시옵소서."

일목, 아니 추수는 평양성 전투 때 고국원왕을 옆에서 제대로 호위하지 못해 끝내 백제군의 독화살을 맞고 전사케 한 장본인이 바로 자신이라고 생각했다. 오랜 세월 동안 누구에게도 말 못하는 죄책감으로 괴로워하고 있었다. 그런데 그 손자인 담덕을 보자 갑자기 가슴 저 밑바닥으로부터 어떤 울분의 덩어리 같은 것이 솟구쳐 올라왔다.

"불충이라니요? 가당치 않은 말씀입니다. 어서 일어나세요."

담덕의 말에 고개를 들고 일어서는 일목의 오른쪽 눈에는 물안개가 서려 있었다. 그것은 곧 눈물이 되어 볼을 타고 흘러내리면서 스스로 주체하기 어려울 정도로 쏟아졌다.

말할 수는 없었지만, 일목의 눈물에는 두 가지 의미가 담겨 있었다. 하나는 호위무사로서 고국원왕을 제대로 모시지 못한 불충에 대한 자책 때문이었고, 다른 하나는 한때 마음속 연인이었던 연화의 아들을 대하면서 어떤 회한 같은 감정이 묘하게 뒤섞여 마음의 가닥을 잡을 수 없었기 때문이다.

이러한 일목을 보고 담덕뿐만 아니라 마동과 옆에 둘러선 경비병들도 당황하지 않을 수 없었다.

바로 그때였다. 지휘소 안에서 말을 타고 급히 달려오는 한 사내가 있었다.

"왕자님! 살아 계셨군요!"

말에서 급히 뛰어내린 사내는 담덕 앞에 무릎을 꿇고 어깨를 들먹였다.

"아니? 사범님께서 여기는 어떻게?"

어깨를 몹시 들먹이며 울고 있는 사내는 바로 담덕의 무술사범 유청하였다.

"왕자님을 제대로 호위하지 못한 죄 죽어 마땅한데, 생사를 모르고서야 어찌 소장이 눈을 감을 수 있겠습니까? 혀를 깨물어 죽고 싶었으나 이렇게 살아 있는 것은, 오직 왕자님을 뵙게 되길 갈망하는 마음 때문이었습니다."

"을두미 사부님께선 어찌 되셨나요?"

담덕은 하가촌 무술도장이 있는 압록강변에서 마동과 함께 배에 오를 때 마지막으로 본 스승 을두미를 떠올리지 않을 수 없었다.

"그 이야기는 들어가셔서 차차 하시지요."

유청하가 일어나 담덕을 옆에서 호위하며 말했다. 담덕 일행은 곧 일목이 거처하는 해룡부 지휘소로 안내되었다. 일목은 수하들을 시켜 연회 자리를 마련토록 지시했다.

연회 자리에는 가운데 담덕과 마동이, 그 좌우에 일목과 유청하가 앉았다. 유청하로부터 스승 을두미가 해평의 무리들과 맞서다 끝내 그들의 칼에 희생당했다는 이야기를 들으며, 담덕은 눈물이 솟는 것을 애써 참았다. 그는 울음을 참기 위해 입을 한일자로 사리물었다.

"나를 구하기 위해 사부님께서 목숨을 걸고 그들과 끝까지 결전을 벌이셨군요."

담덕은 내면의 심리까지 어찌하지 못해 끝내 울먹이는 목소리로 변하고 말았다.

유청하 자신도 당시 큰 부상을 입고 쓰러졌는데, 해평의 무리들이 떠나고 나서 왕태제 이련과 동궁빈 하씨가 무술도장으로 들이닥쳤을 때 발견되었다고 했다. 무술도장에서 살아남은 장정들은 그를 포함해 겨우 세 명이었다. 그의 나머지 졸개들은 을두미처럼 해평의 무리들에게 희생되고 말았던 것이다.

"소장이 죽지 못하고 이렇게 살아 있는 것은 대왕 폐하와 왕후 전하께서 엄명을 내리셨기 때문이옵니다. 담덕 왕자의 생사를 확인하지 않고는 죽을 수도 없는 몸이라고 준엄하게 꾸짖으시며 소장을 이곳으로 보낸 것이옵니다."

이렇게 연회 석상에서 담덕과 유청하가 그동안 있었던 일들을 이야기하고 나자, 일목과 마동은 부자간의 도타운 정을 주고받았다. 마동은 스승 을두미가 그를 담덕의 호위무사가 되도록 배려해 준 일에서부터, 두 사람이 압록강에서 배를 타고 표류하다 동진의 사신단이 탄 무역선에 구조된 이야기, 백제를 거쳐 중원 땅과 서역까지 두루 돌면서 겪은 이야기들을 줄줄이 늘어놓았다.

"장안에서 두충을 만났다고? 그자가 살아 있었군. 이제 조환이란 이름으로 장안의 대상단 소속 행수 노릇을 하고 있다고?"

일목은 전부터 동부욕살 하대곤의 호위무사 겸 집사였던 두충을 잘 알고 있었다. 그가 수곡성 전투에서 행방불명이 되었다는 것도 풍문으로 들은 바 있었다. 그런데 그가 외팔이가 되어 장안에서 행수 노릇을 할 줄은 꿈에도 몰랐던 것이다.

"흐흐음……."

일목은 웃음이 나오려는 걸 참았는데, 그러다 보니 이상한 신음소리가 되고 말았던 것이다. 두충은 수곡성 전투에서 왼팔을, 자신은 평양성 전투에서 왼쪽 눈을 잃었다. 그리고 자신이 추수라는 이름을 버리고 일목이 된 것처럼 두충도 본래 이름을 고쳐 조환으로 행세하고 있다니, 두 사람 다 묘하게도 엇비슷한 운명의 전철을 밟고 있다는 생각을 한 것이었다.

유청하는 어서 빨리 담덕과 함께 국내성으로 돌아가고 싶었다. 대왕 이련과 왕후 하씨에게 왕자가 살아 있다는 소식을 전해야 한다는 사명감 때문이었다.

담덕이 산동으로 오고 나서 며칠이 지났을 때 유청하가 먼저 말을 꺼냈다.

"왕자님! 이제 국내성으로 출발하시지요."

그러나 담덕은 다른 생각을 갖고 있었다.

"아닙니다. 여기서 고구려 유민 청년들을 기다려야 합니다. 태산에서 만난 그들과 굳게 약속을 했기 때문입니다."

"하지만 국내성에서 대왕 폐하와 왕후 전하께서 왕자님의 소식을 학수고대하며 기다리고 계실 것이옵니다."

"국내성에는 아직 내가 살아 있다는 소식을 알리지 마십시오. 여기서 고구려 유민의 자제들을 기다려, 그들을 일당백의 군사로 키운 다음 국내성으로 함께 갈 생각입니다. 어찌 그냥 혼잣몸으로 가서 대왕 폐하와 왕후 전하를 뵐 수 있겠습니까? 그런 불초한 자식이 되고 싶지 않습니다."

담덕의 이 같은 말에 더 이상 재촉을 할 수가 없어, 결국 유청하도 당분간 산동에 같이 머물기로 했다.

담덕과 마동이 산동에 온 지 열흘 정도 지났을 때, 이정국이 태산 곳곳에 숨어서 산적 노릇을 하던 고구려 유민 청장년들을 이끌고 해룡부를 찾아왔다. 그 수가 무려 2백이 넘었다. 한 달가량 지나자 이정국이 산채를 비우고 하산할 때 졸개들에게 당부한 대로, 그들 또한 집에 들렀다가 고구려 유민 자제들 중 청장년들을 모집하여 데려온 수가 3백을 헤아렸다. 도합 5백이 넘는 장정들이 한 달 사이에 담덕을 찾아 산동의 해룡부로 모여든 것이었다.

일목은 고구려 유민 청장년들을 보고 대단히 흡족한 표정을 지었다. 그들을 통하여 어린 왕자 담덕의 범상치 않은 지도력을 다시금 느끼게 되었던 것이다.

담덕은 유청하를 고구려 유민군의 무술사범으로 삼아 마동과 함께 무술 훈련을 시키는 데 전력을 다했다. 나날이 계속되는 강훈련이었지만, 그들은 정말 열심히 무술 연습에 열중했다.

그러던 어느 날, 일목이 사저에 마련된 욕실에서 온수로 몸을 씻고 있을 때였다. 마동은 마침 아버지를 만나러 왔다가 거실에 벗어놓은 옷을 보았다. 목욕이 끝나기를 기다리던 그는 문득 늘 아버지가 품에 지니고 다니던 단도가 생각나서 벗어놓은 옷을 들춰 보았다. 역시 예의 그 단도가 탁자 위의 옷 사이에 있었다.

단도를 들고 살펴보던 마동은 고개를 갸우뚱거렸다.

'흠, 어찌하여 왕자님과 아버님이 똑같은 단도를 가지고 있는 것일까?'

참으로 알 수 없는 노릇이라고 생각하며 마동은 단도를 원래대로 아버지의 옷 사이에 넣어두려고 하는데, 때마침 담덕이 거실로 들어서다가 그것을 목격했다.

"아니, 그 단도는?"

담덕은 자신의 가슴으로 손을 가져갔다. 늘 간직하고 있는 단도가 만져졌다. 그는 그것을 꺼내 확인해 보고 나서 마동에게 물었다.

"어디서 난 단도야? 이리 줘봐!"

"아니, 이것은……."

마동은 자신의 손에 들고 있던 단도를 숨기려고 했다. 왠지 그래야만 할 것 같았다. 이상하게도 그 단도에 아버지의 비밀이 숨겨져 있을 것만 같았기 때문이다. 더구나 왕자 담덕이 똑같은 단도를 가지고 있으니 부쩍 더 의심이 드는 것은 당연한 노릇이었다.

"이리 줘보라니까."

담덕이 낚아채듯 마동의 손에서 단도를 빼앗은 후 자신의 것과 비교해 보았다. 칼자루에 용무늬와 삼태극이 새겨진 것까지 똑같았다.

"이것은 아버님이 오래전부터 가지고 계시던 것입니다. 왕자님의 단도와 너무 똑같아서 이상하게 여기고 있던 참입니다."

마동이 얼떨결에 말했다.

"흐음, 알 수 없는 일이로군! 여기에도 삼태극 무늬가 새겨져 있어."

담덕도 두 자루의 단도를 비교해 보며 머리를 갸우뚱거렸다.

바로 그때 일목이 목욕을 한 후 속옷을 갈아입고 거실로 나오다가 담덕과 마동을 발견하고 움찔 놀랐다. 그가 놀란 것은 두 사람 때문이 아니라, 담덕의 양손에 들려 있는 똑같은 모양의 단도 때문이었다.

"왕자님이 와 계셨군요? 이런 모습을 보여 죄송합니다."

일목은 예를 갖춘 후 얼른 의복을 챙겨 입었다. 옷을 입으면서 그는 담덕에게 단도에 얽힌 사연을 어찌 말해야 할지 난감하여 얼굴까지 붉어졌다.

"장군! 이 단도는 어린 시절 하가촌 무술도장으로 을두미 사부를 만나러 갈 때 부친께서 내게 주신 것입니다만, 장군께서도 똑같은 단도를 가지고 계시는군요. 자루에 박힌 삼태극 문양까지 너무 똑같습니다."

"아마도 삼태극 무늬는 단도를 만든 장인이 자신이 만든 것이라는 문장紋章으로 표시해 넣은 거겠지요. 칼은 달라도 같은 장인이 만든 것일 수 있을 것입니다. 소장은 초원로를 통해 서역으로 교역을 다니는 대상에게서 그 단도를 구했습니다."

일목은 이렇게 얼버무려 대답하며 담덕의 얼굴을 주시하다가, 다시 또 그 위에 겹쳐 떠오르는 연화의 모습을 어렴풋이 본 듯했다.

"장군! 사실은 장군께 우리 고구려 유민군의 부대 이름을 하나 지어주십사 찾아뵌 것입니다."

담덕은 자신의 단도를 품안에 다시 간직하고, 다른 단도는 일목에게 건넸다.

"오, 그렇습니까? 왕자님의 단도 손잡이에 그려진 삼태극 문양을 따라 태극군이라고 하면 어떨까요? 태극군의 상징 깃발에 삼태극을 새겨 넣으면 더욱 좋겠지요."

일목은 얼른 단도를 품속에 갈무리하며 말했다.

"그것 참 좋은 생각입니다. 유민군을 앞으로 태극군이라 부르도록 하겠습니다."

담덕은 빙그레 웃었다. 그 이름이 어쩐지 마음에 꼭 들었던 것이다.

제4장

요하

1

바람은 북서쪽 몽골고원의 고비사막을 거쳐 대흥안령을 넘어 동남 방향으로 불어왔다. 뿌연 황사먼지가 광야의 하늘을 자우룩하게 점령하고 있는 가운데, 강이 들판을 가로지르며 게으름을 피우듯 느리게 흐르고 있었다.

강안에서 발생한 안개는 황사와 섞여 뿌옇게 번져 나갔는데, 대체 어디서부터 하늘이고 어디까지가 땅인지 구분하기조차 어려울 지경이었다. 강줄기를 따라 좌우에 형성된 진흙과 토사가 섞인 하상은 무성한 갈대가 숲을 이루고 있었다. 그 길게 늘어진 갈댓잎들이 습한 공기로 인해 축축한 물기를 머금은 채 바람에 서걱대고 있었다.

대흥안령 남부에서 발원하여 서쪽에서 동쪽으로 흐르는 물

광개토태왕 담덕

줄기를 서요하, 동북쪽에서 서남 방향으로 이어지는 물줄기를 동요하라고 했다. 이 두 물줄기가 만나 요하의 큰 줄기를 이루는데, 남쪽으로 방향을 틀면서 흐름을 지속하다 발해만으로 빠져 바다와 하나가 되었다.

사람들은 오래전부터 이 요하를 경계로 하여 서쪽을 요서, 동쪽을 요동이라 불렀다. 강의 좌우로 퇴적층이 발달되면서 기름진 농토를 이루었고, 그 주변에 크고 작은 촌락들이 들어섰다. 사람들이 두루 모이는 평지에는 도성이 생기고, 이를 경계하기 위하여 높다란 석축의 산성들이 곳곳에 조성되었다.

겨울부터 봄에 이르는 갈수기가 되면 요하는 물이 줄어 퇴적된 진흙 펄이 시커멓게 드러났다. 서북쪽에서 불어오는 황사바람을 맞아 연록의 이파리를 피워 올리는 초목들도 뿌옇게 먼지를 뒤집어써서, 들판은 황량하기 그지없는 풍경을 자아내곤 했다. 봄이 한창이지만 황사먼지는 사흘이 멀다 하고 찾아와 천지를 싯누런 빛깔로 물들여 놓았다.

황사먼지 저 너머에서 말 울음소리와 함께 질주하는 말발굽소리, 채찍을 휘두르며 말을 모는 와자지껄한 소리들이 들려왔다. 들판 가득한 잡초 사이를 뚫고 한 무리의 기마대가 달려오고 있었다. 말의 머리와 사람의 몸, 그리고 펄럭이는 깃발들이 마치 구름 위에 떠서 헤엄쳐 오는 것 같았다. 말발굽에서 일어나는 먼지가 등 뒤로 안개처럼 피어오르며 구름의 형상을 만들고 있어 더욱 그렇게 보였다.

맨 앞에 달려오는 말은 적갈색 털에 붉은 기운이 감도는 갈기를 휘날리며 전력질주하고 있었다. 말의 몸뚱이는 이슬인지 땀인지 알 수 없는 물기로 번들거렸다. 그리고 그 위에 높이 올라앉은 자의 눈빛은 예사롭지 않은 열기를 뿜어내고 있었다. 땀으로 얼룩진 그의 입에서는 더운 김이 훅훅 뿜어져 나왔다. 그 뒤를 따라 기마대 수백 기가 황색 깃발을 펄럭이며 나타났다. 그들은 전방의 성벽을 향해 달려오고 있었다. 성벽이 가까워질수록 질주하던 말들은 속도를 늦추었고, 말을 탄 군사들도 호흡을 가다듬었다.

맨 앞에서 말을 달리던 자가 문득 허물어진 성벽 앞에서 말을 멈추었다. 황금 투구를 눌러쓴 그는 뒤따라오는 기마대를 향해 손을 번쩍 들었다. 멈추라는 신호였다. 뒤미처 달려온 휘하 장수 두 사람이 그를 좌우에서 보좌했고, 그 뒤를 이어 나머지 기마대 병사들도 성벽 앞으로 몰려들었다.

"이곳이 우리 연나라의 황성이다. 대황제 폐하께서 건설하신 궁궐이다. 두 눈을 똑바로 뜨고 보거라. 폐허가 된 이 궁궐은 우리 묘용부의 가슴이다. 이 가슴을 누가 이렇게 파헤쳐 놨느냐? 그 원흉이 누구이겠느냐?"

적갈색 말을 탄 자가 반백의 수염을 휘날리며 바로 옆에 선 젊은 장수에게 물었다. 금빛 투구를 쓴 그는 모용수였고, 그가 말하는 대황제란 친부인 모용황을 이르는 것이었다.

"예, 폐하! 그 원흉은 부견입니다."

젊은 장수는 모용수의 넷째 아들 모용보로, 그는 호위무사처럼 아버지를 따르고 있었다.

"꼭 그렇지만은 않다. 모용부의 가슴을 파헤친 게 부견의 군대인 것은 사실이나, 먼저 모용부의 가슴을 병들게 한 것은 우리들 자신의 허약성이다. 정신이 병들면 육체가 시드는 법, 짐은 다시 우리 모용부의 정신을 세우고 육체를 강건하게 할 것이다."

모용수가 둘러선 병사들을 바라보며 목소리를 높였다. 육순을 훌쩍 넘긴 나이지만 모용수는 젊은 장수 못지않을 만큼 튼튼한 체력을 갖고 있었다. 7척 장신의 타고난 거구였으며, 특히 팔을 늘어뜨릴 경우 무릎까지 닿아 활쏘기에 능하고 창을 잘 다루었다. 비록 수염이 희끗희끗하지만, 얼굴에는 주름살 하나 없을 정도로 팽팽하고 윤기가 흘렀다. 푸른빛이 감도는 그의 두 눈은 이리의 그것처럼 번뜩거렸다.

그러나 모용보는 모계 혈통을 이어받아 체격이 그리 크지 않은 편이었고, 눈빛도 강하지 않고 부드러웠다. 성격 또한 우유부단하였는데, 아버지 모용수는 아들의 그런 모습이 썩 마음에 들지 않아 내심 고민하고 있었다. 그러나 첫째 아들 모용전이 일찍 죽자 본처인 단씨에게서 낳은 아들 모용보를 곁에 두고 아꼈다.

그들의 이야기는 연나라가 전진에게 망하기 직전으로 거슬러 올라간다. 타고난 용장이었던 모용수의 전공을 시기한 숙부 모용평이 암살을 기도하자, 그는 전진의 부견에게 망명했다. 모용수는 전진의 장수로 있으면서, 일부러 아들 모용보를 부견의 태자 밑에서 말을 씻기고 돌보는 말먹이꾼이 되게 하였다. 직접적인 체험으로 굴욕을 배우게 하기 위해서였다. 천성이 착한 모용보는 부견의 태자 밑에서 말먹이꾼 노릇을 군소리 없이 해냈다. 다른 것은 몰라도 인내심 강한 것 하나만은 모용수의 마음에 들었다.

전진이 비수전투에서 동진에게 패한 후, 모용보는 부친 모용수를 도와 후연을 세우는 데 큰 공헌을 했다. 따라서 모용수는 많은 자식들 중에서 특히 모용보을 후계자로 생각하고, 늘 곁에 두고 틈틈이 군주로서 갖추어야 할 자질에 대해 교육을 시키고 있었던 것이다.

폐허가 된 도성은 바로 전연의 모용황이 세운 용성(차오양)이었다. 요서지역에 위치한 이곳은 지리적으로 볼 때 군사전략의 요충지이면서, 동서남북으로 도로가 발달하여 상업이 성행하던 곳이었다. 그러나 수차례에 걸친 전란을 겪으면서 도성은 폐허가 되어버렸다. 난을 피해 떠난 사람들이 많아 빈집은 허물어지거나 불에 탔고, 농토는 잡초만 무성한 묵밭으로 변했다.

용성뿐만이 아니라 격전지였던 요하 일대가 거의 사람이 살지 않아 황폐화되어 있었다. 모용황 때만 해도 요하를 건너 고구려를 침공하였고, 요동까지 연나라가 통치권을 행사했다. 그러나 전진에게 패망한 이후부터는 어느 나라도 요하지역 진출을 꺼려 무주공산이나 다름없는 땅이 되어버렸다.

그도 그럴 것이, 전진은 남쪽의 동진을 경략하는 데 전력투구하여 동쪽 변방인 요하지역에 관심을 가질 겨를조차 없었다. 그렇다고 고구려가 요하를 넘볼 수도 없었다. 고국원왕과 소수림왕 2대에 걸쳐 전진과 우호관계를 맺고 있었으므로, 내심 요동을 찾고 싶은 마음은 굴뚝같았으나 눈치만 볼 뿐 감히 엄두를 내지 못했다. 더구나 남쪽 변경의 백제가 호시탐탐 공격을 가해 오는 바람에 요하지역 진출은 꿈도 꿀 수 없었으며, 요동조차도 감히 넘보기 어려운 처지였다.

그러는 사이에 전진의 장수로 있던 모용수가 부견을 배반하고 후연을 세우면서 요하지역의 상황은 크게 달라졌다. 이때 고구려도 요동을 비롯한 요하 진출을 꾀하고 싶었으나, 아직은 전진의 부견이 건재하므로 기회만 엿보고 있을 뿐이었다.

부견은 자신의 휘하 장수로 있던 모용수가 후연을 세우자 몹시 분개했다. 하지만 비수전투에서 동진에게 패한 후유증이 심해 후연을 도모할 여력이 없었다.

모용수도 부견이 살아 있는 한 전진 세력을 견제해야 했으므로, 한동안 무주공산으로 남아 있는 요하지역을 넘보지 못했다. 한데 부견 밑에서 같이 장수로 활약하던 요장이 후진을 세우자, 모용수는 이를 틈타 요하지역에 대한 야심을 드러내기 시작했다. 전진의 부견은 후진을 견제하는 데 바빠 요하지역까지 관심을 둘 여력이 없었던 것이다.

"자, 가자!"

연나라의 옛 도성인 용성을 두루 돌아본 모용수는 말에 채찍을 가했다. 모용수가 이끄는 일군의 기마대는 요서지역을 향해 말을 몰았다.

요서지역은 한때 백제가 경략해 지배를 했었는데, 근초고왕 사후 그 세력이 크게 약화되었다. 때마침 후연을 세운 모용수는 아우 모용좌로 하여금 요서지역을 연나라군의 전략기지로 삼도록 했다. 모용수가 일군을 이끌고 용성을 경유해 요서지역에 도착하자, 모용좌는 그들을 극진히 성안으로 맞아들였다. 후연을 건국한 후 모용수가 처음으로 이곳을 방문한 것이었다.

그날 저녁 연회 자리에서 모용좌가 말했다.

"폐하! 요장이 후진을 세우고 나서 부견의 군대를 압박해 오다가 최근에는 장안까지 넘보고 있다 하옵니다. 그러니 이제 사면초가에 몰린 부견의 군대는 우리 동북의 모용부를 넘볼 겨를조차 없습니다. 이때 고구려를 친다면 우리 연나라 대군이 옛날 대황제 폐하의 명성을 되찾을 수 있지 않겠사옵니까?"

"아우가 잘 보기는 했네. 그러나 서둘러서 될 일이 아니야. 고구려를 만만하게 보아서는 안 되네. 그보다 먼저 해야 할 일이 우리 연나라의 도성인 용성을 복원하는 일일세. 이번에 용성에 가보니 부견의 군대가 휩쓸고 간 흔적이 그대로 폐허가 된 채 남아 있더군. 그러니 우선 용성을 복원하고, 각처에 흩어져 있는 우리 모용선비들을 불러 모아야지. 지금은 전쟁을 일으키는 것보다 안정이 더 중요하다고 생각하네. 배가 튼튼해야 폭풍에도 뒤집히지 않는 법이거든. 지금은 언제 어디서 폭풍이 몰아칠지 모르는 광풍의 시대네. 그러니 바람이 잔잔할 때 서둘러 배부터 고쳐야지.”

모용수는 모용좌를 신임했으며, 따라서 중요한 일을 자주 그에게 맡겼다.

“그래도 아직 전진의 부견이 살아 있는 한 고구려는 요동 땅을 함부로 넘보지 못할 것이옵니다. 만약 전진이 무너지면 고구려가 곧바로 요동을 점령하려 들 것이옵니다. 부견이 제 앞가림도 못하고 있을 때 우리가 먼저 요동을 되찾아야 하옵니다. 아직도 고구려인들이 남아 경작을 하고 있지만, 대황제 폐하가 요동을 제압한 이후 우리 연나라가 경영한 땅이지 않습니까?”

모용좌는 마음속 깊이 고민해 오던 바를 털어놓았다. 요하 서쪽에는 용성이, 요하 동쪽에는 요동성이 있었다. 따라서 강을 사이에 두고 오래전부터 연나라와 고구려가 치열한 공방전을 벌여 오던 곳이었다. 그러니 용성의 재건도 중요하지만 먼저 요동성을 선점하여 고구려가 요하를 건너 요서지역을 넘보려는 야망을 초기에 잠재워 버리자는 이야기였다.

"흠, 아우가 거기까지 생각했는가? 으하하하! 듣고 보니 참으로 옳은 말일세. 내일 당장 이곳 군사를 반으로 나누어 일군은 용성 재건을 위해 보내고, 나머지는 요동성을 점령토록 하게. 당분간 요서지역은 여기 있는 아들 보로 하여금 지키게 하겠네."

모용수는 바로 옆에 앉아 있는 아들 모용보를 가리켰다.

"폐하! 이곳에 가만히 앉아 있으니 몸이 쑤시던 중이었사옵니다. 소장이 요하를 건너 요동성을 선점하고, 만약에 모를 고구려의 침공에 철저히 대비토록 하겠사옵니다."

모용좌가 벌떡 일어서서 모용수를 향해 군례를 올렸다. 그는 모용수가 자신의 주장을 들어준 것에 대해 크게 감격하고 있었다.

"요동성을 선점할 때는 고구려 유민 출신의 장정들을 데리고 가십시오. 소장이 수하의 장수들로 하여금 진작부터 고구려 유민 출신의 청장년들을 징집하고 있습니다. 만약 고구려군이 쳐들어올 경우 그들을 방패막이로 세운다면 저들도 함부로 공격하지 못할 것이옵니다."

이렇게 나선 것은 모용보였다. 모용보는 아직 서른 살이 안 된 젊은 장수지만, 고구려 유민 출신의 장수 고화와 그의 아들 고발을 수하에 두고 있었다. 그 두 부자 장수 아래에는 그들을 따르는 고구려 유민 세력으로 이루어진 병사들이 많았다.

"그것 참 좋은 전략이다. 대황제 폐하께서 옛날 고구려를 공략했을 때, 고구려 5만여 백성을 볼모로 잡아 용성으로 끌고 온 적이 있었지. 그들의 자손이 벌써 3대에 이르니 고구려 유민들도 많이 늘어났겠구나. 당시 고구려에는 무라는 왕제가 있었는데 불세출의 명장이었지. 그가 5만의 군사로 우리 연나라 대군을 추격하려 했으나, 볼모로 붙잡힌 고구려 백성들 때문에 포기를 했다고 들었다. 회군할 때 우리 연나라 대군은 볼모로 끌고 오는 고구려 백성들을 화살받이로 삼았던 것이지. 그러니 고구려군이 동족에게 화살을 쏠 수 있었겠는가?"

모용수는 그러면서 통쾌하게 웃었다. 그는 매우 기분이 좋았다. 요동성을 선점하겠다는 아우 모용좌도 마음에 들었고, 고구려 유민 출신 청장년들을 방패막이로 보내자는 아들 모용보의 전략도 기발하다고 생각했던 것이다.

2

"무엇이? 모용선비가 용성을 개축하고 있다고?"

고구려 대왕 이련은 백암성에서 달려온 파발마의 소식을 듣고 용상에서 벌떡 몸을 일으켰다.

"폐하! 그뿐만이 아니옵니다. 후연이 군사를 요동성에 보내자 전진의 태수는 지레 겁을 집어먹고 도망쳐 버렸습니다. 그리고 이제는 연나라 군사들이 요동성을 장악했사옵니다."

백암성 성주 설지후가 보낸 전령병의 말은 더욱 대왕을 긴장시켰다.

고구려 백암성은 요동성 북쪽의 요하 지류인 태자하 절벽에 세운 요새였다. 군사적 요충지일 뿐 아니라 요동성과 인접해 있었으므로, 요하 부근의 연나라 군사 움직임을 가장 빨리 감지할 수 있었다.

대왕 이련은 백암성의 전령이 가져온 소식을 접하자 오장이 뒤틀리는 듯 쓰라린 고통을 느꼈다. 그의 입에서는 저절로 깊은 신음이 튀어나왔다. 그가 태어나기 전, 부왕인 고국원왕 시절 연나라 모용황이 수도를 용성을 옮긴 후 고구려로 쳐들어왔던 치욕의 역사를 떠올렸던 것이다.

백암성 성주가 보낸 서찰을 읽어본 대왕 이련의 손이 부들부들 떨리고 있었다. 서찰에는 모용황의 아들이자 새로 후연의 황제가 된 모용수가 용성을 증축하기 위해 아우 모용좌를 보냈고, 더불어 요동성을 점거하여 요하의 동서쪽 모두 아우르는 지역을 점령했다는 것이다. 이는 다시 옛날처럼 고구려를 침공하겠다는 명백한 의도를 드러낸 것이라고 보아야 했다.

"폐하! 연나라가 전진의 부견에게 망한 것이 지금으로부터 십오륙 년 전이므로, 그동안 버려졌던 용성은 폐허나 다름없을 것이옵니다. 그러므로 성을 개축하려면 적어도 일 년 이상이 소요되므로, 그 전에 우리가 군사를 내어 선제공격을 한다면 반드시 승산이 있을 것이라 판단되옵니다. 더구나 요동성은 옛날부터 우리 고구려 땅이므로 모용선비가 그곳을 선점했다는 것은 선전포고나 다름없는 일이옵니다. 전진의 부견이 요동태수를 세워 다스릴 때는 외교상 어쩌지 못했지만, 지금은 모용선비가 요동을 차지했으니 당장이라도 군사를 출진시켜 초전에 제압을 해야 하옵니다."

국상 고계가 나섰다.

동부욕살 하대곤이 양아들 해평을 내세워 반란을 일으켰을 당시, 고계는 반군을 제압한 공로를 인정받아 국상이 되었다. 고계는 국상의 자리에 오르면서 고구려의 내정뿐만 아니라 군사권까지 모두 장악할 수 있었다. 계루부의 수장으로 그는 오래도록 세도정치를 해온 연나부 세력을 몰아내고 대왕 이련의 왕권을 강화하는 데 공헌한 일등공신이었다.

동부군의 반란 당시 하대곤은 자결을, 해평은 왜국으로 망명을 했다. 그리고 국내성에서 연나부의 수장 역할을 하던 국상 연소불에게는 삼족을 멸하는 무거운 형벌이 내려졌으며, 그를 따르던 연나부 세력들은 대부분 체포되어 목이 달아났다. 이처럼 연나부를 처단한 고계는 계루부를 재정비하여 왕권을 강화했고, 그해 11월 오래도록 병상에 있던 대왕 구부가 서거하고 왕태제 이련이 즉위하면서 전격적으로 국상의 자리에 올랐던 것이다.

"국상의 말이 옳소. 지금부터 국내성의 군사를 정비하려면 얼마나 걸리겠소?"

아직 삼십대 중반인 대왕의 목소리는 패기가 넘쳤다.

"한 달이면 정비를 끝낼 수 있사옵니다. 여름이 되기 전에 요동까지 출격이 가능합니다."

고계 역시 자신감에 충만해 있었다.

"남쪽 변경은 어떠하오?"

"세작들의 보고에 의하면 백제는 내정이 분열되어 대신들 사이에 파벌싸움이 벌어질 조짐이라고 하옵니다. 작년 봄에 죽은 백제왕 수의 뒤를 이어 왕위에 오른 큰아들이 우유부단하여 왕권이 크게 흔들리고 있으며, 그 틈을 타서 반역을 꿈꾸는 세력들이 늘어나고 있다 하옵니다. 그러하니 남쪽 변경은 크게 염려할 필요가 없다고 판단되옵니다."

"허면, 국내성에서 1만의 병력을 차출하여 요동성으로 진군토록 준비하시오. 국상은 국내성을 지키고, 짐이 원정군을 이끌고 요동으로 갈 것이오."

"폐하! 이번만큼은 소장을 요동으로 보내주시옵소서. 아직 담덕 왕자님 소식을 모르므로 폐하께서 국내성을 비우시면 아니 되옵니다."

국상 고계가 한 발 앞으로 나섰다.

"여기서 담덕 얘기가 왜 나온단 말이오?"

대왕 이련의 눈썹이 꿈틀 움직였다. 그 눈에서는 번갯불처럼 시퍼런 빛이 발산되었는데, 간혹 분노의 감정이 일 때면 그런 눈빛을 비치곤 했다. 담덕이 행방불명된 이후부터 대왕 앞에서 그 말을 꺼내는 것은 금기시되어 오던 일이었다.

대왕의 푸른 눈빛이 강하게 찔러 오자, 국상 고계는 뜨끔하여 목소리를 죽였다.

"본의 아니게 폐하께 심려를 끼쳐드렸나이다. 하오나 무엇보다 왕실의 보전이 우선이옵니다. 전날 선대왕들께서 원정군을 이끌고 가실 때는 반드시 국본으로 하여금 국내성을 지키게 하셨습니다. 이는 왕실의 안전을 도모코자 하는 일이기 때문이옵니다."

고계가 말하는 국본은 다음 왕위를 이를 태제나 태자를 일컬었다. 만약의 일이긴 하지만 대왕이 원정을 떠나 유고를 당할 경우, 곧바로 국본이 왕위를 이어야 하기 때문에 중요한 일임에는 틀림이 없었다.

"짐이 어찌 그걸 모르겠소? 허나 대왕이 원정군을 직접 이끌고 전장에 나가는 것은 우리 고구려의 전통이오. 더구나 모용 선비는 부왕의 원수이니, 이번 기회에 짐이 그 포한을 갚으려고 하오. 그러니 누구도 짐을 막는 자가 있으면 용서치 않을 것이오."

이처럼 단호한 대왕의 결심 앞에 더 이상 누구도 나설 생각을 하지 못했다.

대왕은 국상 고계로 하여금 고구려 서북방 여러 성에 파발을 띄워 요동성 전투에 참가할 군사와 장수들을 차출하도록 지시했다. 국내성 군사 1만을 이끌고 요동으로 가면서 서남쪽의 환도성·오골성·건안성·안시성, 그리고 서북쪽의 백암성·개모성·신성 등 각 성에서 차출된 군사들 3만을 모아 도합 4만의 원정군을 편성토록 했던 것이다.

그날 밤 대왕 이련은 모처럼 만에 왕후전을 찾았다. 미리 나인들로부터 통지를 받은 왕후 하씨가 대왕을 맞으려고 전각 앞까지 나와 있었다.

때마침 달이 밝았다. 왕후전 앞마당에서 바라보니, 아직 보름이 되기 전이라 배가 불룩한 달이 소나무 가지 끝에 아슬아슬하게 걸려 있었다. 왕후 하씨는 그 달을 보며 한숨부터 포옥 쉬었다. 담덕을 낳은 다음 오랜 세월이 흐르도록 태기가 없었다. 더구나 해평의 반란 이후 담덕의 행방이 묘연해 가슴앓이를 해오고 있었다. 그것은 가슴의 병이 될 정도여서 자신도 모르게 시시때때로 한숨으로 터져 나왔다.

"대왕 폐하께서 납시었사옵니다."

나인들의 소리가 들려왔다.

망연히 달을 쳐다보던 왕후는 화들짝 놀라 대왕이 걸어오는 곳으로 발걸음으로 옮겼다.

"폐하, 갑자기 어인 일이시온지요?"

왕후가 대왕을 맞았다.

"나와 계셨구려. 그동안 너무 격조했던 것 같소. 들어가십시다."

대왕은 왕후를 보자 자신이 한동안 왕후전에 발걸음을 하지 않은 것을 기억해 냈다.

"달이 밝기에 구경하고 있었사옵니다."

왕후가 달을 올려다보았다.

"오, 조금 있으면 보름이 되겠구려."

대왕도 달을 올려다보았다. 그러면서 자연히 담덕을 생각했다. 왕후가 담덕을 잉태했을 때의 그 모습이 아련히 떠올랐던 것이다. 달을 보고 담덕을 떠올린 것은, 두 사람이 일심동체임을 증명해 주고 있는 것인지도 몰랐다.

'아, 담덕은 대체 어디에서 무엇을 하고 있단 말인가?'

대왕은 저절로 한숨이 새어 나오려는 걸 참고 얼떨결에 헛기침으로 대신했다.

"폐하, 어서 들어가시지요."

왕후가 전각 안으로 안내했다.

내실 침전에 들었을 때 대왕은 왕후를 바라보며 무겁게 입을 열었다.

"모용수가 연나라를 재건하더니, 용성을 개축하고 전진의 태수가 지키던 요동성을 선점했다 하오. 요동성은 원래 우리 고구려의 땅이니 좌시할 수 없는 일이오. 그래서 여름이 되기 전에 원정군을 이끌고 요동으로 가서 모용선비 무리들을 섬멸할 생각이오."

"폐하께서 직접 군사를 이끌고 가신단 말씀이옵니까?"

왕후는 대왕이 왕태제였을 당시 원정군이 출진하더라도 국내성을 지키고 있었던 사실을 떠올렸다. 대왕이 직접 군사를 이끌고 원정에 나서는 것은 처음이므로 내심 걱정이 앞서기도 했던 것이다.

"담덕이 있었다면 짐이 마음 놓고 원정을 떠날 수 있겠는데……"

대왕은 뒷말을 흐렸다.

"폐하의 심려하시는 마음, 어찌 헤아리지 못하오리까? 신첩의 불민함과 불충을 용서하소서."

왕후는 늘 마음 언저리에 대왕에 대한 미안함을 갖고 있었다.

"어찌 그런 말씀을 하시오? 불민함이라니? 또 불충은 무엇이오?"

"어렵게 하늘이 점지해 주신 아들인데 지금 담덕은 어찌 되었는지 모르고…… 그 이후 더 이상 태기가 없으니 고구려 왕실에 이보다 더한 불충이 어디 있겠사옵니까? 늘 폐하께 심려만 끼쳐드리고 있어 신첩은 몸 둘 바를 모르겠나이다."

평소 강단이 센 왕후였는데 말끄트머리에서 갑자기 울먹이는 목소리가 되었다. 도무지 생사를 알 길 없는 담덕을 생각하면 가슴 저 밑바닥에 가라앉아 있던 슬픔의 덩어리들이 거품처럼 끓어 넘치며 목울대를 치밀고 올라오는 것이었다.

"허헛 참! 괜한 소리를 한 것 같소. 우리 사이에 담덕 얘기는 오래도록 금기처럼 되어 있었는데……."

"아니옵니다. 폐하! 오히려 신첩이 폐하의 심기를 건드렸나 보옵니다."

"요즘 내불전 부처님을 자주 뵈러 가지 않는 모양이구려."

대왕은 짐짓 이렇게 넘겨짚어 보았다.

"네? 아닙니다. 하루도 거르는 법이 없사옵니다."

왕후는 정색을 하고 말했다.

"허면 걱정을 하지 않아도 됩니다. 부처님께서 우리 아들 담덕을 지켜주고 계시지 않습니까?"

대왕이 문득 내불전 이야기를 꺼낸 것은 왕후를 위로해 주기 위해서였다.

"폐하! 신첩이 어찌 그걸 모르겠사옵니까? 오늘도 내불전 부처님께 담덕의 무사안녕을 빌었사옵니다."

"그래, 부처님께서 응답을 하시더이까?"

"네, 폐하! 우리 아들 담덕은 아주 건강하게 잘 있다 하옵니다. 그러니 이번 원정길에 안심하고 다녀오시옵소서."

왕후는 부처에게 기도하는 자신의 마음이, 어디에 있는지 모를 담덕에게도 가 닿을 것이라고 생각했다. 그러면서 이제 대왕이 원정을 떠나게 되면 부처에게 더욱 정성을 드려 두 배로 기도를 하리라 마음먹었다.

봄밤이 무르익어 가고 있었다. 왕후전 후원 숲속에서 뻐꾸기가 울었고, 대왕은 오래간만에 금침 속에서 왕후의 허리를 가볍게 껴안았다. 점차 두 사람의 호흡이 가빠지는 것과는 달리, 밤이 깊어 갈수록 뻐꾸기 소리는 더욱 한가롭게 들려오고 있었다.

3

고구려 대군이 쳐들어온다는 보고를 받은 후연의 요동태수 한석괴는 요동성 동문 앞으로 달려갔다. 여름 날씨는 우중충했고, 하늘이 잔뜩 흐려 있어 시계가 좋지 않았다. 야트막한 능선과 구릉으로 이어진 들판 저쪽에 고구려 군사들의 깃발이 아득하게 나부끼고 있었다. 보고에 의하면 4만 병력이라고 했다.

한석괴는 겁부터 집어먹었다. 요동성의 연나라군 병력은 불과 1만이었다. 성에서 나가지 않고 방어만 한다면 한 달 정도는 버틸 수 있겠으나, 고구려 군사들의 전투력을 경험해 보지 못했기 때문에 언제까지 수성전을 벌여야 할지 예측하기 어려운 상황이었다. 더구나 초여름이라 아직 보리 수확을 하지 않아 군량미도 부족한 형편이었다.

"너는 고구려군이 성을 포위하기 전에 어서 빨리 서문으로 빠져나가 요하를 건너라. 요동성이 고구려군 4만 병력에게 포위되었다는 것을 용성에 급히 알려 원군을 요청해야 한다. 일각을 다투는 일이다."

한석괴는 전령병을 불러 급히 파발마를 띄웠다. 용성은 서두르면 하루 안에 갈 수 있는 거리지만, 거기서 다시 후연의 도성인 중산까지 가려면 시일이 더 오래 걸릴 것이었다.

며칠 전 비가 내려 요하는 검붉은 흙탕물이었다. 서문을 빠져나온 전령병은 요하에서 일단 말과 함께 배를 타고 강을 건넜다. 그러나 빗물에 잠겼다 물이 빠지면서 드러난 진흙 펄로 들어서자 말은 허우적대기 시작했다. 펄에 말발굽이 빠져 제대로 걷지도 못할 형편이었다. 어떤 곳은 무릎까지 빠지는 펄도 있었다.

후연의 전령병은 더 이상 말을 타고 갈 수 없게 되자, 말고삐를 잡고 펄을 기다시피 했다. 일각을 다투어야 한다는 태수 한석괴의 말이 뒤통수를 때려 잠시도 지체할 수가 없었다.

때는 무더위가 한창 기승을 부리기 시작하는 6월이었다. 먹구름이 하늘을 뒤덮은 날씨는 곧 소나기라도 쏟아 부을 듯 후

텁지근한 열기를 뿜어대고 있었다.

전령병은 마음이 급했다. 만약 집중폭우가 내리면 요하가 범람하여 갈대밭까지 잠기게 될 것이었다. 그러면 그는 쥐도 새도 모르게 요하의 물귀신이 될 수밖에 없었다. 무릎까지 빠지는 곳에선 거북처럼 땅에 바짝 몸을 붙이고 사지를 버르적거리며 뻘을 기었다. 그러다 보니 시간만 지체되고 체력은 한계에 도달했다. 더구나 발굽이 빠져 뻗대며 앞으로 나가기를 주저하는 말까지 끌어야 했으므로 힘이 배로 들었다.

옷은 물론 얼굴까지도 모두 진흙투성이가 되어 사람의 형상으로 볼 수 없을 정도였다. 땅강아지처럼 뻘을 기다시피 하여 겨우 빠져나온 전령병은 다시 말을 타고 달렸다. 진흙투성이의 몰골로 전령병이 용성에 도착한 것은 다음 날 해가 설핏해서였다. 요하의 진흙 뻘에 빠져 허우적대느라 요동성에서 용성까지 가는 데 하루하고도 한나절을 더 소비한 셈이었다.

"고구려군이 쳐들어왔습니다."

요동성의 전령병으로부터 보고를 받은 모용좌는 용성의 성채를 둘러보다 말고 화들짝 놀랐다. 모용수의 명을 받고 용성으로 온 지 석 달이 넘었으나, 먼저 요동성을 점거하느라 시간을 소비했던 것이다. 그러다 보니 정작 폐허가 된 옛 도성의 성곽을 정비하는 일은 제대로 손도 대보지 못한 상태였다.

"적의 병력이 얼마나 되느냐?"

"4만입니다."

"무엇이?"

모용좌는 머릿속으로 빠르게 계산했다.

'요동성을 지키는 우리 군사가 1만이니, 이곳 용성에 있는 1만 5천의 병력 중 1만을 보내도 대적하기 결코 쉽지 않겠구나.'

모용좌는 급히 사마 학경으로 하여금 1만의 병력을 이끌고 요동성을 지원케 했다. 잠시도 지체할 수 없는 사안이었다. 그는 또한 후연의 도성 중산에 있는 모용수와 요서지역을 지키는 모용보에게도 각기 파발마를 띄워 지원군을 요청했다.

그로부터 보름 후, 모용좌의 파발을 받아본 모용수는 용상에서 벌떡 몸을 일으키며 마음속으로 뇌까렸다.

'고구려가 이렇게 빨리 군사를 움직일 줄이야. 먼저 요동성을 견고하게 지킨 후 용성을 재건토록 해도 늦지 않았을 터인데…… 이건 전적으로 나의 불찰이다.'

그러나 이미 고구려군 4만이 요동성을 포위하고 있다 하니, 지금 와서 후회를 해보았자 아무런 도움도 되지 않았다. 그보다 원군을 보내는 일이 급선무였다. 요동성이 고구려군에게 점령당하면 아직 무너진 성벽을 재건하지 못한 용성 또한 위험에 처할 수 있었다.

"고구려왕 이련이 요동성을 공격해 왔다. 요동성과 용성의 우리 군사를 합해도 4만의 고구려군에는 크게 미치지 못하는 형편이다. 이를 어찌하면 좋겠는가?”

　모용수는 급히 휘하 장수들을 모아놓고 대책을 논의했다. 그는 한꺼번에 여러 가지 생각에 골몰하다 보니 머릿속이 복잡하여 도무지 결단을 내릴 수가 없었다. 그도 그럴 것이, 문제는 동쪽의 고구려만이 아니었다. 아직도 건재한 전진의 부견은 장안에 군사를 결집시켜 후연과 후진을 칠 준비를 하고 있었다. 후진을 세운 요장 역시 전진을 압박하고 중원 진출을 꿈꾸면서, 동시에 호시탐탐 후연의 중산을 엿보고 있었다. 뿐만이 아니었다. 모용수나 요장처럼 부견 수하 장수로 있던 선비족의 일파인 걸복국인이 또한 장안 서쪽에 기반을 둔 채 반역을 꿈꾸고 있다는 소문이었다. 또 다른 선비족 일파인 탁발규 역시 후연 서북쪽에 기반을 두고 그 세력을 점차 키워 가고 있는 중이었다.

　이처럼 후연 주변의 여러 부족들이 전진을 배반하고 나라를 세우거나 세력을 규합해 군사력을 강화하고 있는 추세였기에 모용수로서는 잠시도 긴장을 늦출 수 없는 상황이었다. 그러므로 고구려가 요동성을 공격했다는 급보를 받고도 곧바로 원군을 보내겠다는 단안을 내리기 어려웠다.

　“어찌 말들이 없는 것인가? 누구든 이곳에서 부견과 요장의 군대를 책임지고 견제할 수 있다고 자원한다면, 짐이 요동성으로 원군을 이끌고 가겠다.”

　한참 동안 침묵을 지켜보던 모용수가 이순을 넘긴 나이임에도 불구하고 우렁찬 목소리로 외쳤다. 그의 턱에 매달린 흰 수염이 부들부들 떨렸다. 노여움이 극에 달할 때면 그는 그렇게 턱을 흔들었다.

"폐하! 소자를 요동으로 보내주십시오. 여암을 선봉장으로 하여 보기병 1만을 주시면 고구려왕 이련의 목을 가져오겠나이다."

이렇게 나선 것은 모용수의 아들 모용농이었다. 모용농은 모용보의 이복동생으로 장창을 잘 쓰는 용장이었다.

"음, 농이로구나! 여암을 선봉장으로 쓰겠다면, 네가 미리 생각해 둔 좋은 전략이 있는 모양이로구나!"

모용수는 아들 모용농을 대견하다는 듯 바라보며 회심의 미소를 지었다.

"예, 폐하! 여암은 부여 유민 출신으로 요동지역의 지리에 밝을 뿐만 아니라, 고구려 놈들의 성깔을 잘 알기에 그것을 역이용하면 기선을 제압해 초전에 박살낼 수 있을 것이옵니다."

모용농의 천장을 울리는 큰 목소리에선 젊음의 혈기가 뚝뚝 묻어났다. 그가 추천한 여암은 346년 전연의 모용황이 둘째 아들 모용준 등을 시켜 부여를 공략했을 때 포로로 잡은 5만여 부여 유민의 후손이었다. 당시 부여왕 현초도 포로 신세가 되어 연나라 도성으로 압송되었는데, 모용황은 자신의 딸을 그에게 주고 진동장군으로 삼았던 적이 있었다. 여암 역시 부여 왕족의 후손이었다.

"흐음, 농이 네가 자신 있다는 말투로구나! 그럴듯한 전략이다. 여암에게 건절장군의 지위를 주어 선봉장을 맡기겠다. 농이 너는 여암과 함께 보기병 1만을 이끌고 요동성으로 진군하라. 먼저 선봉으로 여암에게 5천을 주어 출진케 하고, 너는 군량미 1천 석을 수레에 싣고 후군 5천과 함께 곧 떠나도록 하라."

이렇게 말하고 나서 모용수는 다소 안심이 되는지 일어서서 어정거리던 몸을 용상으로 가서 주저앉혔다. 그러나 그의 근심이 얼굴에서 완전히 사라진 것은 아니었다.

중산에서 모용농의 원군이 떠나고 나서 사나흘이 흘렀다. 그때까지도 모용수의 얼굴에선 그늘이 지워지지 않고 있었다. 요동성 군사 1만, 용성 군사 1만 5천, 그리고 모용농이 이끄는 원정군 1만이면 총 3만 5천이었다. 그래도 고구려군 4만에는 미치지 못하는 군세였다.

'그래, 이번에 두 아이의 실력을 비교해 보아야겠다. 요서지역을 지키고 있는 보에게도 따로 보기병 1만을 이끌고 요동으로 가라고 해야겠군. 두 아들 중 누구의 전과가 훌륭한지 두고 보자.'

모용수는 이미 연로한 만큼 후계자를 걱정하지 않을 수 없었다. 전부터 마음속으로는 정비 단씨 소생인 넷째 아들 모용보를 태자로 세우고 싶었지만, 패기나 용맹에 있어서는 후비 소생인 여섯째 아들 모용농이 앞섰다.

군주의 자격이 꼭 패기만으로 되는 것은 아니었다. 그보다 인덕이 더 우선했다. 그런 면에서는 성격이 우유부단하나 마음이 후덕하고 지혜로운 모용보가 모용농을 능가한다고 판단되었다.

그러나 전쟁은 패기와 지혜, 그 두 가지를 겸비해야만 적을 이길 수 있었다. 모용수는 이번 고구려와의 전투야말로 성격이 다른 두 아들의 능력을 시험하는 절호의 기회라고 생각했다.

"됐어. 아주 좋은 기회야."

모용수는 자신의 무릎을 치고 나서 요서지역의 모용부를 지키는 모용보에게 급히 파발마를 띄웠다.

마침내 용성의 모용좌로부터 원군 요청 서찰을 받고 심사숙고하고 있던 모용보에게 중산에서 보낸 부왕 모용수의 파발마가 당도했다. 파발의 내용은 간단하였다. 즉시 보기병 1만을 거느리고 요동성으로 진군하라는 것이었다. 그 밖에 다른 내용은 없었다.

"고화 장군! 아버님의 명령이오. 내일 곧 보기병 1만을 뽑아 요동성으로 출발해야 합니다."

모용보는 휘하 장수인 노장 고화에게 말했다.

다음 날 모용보는 고화를 선봉장으로 삼아 원군을 이끌고 요동성으로 출진하면서 마음속으로 은근히 걱정되는 바가 없지 않았다. 고화 장군은 고구려 유민 출신이었다. 그의 휘하에 있는 아들 고발이 모집해 온 고구려 유민 출신의 장정들도 비록 짧은 기간 훈련을 받고 배속된 군사들이지만 그 수가 5백을 넘었다. 연나라 선비족 출신들에 비하면 지극히 미미한 편이지만, 고구려 군대를 공략하러 가는 마당에 고구려 유민 출신들이 혹시 불순한 마음을 품지나 않을까 심히 걱정되었던 것이다.

요서의 대릉하가 남쪽 요동만으로 흘러드는 지역에 모용보가 지휘하는 모용부가 있었다. 요동만 앞의 발해를 건너면 산동이 있었고, 바다를 끼고 있는 그 일대의 요서지역은 전진이 몰락한 이후 미처 후연의 세력도 손을 뻗치지 못한 무주공산과 다름없는 땅이었다. 이 지역에는 선비족을 비롯하여 부여·고구려·백제 유민들이 한데 뒤섞여 살아가고 있었다.

따라서 이곳의 모용부를 지키는 모용보는 그 남쪽의 요서지역에 대해서는 크게 염려하지 않았다. 모용수가 모용보로 하여금 모용부의 군사를 동원해 요동성을 후원하라고 명한 것도, 남쪽 요서지역이 동진이나 전진의 세력권에서 벗어나 있었기 때문이다.

모용보는 요서지역 모용부에 5천 병력을 남겨둔 채 노장 고화와 함께 1만의 원군을 이끌고 요동성을 향해 진군했다. 그는 이미 이복동생 모용농이 중산에서 1만 보기병을 이끌고 요동성으로 달려가고 있다는 보고를 받았으므로 마음이 다급했다. 중산의 모용수가 두 아들에게 보기병 1만씩 원군을 끌고 출진하라고 명한 의도가 결국 그들로 하여금 경쟁심리를 부추기기 위한 것이라는 사실을 잘 알고 있었기 때문이다.

4

오후의 늦은 햇살이 창문을 통해 방 안으로 스며들고 있었다. 어디선가 한가롭게 멧새들의 울음소리가 들려왔다. 방바닥에 떨어진 햇살 더미는 나무로 된 탁자 다리 중간쯤에 걸려 있었다.

담덕은 탁자 위에 양가죽을 펼쳐놓은 채 무언가 열심히 그림을 그리고 있었다. 밖에서 들어온 마동이 옆으로 다가와 그것을 보고 물었다.

"왕자님, 이건 지도가 아닙니까?"

"음, 지도 맞아. 너도 기억력을 되살려 보거라. 이곳이 관미성이거든. 우리가 바다에 표류했다가 한동안 갑비고차에 머문 적이 있지 않느냐? 바로 그 지역의 바닷속을 그리려는 거야."

"바닷속을 그리다니요? 그걸 어떻게?"

마동은 놀란 눈으로 지도를 들여다보며 도대체 영문을 모르겠다는 듯 황소 같은 눈을 껌벅거리기만 했다.

"갑비고차는 온 섬이 갯벌로 둘러싸여 있지 않으냐? 우리가 탔던 동진의 무역선도 갯벌에 얹혀 한동안 발이 묶여 있었지."

"그랬죠. 그런데 이 지도와 무슨 상관입니까?"

"너도 갯벌이 드러났을 때 보았겠지만, 거기에도 배가 드나들 수 있는 물길이 따로 있지 않더냐? 밀물 때는 보이지 않지만 썰물 때는 그 실지렁이처럼 이어져 있는 길이 훤히 드러나잖아? 썰물 때도 백제의 군선이나 어부들의 고깃배가 지나가는 길을 유심히 살펴보았다. 나는 바로 이 지도에 썰물 때 드러난 뱃길을 그리려는 거야."

담덕이 펼쳐놓은 양가죽 주변에는 해안선과 갯벌의 뱃길이 그려진 가죽 조각들이 여러 장 널려 있었다. 그 지도 조각들을 잘 연결하면 온전한 지도가 되는 것이었다.

"왕자님, 언제 이런 걸 다 그려두셨어요?"

마동은 놀라운 표정으로 담덕을 바라보았다.

"우리가 갑비고차에 머물 때 그 주변으로 배가 드나드는 것을 기억해 두었다가 이곳에 와서 틈이 날 때마다 그려둔 지도다."

담덕은 양가죽에 지도를 다 그린 후 붓을 벼루 위에 놓았다.

그때 조용히 문을 열고 들어온 일목이 두 사람의 대화를 듣고 탁자 위에 놓인 양가죽 지도를 바라보았다.

"왕자님께서 지도를 다 그리셨군요? 놀랍습니다."

"지도 그리는 데 열중하다 보니 장군께서 들어오시는 줄도 몰랐습니다."

담덕이 넌지시 일목을 바라보았다.

"방해가 될까 염려되어 조용히 들어왔습니다. 헌데, 이건 백제의 요새인 관미성을 그린 것이로군요?"

"장군께선 어찌 지도를 보고 곧바로 관미성인 줄 알아보십니까?"

담덕은 문득 놀라 일목의 얼굴을 뚫어지게 바라보았다.

"그보다도 먼저 소장이 여쭈어보고 싶습니다."

"무엇이든지 말씀해 보십시오."

"이 지도를 어디에 사용하려고 그리신 것인지요?"

일목은 여전히 지도에 눈을 박아둔 채 물었다.

"글쎄요. 언젠가는 필요할 때가 있을 것 같아 기억에서 사라지기 전에 지도를 그려두려고 한 것입니다."

"관미성이 백제의 요새 역할을 하는 것은 바로 바다 밑의 뱃길 때문입니다. 갑비고차는 섬이므로 외적이 침입할 때는 반드시 배를 이용해야 하는데, 바다 밑의 뱃길을 모르기 때문에 갯벌에 얹혀 오도 가도 못하게 되지요. 그때 관미성을 지키던 백제군이 불화살을 쏘아 배를 불살라 버리면 외적은 백전백패할 수밖에 없습니다. 지금 이 지도만 가지고는 바다 밑의 뱃길을 다 알 수 없습니다. 썰물 때도 드러나지 않은 갯벌에 난 뱃길의 깊이를 모르기 때문이지요. 소장의 부하들 중 갑비고차 출신의 어부들도 있고, 자주 그 섬에 드나들어 바다 밑의 뱃길을 훤히 꿰뚫고 있는 자들이 몇 명 있습니다. 이 지도를 주시면 그들을 통해 더 자세하게 그릴 수 있도록 해드리지요."

일목은 이미 담덕이 그린 지도를 보고 그 쓰임새를 정확하게 파악하고 있었다.

"하지만 갑비고차 출신의 어부들이라면…… 백제인이 아닙니까?"

담덕은 지도를 그리는 일이 비밀을 요하는 것임을 그런 식으로 표현했다.

"그 점은 안심하셔도 좋습니다. 고향을 등진 지 오래된 망명객들입니다. 전에 갑비고차를 드나들며 해적질을 일삼던 자들이라, 고국에 가면 효수형에 처해질 운명입니다. 우리 해룡부가 해적선을 탈취할 때 사로잡아 그들을 개과천선시켜 주었으니, 소장의 말이라면 불속이라도 뛰어들 자들이지요."

"그렇다면 장군께 이 지도의 마무리를 부탁드립니다."

담덕은 양피지 지도를 일목에게 건넸다.

바로 그때 유청하가 급히 들어오며 말했다.

"마침 장군께서도 여기 계셨군요. 왕자님, 국내성의 대왕 폐하께서 원정군을 이끌고 요동성으로 출진하셨답니다. 벌써 한 달 전의 일이니 이미 요동성에서 연나라군과 고구려군이 일전을 벌이고 있을 것입니다."

"그래요? 그러면 우리 태극군도 폐하를 돕기 위해 요동성으로 가야겠군요."

담덕은 그동안 단련시킨 고구려 유민 출신 청장년들로 이루어진 태극군을 이끌고 배를 이용해 국내성으로 가려던 참이었다.

"왕자님, 소장도 사실은 연나라 군대의 심상찮은 움직임에 대한 첩보가 있던 터라 그 소식을 알려드리려고 하던 참입니다."

일목도 양피지 지도를 말아 품속에 챙겨 넣으며 말했다.

"연나라 군대의 심상찮은 움직임이라면⋯⋯?"

담덕은 일목의 눈을 주시했다.

"요서지역 모용부를 지키던 모용보가 군사 1만을 이끌고 요동성을 출발했다 하옵니다. 또한 중산에서는 모용수가 모용농으로 하여금 역시 군사 1만을 이끌고 요동성을 향해 진군케 했다는 소식입니다. 우리도 그에 대한 대책을 세워야만 하겠습니다. 모용보와 모용농의 원군이 요동성 구원에 나선다면 우리가 사전에 막아야만 합니다. 그래야 대왕 폐하가 이끄는 고구려 원군이 요동성 공략에 성공할 수 있을 것이옵니다."

일목은 해룡부 소속의 수하들을 도처에 보내 수시로 정보를 제공받고 있었다. 중원에서 오는 대상들의 소식은 물론 해적들의 움직임을 파악하기 위한 첩보망의 필요성 때문에, 그는 벌써 오래전부터 곳곳에 간자들을 박아두고 있었던 것이다.

"모용보와 모용농의 군대를 합치면 2만이 되지 않습니까? 이곳 해룡부의 전투 병력 3천과 왕자님이 훈련시키고 있는 태극군 5백을 합쳐 봤자 3천5백이니, 연나라 원군 2만에 비하면 중과부적입니다."

유청하가 근심 어린 표정으로 담덕과 일목을 번갈아 바라보았다.

"전쟁은 군대의 머릿수로만 하는 건 아닙니다. 그래서 전략이 필요하지요. 지금 즉시 군사들과 병기를 점검하고 출진 준비를 서두르도록 하는 것이 좋겠습니다. 그리고 내일 아침 다시 모여 특단의 대책을 논의해 보십시다."

일목은 다급한 상황에도 마음이 흔들리지 않고 정중동의 자세를 유지하고 있었다.

담덕 일행과 헤어져 자기 숙소로 돌아온 일목은 수하들에게 언제라도 곧 출동할 수 있도록 군사들을 정비하라 이른 후, 홀로 오래도록 깊은 생각에 잠겼다. 그는 손가락으로 햇수를 꼽아보았다. 그가 추수라는 이름을 쓰던 시절, 그러니까 고국원왕의 호위무사로 평양성 전투에 출전했던 때로부터 무려 14년의 세월이 흘렀다.

"……폐하!"

일목은 털썩 무릎을 꿇었다. 그의 눈앞에 두 사람의 얼굴이 어른거렸다. 하나는 자신이 호위무사로 모셨던 고국원왕이었고, 다른 하나는 당시 왕자였던 지금의 대왕 이련이었다. 그리고 천천히 두 사람의 얼굴이 안개처럼 지워지며 떠오른 것은 바로 연화의 얼굴이었다.

"왕후 전하!"

일목의 목소리가 목울대에 걸리더니 말끝에서 꺼억꺼억, 하는 울음소리로 변했다. 그는 가슴의 옷섶에서 단도를 꺼냈다. 14년 전 평양성 전투에 출전하기 전날 왕자비 하씨가 준 정표, 그는 그것을 자신에게 행운을 가져다주는 상징적인 부적 같은 것이라고 생각했다. 자신이 강변 갈대밭에서 그 단도로 자결을 하려고 했을 때, 어린아이를 안고 강물로 뛰어든 여인을 발견했다. 당시 그는 자신이 자살하려던 것도 잊고 강물로 뛰어들어 여인을 구하려다 어린아이만 구해 냈다. 그 아이가 바로 지금 담덕 왕자의 호위무사로 있는 업복, 아니 마동이었다. 단도는 분명 행운을 가져다주는 부적 같은 것이었고, 마동은 바로 그 징표가 아닐 수 없었다.

그날 밤 일목은 잠을 이루지 못했다. 기억 속에 파묻힌 지난 날들이 떠올라 번민을 거듭했고, 3천5백의 병력으로 2만의 연나라 원군을 어떻게 무찔러야 할지 고심하느라 또한 눈을 붙일 수 없었다.

이번 전투에서 일목은 반드시 이겨야만 했다. 그것이 지금의 대왕 이련에게 지은 죄를 갚을 수 있는 유일한 길이라고 생각했다. 그는 왕자 시절 이련이 부왕의 호무위사가 되어달라고 부탁했을 때, 흔쾌히 그러겠노라 굳게 약속을 하고 평양성 전투에 참여했다. 그러나 고국원왕이 적의 독화살에 맞아 전사하는 바람에 결과적으로 그 약속을 지키지 못했다. 그것이 천추의 한이 되어 그의 가슴에 딱딱한 못으로 박혀 있었다.

다음 날 아침 일목은 담덕과 마동, 그리고 유청하를 해안가 한적한 곳으로 안내했다. 수하의 졸개들이 수레 두 대에 건초 더미를 가득 실은 말들을 이끌고 그들의 뒤를 따라왔다.

해안가 언덕에는 바다와 이어지는 갈대숲이 들어차 있었다. 남서쪽 방향에서 북동쪽으로 바람이 불어오자 갈대들이 부드러운 허리를 바다 쪽으로 일제히 숙였다.

"마침 남서풍이 부는군! 겨울에는 주로 바람이 북서쪽에서 남동쪽으로 불지만, 여름에는 남서쪽에서 북동쪽으로 불지. 수레를 갈대밭으로 몰아넣고 불을 붙여라."

일목은 두 대의 수레를 끌고 온 졸개들에 명령하였다.

침묵을 지키며 바라보던 담덕은 그때서야 일목이 무슨 실험을 하는 것인지 눈치챌 수 있었다.

"수레 속에 유황이 들어 있군요?"

"왕자님께서 바로 알아보셨군요. 맞습니다. 여름이라 갈대가 잘 탈지 모르겠습니다. 그것을 한번 실험해 보고자 하는 것입니다. 유황도 들어 있지만, 소나무에서 채취한 관솔도 장작처럼 여러 개 묶어 건초더미 안에 넣었지요."

일목은 수레와 조금 거리를 둔 언덕으로 일행을 이끌고 올라

가서 막 불이 붙기 시작한 수레 두 대를 바라보았다.

수레 위에 가득 얹힌 건초에 불이 붙었다. 건초가 점차 타들어가기 시작하자 그 아래 들어 있던 유황이 타면서 푸른 불꽃과 함께 연기가 자욱하게 일어나기 시작했다. 유황 특유의 냄새가 언덕까지 날아왔다.

바람이 바다 쪽으로 불자 연기는 진초록의 갈대숲을 빠져나와 바다 쪽으로 날아갔다. 유황이 오래도록 타면서 바람이 불어가는 쪽으로 점차 불길이 번졌다. 드디어 관솔 장작에도 불이 붙었다. 그러자 앞쪽에서는 그 훈김으로 인해 갈대가 말라가고, 바로 뒤쪽에서는 마른 갈대에 불이 붙어 지속적으로 타들어갔다.

그 모습을 보면서 일목은 말없이 고개를 끄덕거렸다.

"물기가 잔뜩 밴 갈대라서 불이 잘 붙지 않을 줄 알았는데, 유황과 관솔의 화력이 좋아 여름 갈대도 태울 수가 있군요. 물기가 밴 갈대라 연기가 많이 나서 시각적 효과로도 그만일 듯싶습니다."

유청하도 이번 요동성 전투에서 일목이 어떤 구상을 하고 있는지 깨닫고 한마디 거들었다.

"유황과 관솔이 생각보다 많이 필요할 것 같군!"

일목은 유황불이 갈대를 태우다 꺼져 가는 것을 보고 돌아서며 중얼거렸다.

해룡부 지휘소로 돌아온 일목은 수하에 급히 명을 내려, 구할 수 있는 유황과 관솔을 다 끌어모아 수레에 가득 싣도록 했다. 그리고 연나라 군대의 복장과 깃발을 갖추어 모든 군사를 위장시켰다. 해룡부 병력 3천은 물론, 담덕이 이끄는 태극군 5백도 연나라 군사들처럼 꾸몄다.

그로부터 며칠 후 일목은 선봉장이 되어 해룡부 병력 3천을 거느리고 앞장섰고, 담덕은 태극군 5백을 후군으로 삼아 군량미로 위장한 유황과 관솔 장작이 든 건초더미를 수레에 싣고 요하를 향해 출진했다. 이들의 군대 행렬은 얼핏 보아 중산에서 모용수가 다시 보낸 2진의 연나라 원군 같았다.

5

새벽이면 요하에서 올라오는 물안개가 야습해 온 점령군처럼 사방의 들판을 가득 메웠다. 강 양안의 갈대숲과 둑 위에 늘어선 버드나무 가지, 그리고 밭을 가득 메운 키 큰 수수 이파리들도 안개를 온통 뒤집어쓰고 있었다.

이런 날일수록 한낮에 급상승한 온도로 인해 대지가 뜨겁게 달구어지는 법이었다. 아직도 안개가 낮게 깔려 잡초와 나무 이파리들이 축축하게 젖어 있을 무렵, 요동성 동쪽 야트막한 언덕에 진채를 내린 고구려군 진영은 무거운 침묵 속에 가라앉아 있었다.

고구려 대왕 이련의 얼굴엔 수심이 가득했다. 작전회의에 참여한 장수들도 말없이 눈만 멀뚱거리고 있었다. 그동안 여러 차례에 걸쳐 요동성을 공격했지만, 성을 지키는 연나라 군사들의 방어력이 의외로 강하여 번번이 실패만 거듭했다. 고구려 군사들이 성 앞에 가서 싸움을 걸어보았지만, 연나라 군사들은 방어태세만 취하고 있을 뿐 도무지 성문을 열고 밖으로 나올 생각을 하지 않았던 것이다.

"지금 요동태수 한석괴는 중산의 모용수에게 청한 원군이 도착하기만 기다리고 있는 것이 분명하오. 그러므로 방어태세만 갖추고 있는 연나라 군사들을 성 밖으로 끌어내기는 힘들 것이오. 연나라 원군이 도착하기 전에 요동성을 손에 넣지 않으면, 아군이 절대적으로 불리하게 돼 있소. 모용수가 보낸 원군이 요하를 건너 공격을 가해 오고 요동성을 지키던 연나라 군사들이 성문을 열고 나와 협공을 한다면, 아군은 졸지에 앞뒤로 공격을 받아 어지러운 싸움이 될 것이오. 제장들은 시급히 요동성을 함락시킬 수 있는 묘책들을 내보시오."

대왕 이련은 애써 결기를 죽이며 휘하의 장수들을 둘러보았다. 마음이 다급했지만, 그렇다고 서둘러서 될 일은 아니었다.

잠시 후, 요동성에서 가까운 곳에 위치한 신성의 성주 연수가 앞으로 나섰다. 그는 이미 희끗희끗 머리가 센 노장이었다.

오래전 수곡성 전투에도 선봉장으로 선 적이 있었는데, 당시 칠흑 같았던 머리가 그사이 반백이 되어버렸다.

"지금까지 우리가 전개한 공성전투로는 요동성을 깨부수기 어렵습니다. 보시다시피 요동성은 견고한 요새입니다. 더구나 모용좌가 용성에서 보낸 학경의 군사 1만까지 합류하지 않았습니까? 요동성을 방어하는 군세가 배로 불어나 정면대결로는 함락시키기 쉽지 않습니다. 별동대를 성안으로 들여보내 교란작전을 펴는 것이 좋을 듯합니다."

"별동대를 들여보낸다? 저렇게 방어태세가 엄중한데 성안으로 누가 어떻게 들어간단 말이오?"

대왕의 날선 눈이 연수를 똑바로 쳐다보았다.

"소장의 수하 중에 날다람쥐란 별명을 가진 병사가 하나 있습니다. 그자는 원래 요동성 출신이라 성내의 지리에 밝은 데다 맨손으로도 깎아지른 암벽을 잘 타므로, 적들에게 들키지 않고 능히 성벽을 넘을 수 있습니다. 그자를 앞세워 지리에 밝은 요동성 출신 병사들로 별동대를 조직해 성안으로 들여보내면 쉽게 교란작전을 펼 수 있을 것이옵니다."

"묘안이오. 어서 별동대를 조직하도록 하시오. 몸이 날랜 젊은 장수가 별동대를 이끌어야 할 터인데, 누가 좋겠소?"

수심 가득했던 대왕의 얼굴에 금세 화색이 돌았다.

"폐하! 소장이 별동대를 이끌도록 하겠나이다."

그때 연수의 뒤에 서 있던 젊은 장수가 말했다.

"오! 그대는 어느 성에서 온 장수요?"

대왕이 묻자, 연수가 대신하여 말했다.

"소장의 아들이옵니다."

연수의 아들 연포가 앞으로 나서며 대왕을 향해 군례를 올렸다.

"소장 연포의 수하에 몸이 날랜 요동성 출신 병사가 여럿 있습니다. 날다람쥐란 별명을 가진 모돌이라는 병사도 그중의 한 명입니다."

"연포라……? 연수 장군은 아주 용감한 아들을 두었구려!"

대왕은 연포를 바라보며 크게 고개를 끄덕였다.

연포는 갓 스무 살이었다. 그의 얼굴은 잘 익은 복숭아처럼 붉은 기가 돌았고, 두 눈은 머루알처럼 검게 빛났다.

"폐하께서 명령만 내려주시면 소장이 별동대 열 명을 조직하여 요동성으로 침투하겠사옵니다."

"청년장수 연포는 즉시 별동대를 조직하여 오늘 밤 안으로 요동성에 침투, 적을 교란시키도록 하라."

대왕의 명이 떨어졌고, 연포는 아버지 연수와 함께 곧 별동대를 조직했다.

별동대는 모두가 스무 살 안팎의 날랜 병사들이었다. 특히 모돌이를 포함한 요동성 출신 병사들은 어린 시절 연나라의 공격을 받아 가족을 잃은 자들이 대부분이었다. 그래서 그들은 당시 사무쳤던 원한을 이번 기회에 반드시 갚고야 말겠다며 이를 사리물었다.

연포는 모돌이로 하여금 낮에 미리 요동성에서 가장 경계가 취약한 북쪽의 산 중턱 성벽을 보아두도록 했다. 그곳은 주로 모난 돌로 쌓은 석성이라, 모돌이가 손을 잡고 오르기 딱 좋은 조건을 갖추고 있었다.

그날 밤 자시(23~1시)가 되었다. 연포는 별동대와 함께 숲속에 숨어 서편으로 하현달이 기울기만 기다리고 있었다. 축시(1~3시)가 되자 달이 서쪽 능선으로 넘어가면서 사위가 캄캄해졌다.

"작전을 개시하라!"

연포가 모돌이의 귀에 대고 속삭이며 가볍게 등을 떠밀었다.

모돌이는 몸을 잔뜩 낮춘 채 미리 보아둔 성벽 가까이로 다가갔다. 그의 허리춤에는 사려 감은 밧줄이 매달려 있었다. 그는 곧 성벽에 달라붙어 마치 자라처럼 손발을 차례로 움직이며 몸을 이동시켰다. 밤의 적요가 흐르는 가운데 그는 성벽에 그림자처럼 붙어 민첩하게 손발을 놀려대고 있었다. 성벽의 높이는 어른 키로 두 길이 넘었지만, 그는 어느 사이 성벽 위로 머리를 올려 사방을 살펴보고 있었다.

한밤중의 찌는 듯한 무더위 속에서 연나라 초병들은 졸음에 겨워 하품을 하거나 아예 코를 골며 깊은 잠에 곯아떨어진 자들도 있었다. 모돌이는 좌우를 둘러보며 조심스럽게 성벽 위로 몸을 걸쳤다. 곧 성벽 위에 엎드린 자세가 된 그는 넓적다리에 차고 있던 단도를 뽑아 들었다.

모돌이는 좌우의 두 초병 중 어떤 자를 먼저 처치할까 가늠해 보다가 이내 마음을 정했다. 연신 하품을 하고 있는 우측 초병에게로 먼저 다가가 뒤에서 목을 그었다. 순식간에 목울대가 끊어진 초병은 소리 없이 스르르 주저앉았다. 그는 다시 잠에 곯아떨어진 좌측 초병에게로 가서 역시 같은 방법으로 간단하게 숨통을 끊어놓았다.

어둠 속에서 모돌이의 동작은 빠르고 정확했다. 그는 곧 성벽 가까이에 있는 나무에 밧줄을 매어 성 밖으로 늘어뜨렸다. 그때 성벽 아래서 기다리고 있던 연포가 먼저 밧줄을 붙잡고 매달렸다. 그렇게 차례로 별동대는 무사히 성벽을 넘었다.

"이제부터 각자 사방으로 흩어져 헛간 같은 곳에 불을 질러라. 행동 개시!"

연포는 별동대를 모두 보내고 나서 모돌이와 함께 연나라 군대의 군량미와 건초장이 있는 곳을 찾아 나섰다.

잠시 후 요동성 군량미 창고에서 불길이 솟기 시작했다.

"군량미가 탄다. 불을 꺼라!"

"군량미를 건져내라!"

창고에서 불길이 치솟는 것을 뒤늦게 발견한 연나라 군사들의 외치는 소리가 캄캄한 허공으로 메아리쳤다. 잠을 자다 깬 군사들이 아우성치며 불을 끄려고 서둘렀지만 캄캄한 어둠 속에서 갈팡질팡하기만 할 뿐, 불길은 더욱 거세게 일어났다. 더구나 건초 더미에 붙은 불은 금세 창고로 번져 나갔다. 군량미는 연나라 군사들에게 생명과 같은 것이었다. 오래도록 농성을 하기 위해서는 군량미가 충분해야만 했다. 그런데 창고가 불에 타면 당장 군사들 먹을거리가 없어 굶어 죽게 될 판이므로, 무엇보다 불더미 속에서 군량미를 건져내는 것이 급선무였다.

　건초장과 창고가 불에 타기 시작하자 그것을 신호로 성내 곳곳에서도 불길이 솟았다. 연포가 이끌고 간 별동대가 불을 놓아 교란작전을 폈던 것이다.

　성 밖에서 요동성을 포위하고 있던 고구려 대군은 불길이 솟는 것을 보고 곧 공격을 개시했다. 사방에서 고구려 군사들이 사다리와 밧줄을 타고 성벽을 기어오르기 시작했다. 다른 한편에서는 횃불을 밝힌 고구려 군사들이 충차를 몰고 굳게 닫힌 성문을 향해 돌진해 들어갔다.

　연나라 병사들은 성안 곳곳에서 솟아오르는 불길을 잡느라 갈팡질팡했고, 그런 어수선한 가운데 초병들은 개미떼처럼 성벽을 타고 오르는 고구려 군사들을 막느라 정신이 없었다. 성벽을 타고 넘어온 고구려 군사들과 연나라 군사들 사이에 일대

격전이 벌어졌다. 어둠 속이라 피아를 구분하지 못할 정도로 싸움은 난전의 연속이었다.

요동성 동문 앞 들판에서 대왕 이련은 노장 연수와 함께 거세게 피어오르는 불꽃을 바라보고 있었다. 이미 시각은 인시(3~5시)를 넘어섰고, 밤새 요하의 수면 위에 배를 깔고 엎드려 있던 안개가 뭉클뭉클 일어서며 부풀어 오르고 있었다.

드디어 동문이 활짝 열렸다. 성안에서 연나라 위병들을 칼로 베고 동문의 빗장을 먼저 연 것은 연포가 이끄는 별동대들이었다. 그들은 성안 곳곳에 불을 지른 후 동문에서 만나기로 했고, 그곳을 지키던 연나라 군사들과 치열한 공방전 끝에 문을 여는 데 성공한 것이었다.

"연수 장군! 우리도 성안으로 들이칩시다!"

대왕 이련이 뿌옇게 밝아오는 성벽 위의 하늘을 올려다보며 말했다.

"적들이 동문으로 탈출을 시도할지도 모르니 소장이 앞장을 서겠습니다. 폐하께서는 적들이 제압되는 것을 확인한 후에 천천히 입성하십시오."

연수가 볼 때 아직 싸움이 끝난 것은 아니었다.

"아니오. 짐도 적들의 피로 부왕의 포한을 갚아야겠소."

이련은 칼을 빼어들었다.

"자, 고구려 군사들이여! 요동성을 향해 진격하라!"

대왕의 명이 떨어지자 뒤에 포진하고 있던 고구려 기병들이 앞장서서 동문을 향해 돌진해 들어갔다. 이련이 말에 박차를 가하자, 연수도 대왕을 호위하기 위해 채찍을 휘둘러 앞질러 달려 나갔다.

대왕과 연수가 동문 앞에 이르렀을 무렵, 연나라 군사들은 서문 쪽으로 떼를 지어 몰려가고 있었다. 연수의 계략대로 요동성에 먼저 입성한 고구려 군사들은 서문 쪽을 비워두어 연나라 군사들이 빠져나갈 수 있도록 해두었다. 마음 같아서는 사방의 문을 모두 막아 적들을 독 안에 든 쥐로 만들고 싶었지만, 그렇게 될 경우 결사항전으로 피아간에 사상자가 많이 발생할 것을 염려하여 일부러 적들이 달아날 길을 열어두는 작전을 폈던 것이다.

서문을 빠져나간 연나라 군사들은 요하를 건너다 물에 빠져 죽고, 뒤쫓는 고구려 군사들의 화살에 맞아 죽는 자가 부지기수였다. 요행으로 요하를 건넌 군사들도 늪에 빠져 허우적대다가 엎어지곤 했는데, 뒤미처 달려온 다른 군사들이 그 위에 넘어지면서 개펄이 그대로 연나라 패잔병들의 무덤이 되어버렸다.

요동성을 점령한 대왕 이련은 장수들을 모아놓고 그날의 승전을 자축했다. 그 자리에서 그는 특히 별동대로 요동성에 먼저 침투, 적을 교란시켜 승리로 이끄는 데 큰 공을 세운 청년장수 연포에 대한 칭찬을 아끼지 않았다.

"그러나 이것으로 우리가 승리했다고 자만해서는 안 되오. 이 기세를 몰아 요하를 건너 서쪽의 현도군을 공략해야 할 것이오."

이련은 고구려 선대의 왕들이 서쪽 경계로 삼았던 현도군을 되찾아야만, 앞으로 후연의 공격에 대비한 교두보를 확보할 수 있을 것이라고 판단했다. 이것은 국내성에서 원정군을 출진시킬 때부터 마음속에 심어둔 생각이었다.

"첩보에 의하면 후연의 모용수가 중산에서 모용농을, 요서지역 모용부에서 모용보를 출진시켜 두 갈래의 원군이 곧 요하에 이를 것이라고 하옵니다. 서두를 것이 아니라 좀 더 적들의 동태를 살핀 연후에 현도를 공격하는 것이 옳을 줄로 아옵니다."

이렇게 나선 것은 백암성 성주 설지후였다. 아버지 때부터 대를 이어 백암성을 굳건히 지켜온 그는, 백암성 밑으로 흐르는 태자하에서 어린 시절 배를 타고 놀았다. 태자하는 요하의 지류였으므로, 때로 강물을 따라 합수지역을 오가며 물놀이를 하고 자라났기 때문에 그 주변의 지리에 아주 밝았다.

"폐하! 설 장군의 말에 일리가 있습니다. 군사들의 휴식도 필요하니, 며칠 요동성을 지키면서 적들의 동태를 살펴보는 것이 좋을 듯하옵니다."

노장 연수도 설지후를 거들고 나섰다.

"두 장수의 의견이 그러하니, 고기와 술을 내어 군사들이 배

불리 먹고 마시도록 하시오. 그러나 적들이 언제 쳐들어올지 모르니 더욱 경계를 철저히 하도록 군사들에게 이르시오."

대왕 이련은 그러면서 술잔을 높이 쳐들었다.

"대왕 폐하 만세!"

"고구려 만세!"

장수들도 일제히 술잔을 들어 올리며 외쳤다.

6

후연의 요동태수 한석괴와 사마 학경은 2만 병력 중 절반을 잃은 채 겨우 패잔병 1만을 이끌고 용성으로 후퇴했다. 뒤미처 연나라 원군이 요하에 도착한 것은 그로부터 이틀 후의 일이었다.

중산에서 온 모용농의 군사 1만, 요서지역 모용부에서 출진한 모용보의 군사 1만, 도합 2만은 요하 서쪽 구릉에 좌우로 진을 펼쳤다. 연나라 원군의 파발마가 그 소식을 전하자 모용좌는 용성에 주둔하고 있던 군사 5천과 요동성에서 후퇴한 한석괴와 학경의 군사 1만을 이끌고 요하로 달려왔다.

모용좌는 모용농과 모용보의 진 중앙에 진채를 마련, 중군이 되어 연나라 대군의 지휘봉을 잡았다. 그 소식을 듣고 모용농과 모용보가 휘하 장수들과 함께 중군 지휘소로 달려왔다.

이때를 기다려 모용좌는 곧 고구려군을 반격하기 위한 작전 회의에 돌입했다.

"요하를 건너 요동성을 공격하려면 요택을 지나야 한다. 요택은 좌우로 장장 2백 리에 걸친 진흙 펄이다. 따라서 우회로는 없고 반드시 요택을 지나 요하를 건너야 하는데, 우리 군사들이 안전하게 도강할 방법은 없겠는가?"

모용좌가 좌중을 둘러보며 무겁게 입을 열었다.

"통나무를 발처럼 엮은 다음 그것을 옮겨가며 요택을 건너면, 제아무리 진흙 펄이라 하더라도 문제없습니다. 그리고 요하의 강물 위에 배를 띄우고 그 위에 이 통나무 발을 그대로 옮겨 깔아 튼튼한 부교를 만든다면, 기마대가 말을 탄 채로도 어렵지 않게 강을 건너갈 수 있을 것입니다. 지난번에도 그렇게 도강을 했습니다."

이렇게 말한 것은 고구려군이 요동성을 치러 온다는 말을 듣고 용성에서 구원군을 이끌고 요하를 건넌 적이 있는 사마 학경이었다.

"지난번과는 상황이 크게 달라졌습니다. 이미 적은 요동성에 들어와 진을 치고 있고, 아군이 요하를 건너려고 하면 성문을 열고 나와 강둑에서 방어전을 펼칠 것입니다. 적들이 강둑에서 화살을 쏘아대면 아군이 도강할 때 피해가 클 수밖에 없습니다."

요동성을 지키던 태수 한석괴의 말이었다. 그는 요하 동쪽의 지세를 잘 알고 있었다. 강 둔덕은 군사들을 숨기기에 좋았고, 고구려 군사들이 참호를 파고 그 안에 들어가 화살을 쏘아대면 도강하기 쉽지 않았다. 적은 몸을 숨긴 채 공격하는 반면, 아군은 몸을 드러내놓고 강을 건너야 하기 때문이었다. 적의 화살 세례도 무섭지만, 강물이 깊고 물살이 센 것도 도강하는 군사들에게는 또 하나 불리한 점이었다.

"도강을 하는 데 이렇게 겁부터 집어먹고서야 어찌 요동성을 되찾을 수 있겠습니까? 일단 요하를 건너가야 적을 때려잡아 요절을 낼 수 있지 않겠습니까? 소장이 선봉으로 먼저 요하를 건너 강둑 너머에 숨어 있는 적들을 격퇴하면, 중군은 그 뒤를 따라 안전하게 도강하도록 하십시오."

우렁찬 목소리로 일갈하는 장수가 있어 모두들 그쪽으로 눈길이 쏠렸다. 작전회의에 참석한 후연의 장수들 중 가장 나이가 젊은 모용농이었다.

모용농은 아버지 모용수가 후연을 일으켰을 때 대흥안령 기슭까지 가서 오환 출신의 세력가인 노리와 장양 등을 설득, 흩어져 살던 선비족을 규합해 군사를 모은 장본인이었다. 이때 흉노족의 한 갈래인 도각의 무리를 이끄는 장수 필총을 비롯하여, 부여 출신의 여화가 각기 수하에 거느린 수천의 무리와 함께 모용농의 연나라 군대에 가담했다. 거기에다 역시 부여 출신의 맹장 여암이 전투 때마다 선봉을 자처하고 나서면서 모용농의 군대는 전투력 강한 군대로 소문이 자자했다.

이처럼 선비족뿐만 아니라 인근 부족까지 규합하여 대부대를 거느린 모용농은 은근히 자신의 포용력과 강한 투지를 자랑하고 있었다. 더구나 아버지 모용수가 중산에서 요하까지 그의 군대를 원군으로 파견한 것은 은근히 그 능력을 평가해 보기 위한 것임을 모르지 않았다. 특히 뒤미처 요서지역 모용부에서 요하까지 원군을 이끌고 온 배다른 형인 모용보를 보고 나서, 이 기회에 아버지가 두 아들의 실력을 견주어보려고 한다는 것을 확연하게 깨달았다. 그래서 그는 모용보의 군대보다 앞서 선봉을 자원하고 나선 것이었다.

"숙부님, 선봉에도 순서가 있습니다. 마땅히 이번 전투에서 농 아우보다 제가 선봉에 서야 하지 않겠습니까?"

모용보도 지려고 하지 않았다. 그는 모용좌를 대장군이라 부르지 않고 숙부님이라 불렀다. 아무래도 모용좌 입장에서 볼 때 모용수의 정비, 즉 큰형수의 아들이라는 인식을 모용보는 암암리에 심어주고 싶었던 것이다.

그것을 모를 모용좌가 아니었다. 형 모용수가 다음 대를 이을 태자로 자식들 중에서 모용보와 모용농을 은근히 마음에 두고 있다는 사실은 그는 잘 알고 있었다.

모용수는 부인으로 정궁 4명 후궁 4명, 도합 8명을 두고 있었다. 모용보는 정궁인 첫째 부인의 아들이고, 모용농은 후궁인 둘째 부인의 아들이었다. 따라서 그로서는 후궁의 소생인 모용농보다 정궁 소생의 모용보에게 더 애착이 갈 수밖에 없었다.

모용좌 역시 형 모용수의 생각과 다르지 않았다. 모용보는 용기보다 지략이 뛰어나고, 모용농는 그 반대로 용기는 있는데 지략은 좀 모자란다고 판단했다. 그러나 그는 이번에 요하를 건너는 작전에는 지략보다 용기 있는 장수가 선봉에 서야 한다고 생각했다.

"보가 농보다 한발 늦었군. 이번엔 농의 군대를 선봉으로 삼아 도강작전을 펼치겠다."

모용좌도 이번 전투에서 두 조카의 실력을 비교해 볼 수 있는 좋은 기회라고 판단, 내심 기대를 거는 바가 컸다.

다음 날부터 연나라 대군은 사람의 다리통 굵기만 한 통나무를 잘라 발처럼 엮는 작업에 몰두했다. 그 작업은 사나흘에 걸쳐 계속되었다. 수백 개의 통나무 발이 완성되어 거의 작업이 끝나갈 때, 후방에서 전령이 달려와 모용좌에게 보고했다.

"폐하께서 보낸 수천의 군사가 군량미를 싣고 중산에서 이곳으로 오고 있습니다."

"무엇이? 폐하께서 또다시 군량미를?"

모용좌는 이미 모용농의 부대를 통해 군량미를 보내주어 더 이상 기대하고 있지 않았으므로 놀랄 수밖에 없었다. 그는 잠깐 머리를 돌려 깊이 생각해 보았다.

'곧 우기가 닥쳐올 것이고, 그러면 요하를 건너기 힘들어질 가능성이 크므로 장기전에 대비하지 않으면 안 된다?'

이렇게 모용좌는 형 모용수의 생각을 읽어냈다.

'역시 형님은 주도면밀한 데가 있군!'

모용좌는 감탄해 마지않았다. 그는 전군에게 중산에서 다시 군량미를 싣고 수천의 지원군이 오고 있다는 사실을 알렸다. 그러자 며칠째 통나무 발을 만드느라 고생을 한 연나라 대군은 사기충천하여 새롭게 전의를 불태웠다.

요동성의 고구려군은 요하 건너 곳곳에 박아둔 세작들을 통해 연나라 대군이 통나무 발을 엮고 있다는 첩보를 들었다.

"통나무 발이라……? 그것을 대체 무엇에 쓰려고?"

대왕 이련은 장수들을 둘러보았다.

"요하 서쪽엔 진흙으로 된 펄이 있사옵니다. 적들은 반드시 그 펄을 통과해야만 요하를 건널 수 있는데, 군사들뿐만 아니라 말도 다리가 빠지면 대책이 없습니다. 적들은 부대별로 조를 나누어 통나무 발을 엮어 펄에다 깔고 군사와 말이 그 위를 통과하도록 하려는 것입니다. 또한 통나무 발은 요하를 건널 때 뗏목 내지는 부교로 사용할 수 있습니다."

요하의 인근 지리에 정통한 백암성 성주 설지후가 통나무 발의 용도를 설명했다.

"적들의 도하를 막을 방법은 없겠는지, 제장들은 전략을 말해 보시오."

대왕이 설지후의 말을 들으며 한참 생각에 잠겼다가 입을 열었다.

"설 장군의 말대로 적들은 통나무 발을 이용해 펄을 빠져나오면 배 위에 그것을 깔아 부교로 사용할 것입니다. 이곳 요하에서 도강을 할 때 흔히 사용하는 방법입니다. 때마침 남서 방향에서 북동 방향으로 바람이 불어오는 계절입니다. 따라서 적들이 도강할 때 화살을 쏘는 것은 아군에게 매우 불리합니다. 바람의 방향 때문에 아군의 화살은 적들에게 미치지 못하는데 반해, 적들이 쏘는 화살은 바람의 영향을 받아 사정거리가 길어지기 때문입니다."

이렇게 나온 것은 신성의 성주 연수였다.

"그렇다면 큰일이 아니오?"

"요하의 지리에 밝은 설 장군과 소장이 곧 대책을 논의해 폐하께 보고를 드리도록 하겠나이다."

연수의 말은 시원시원했다. 지난번 요동성 공략 때도 그의 전략이 주효했으므로, 대왕은 적이 마음이 놓였다.

"그렇게 하시오. 신출귀몰한 전략이 나와주길 기대하겠소."

대왕은 일단 전략회의를 마쳤다.

연수와 설지후는 말을 타고 요동성을 나와 요하 동쪽 둔덕으로 향했다. 강 둔덕에는 버드나무들이 주렴 같은 가지를 늘어뜨린 채 바람에 흔들리고 있었다. 그리고 둔덕 동편에는 너른 들판이 펼쳐져 있었는데, 수수밭이 끝 간 데를 모르게 시야에 가득 들어왔다. 꼿꼿하게 수직으로 올라간 수숫대궁들은 자랄 데까지 다 자라서 바람 부는 날에도 쓰러질 염려가 없을 정도로 튼튼한 병풍 역할을 해주고 있었다.

"남서풍을 타고 날아오는 적들의 화살을 무엇으로 막을 수 있을까요? 아군이 바람을 맞으며 싸우는 입장이라서……."

연수가 바람을 맞고 서서 요하 건너편을 바라보며 말했다.

"작전회의 때 대왕 폐하께서 신출귀몰한 작전을 말씀하셨는데, 그때 번뜩 떠오르는 생각이 하나 있긴 했습니다만……."

설지후가 요하 동편으로 끝없이 펼쳐진 수수밭의 장관을 둘러보며 운을 떼었다.

"무슨 묘안이라도 있습니까?"

"적벽대전 때 제갈공명의 작전을 응용한 방법인데, 이것이 먹혀들 수 있을지……."

"허어? 설 장군답지 않게 어찌 뜸을 들이시오?"

연수는 급한 마음에 재촉하지 않을 수 없었다. 통나무 발이 준비되면 곧 연나라 대군이 부교를 만들어 요하를 건너올 것이었다.

"부채가 떠올랐습니다."

"……부채요?"

"바람을 일으키는 데 부채를 사용하지만, 역으로 생각하면 막는 데도 부채가 유용하게 쓰일 수 있지요."

설지후는 그러면서 연수를 향해 의미심장한 눈빛을 보냈다.

"부채를 역이용한다?"

"여기 보세요. 강둑에 버드나무가 지천 아닙니까? 또 수숫대 궁들이 다 자라서 키를 넘지 않습니까?"

"……?"

설지후가 그렇게 말해도 연수는 여전히 감을 잡지 못했다.

"버드나무의 곁가지를 잘라 손잡이가 달린 부챗살을 만들고, 그 나뭇가지와 수숫대궁을 칡넝쿨로 같이 엮어 둑에 길게 늘어세우면 어떻겠습니까?"

"흐음, 버드나무와 수숫대궁으로 엮은 부채라? 화살받이로 쓰시겠다는 말씀이로군요?"

연수가 오른손 엄지와 중지를 튕겨 탁, 소리를 냈다.

"맞습니다. 적벽대전 때 섶으로 엮어 만든 배 두 척을 띄워 제갈공명이 조조 군사들에게서 쉽게 화살을 얻어낸 전략과 비슷하지 않습니까? 적들이 부교를 놓는 곳을 예상해 강둑에 참호를 파고 그 둔덕에 버드나무 부채들을 나란히 세운 다음, 군사들로 하여금 줄을 매어 좌우로 흔들도록 하는 것이지요. 적들은 무슨 꿍꿍이속인가 해서 화살을 마구 날릴 것입니다. 칡

넝쿨로 촘촘하게 수숫대궁을 엮은 부채에는 적들이 쏘아 보낸 화살들이 많이 꽂히겠지요. 더구나 적들은 버드나무 부채를 보고 무슨 작전인지 몰라 당혹스러워 할 것입니다. 일종의 심리전 내지는 교란작전이 되겠지요. 또한 적들이 도강에 실패해 후퇴할 경우, 아군은 버드나무 부채를 둔덕에서 뽑아 강물에 띄우고 적을 추격하는 뗏목으로 사용하면 일거양득의 효과를 거둘 수 있을 것입니다. 적들이 진흙 펄을 지나 퇴각할 때도 요하를 건넌 아군 여러 명이 조를 짜서 버드나무 부채를 썰매처럼 밀며 추격하면 용이할 것입니다."

"역시 설 장군다운 작전이십니다. 버드나무 부채가 바람과 물을 이용한 전략 무기로 쓰일 수 있다니……."

연수도 설지후의 버드나무 부채 활용은 정말이지 제갈공명의 꾀에 버금가는 신출귀몰한 전략이라며 무릎을 치지 않을 수 없었다.

그날 저녁 설지후와 연수 두 장군은 대왕 이런을 찾아가 버드나무 부채 전략을 자세하게 설명했다. 그리고 그 전략 무기를 설치해 강둑에 세울 때까지는 비밀리에 진행토록 했다. 군사들 사이에서도 그것이 무엇에 쓰이는지 용도를 알 수 없게 하여 적들에게 그 전략이 새어나가지 않도록 했던 것이다.

며칠 후 드디어 연나라 대군의 도강작전이 시작되었다. 사마 학경이 고안해 낸 방법대로 장장 2백 리에 걸친 요하 강변의 진흙 펄을 건널 때 통나무 발을 요긴하게 사용했다. 진흙 펄에 통나무 발을 펼쳐놓고 군사가 한차례 지나가면, 다음 군사들이 새로 가져온 통나무 발을 앞에 놓고 건너는 식으로 조를 나누어 요하까지 닿았다.

"자, 배를 띄워라!"

선봉에 선 모용농이 군사들을 다그쳐 배를 강물에 띄우고, 그 위에 통나무 발을 얹어 부교를 만들었다.

모용농은 부여 유민들로 구성된 여화와 여암의 군대를 선두에 몰아세워 요하 건너의 고구려 대군을 공격케 했다. 그는 뒤에서 채찍을 휘두르며 무조건 앞으로 전진하라고 소리쳤다. 뒤로 주춤주춤 물러서는 군사는 칼을 빼어 가차 없이 베어버렸다.

"우리에게 후퇴란 없다! 앞으로, 앞으로, 계속해서 공격하란 말이닷!"

모용농은 무섭게 눈을 지릅뜬 채 목이 터져라 외쳐댔다. 그의 눈은 마치 두 줄기로 불이 뿜어져 나오는 듯 시뻘겋게 충혈되어 있었다.

모용농이 그렇게 핏발 선 눈으로 군사들을 몰아대던 그때, 건너편 둔덕 고구려 진지에서 희한한 일이 벌어지고 있었다. 요하에 부교를 놓을 때는 몰랐는데, 갑자기 둔덕마다 버드나무 부채가 나타나 좌우로 흔들리고 있었던 것이다.

"아니, 저게 대체 뭔가?"

모용농은 군사들을 채찍질하다 말고 문득 멈춰 섰다.

"화살받이 같습니다. 적들은 저 뒤에 숨어서 우리의 화살을 피하면서 화살을 쏘아대겠지요."

여암이 말했다.

"미친놈들 아닌가? 전쟁을 무슨 장난으로 아나? 우리 연나라 화살은 뚫지 못하는 게 없다. 겁먹지 말고 마구 화살을 날려라. 저 나무부챈지 뭔지 뒤에 숨은 적들의 눈알을 뺄 정도로 힘껏 활시위를 당겨라."

모용농은 개의치 않았다. 무슨 수를 쓰든 요하부터 건너고 보겠다는 욕심이 앞섰던 것이다.

연나라 선봉부대가 부교 위에서 화살을 마구 쏘아댔지만, 고구려 진지에선 버드나무 부채만 좌우로 흔들릴 뿐 아무런 반응이 없었다. 그러다가 사정거리가 되자, 버드나무 부채와 부채 사이로 고구려 군사들의 모습이 나타나며 화살을 쏘아대기 시작했다. 여전히 버드나무 부채가 좌우로 흔들리고 있었으므로, 연나라 군사들은 혼란스러워 화살로 대적하기 쉽지 않았다.

갑자기 요하 건너 고구려 진지에서 화살이 새카맣게 날아와 강물 위로 떨어지자, 도강을 하던 연나라 선봉대는 방패로 화살을 막으려고 몸부림쳤다. 그러나 부교는 좁았고 통나무를 엮어 만든 발은 미끄러워 연나라 군사들은 엎어지거나 물에 빠져 허우적대기 일쑤였다.

선두에서 군사를 지휘하던 부여 출신 장수 여화가 일단 공격을 멈추고 뒤로 되돌아와 모용농에게 소리쳤다.

"장군! 적의 공세가 만만치 않습니다. 이러다간 강을 건너지도 못한 채 군사들만 잃게 생겼습니다. 일단 후퇴해서 다른 작전을 짜보는 것이 어떻겠습니까?"

"무엇이? 그게 선봉을 맡은 대장으로서 할 말이냐? 당장 이 칼에 목이 떨어지기 전에 돌아가 강을 건너라. 가장 먼저 요하 동쪽 땅에 첫발을 딛는 자에게 큰 상을 내리겠다."

모용농은 적의 화살을 피해 후퇴하는 아군의 목을 치느라 핏물이 흘러내리는 칼을 여화의 목에도 들이댔다.

결국 여화는 다시 선두로 가서 부여 유민 출신의 군사들에게 돌격을 명할 수밖에 없었다.

"물러서는 자는 베어버리겠다."

고구려 군대의 방어가 견고하여 부교를 요하 동쪽 기슭까지 설치하지 못하자 맨 앞에서 부교를 설치하던 여암이 소리쳤다.

"헤엄을 쳐서라도 강을 건너라."

여암과 여화는 휘하의 군사들을 물속으로 마구 밀어 넣었다. 그러나 물속에서는 방패도 사용하기 곤란하므로 허우적거리다 화살에 맞아 죽는 자가 부지기수로 늘어났다. 점차 시체들이 강물 위에 가득했다.

"시체를 밟고라도 강을 건너라!"

"후퇴하면 다 죽는다!"

선봉에 선 여화와 여암의 다그치는 소리에 연나라 군사들도 서로 따라 외치며 요하를 건넜다.

한편, 연나라 선봉부대 뒤에서는 중군의 모용좌 군대와 우군의 모용보 군대가 양측에서 한꺼번에 요택의 진흙 펄로 들어섰다. 따라서 모용농의 군사들은 뒤로 한 발짝도 물러설 수 없어 죽음을 무릅쓰고 강을 건너지 않으면 안 되었다.

이때 모용보는 군대 전면에 고구려 유민 출신 군대를 통솔하는 노장 고화를 내세웠다.

"고화 장군! 우리가 가장 먼저 요동성을 점령해야 하오. 농의 선봉부대가 강을 건너 고구려 군대와 결전할 때, 우리 군대는 재빠르게 도강해 옆길로 빠져나가 요동성을 공격할 것이오. 그리고 고 장군의 휘하에 있는 아들 고발은 호위무사로 나를 보좌토록 할 것이니 그리 아시오."

모용보는 고구려 대군과 결전할 때 고화가 휘하의 고구려 유민 출신 군사들을 이끌고 항복할지도 모른다는 의심을 갖고 있었다. 그래서 그는 고화의 아들 고발을 곁에 두어 볼모로 삼고자 한 것이었다.

"아들을 호위무사로 써주시겠다니 정말 고맙습니다. 이제 안심이 되어 목숨을 내놓고 싸울 수 있습니다. 염려 마십시오. 이번에 반드시 요동성을 되찾는 전공을 세워 장군께 선물로 드리겠소이다."

고화는 노련한 장수였다. 그는 모용보가 자신의 아들을 볼모로 삼겠다는 의도를 잘 알고 있었다. 그러나 아들 고발을 생각하면 모용보의 호위무사로 있는 것이 앞으로 출셋길이 열리는 좋은 기회이기도 하므로, 오히려 긍정적으로 생각했다.

모용보는 모용수가 많은 자식들 중에서도 가장 아끼는 아들로, 앞으로 태자가 될 가능성이 매우 컸다. 만약 모용보가 모용수의 다음 대를 이어 제위에 오른다면, 아들 고발의 앞날에는 탄탄대로가 열릴 것이었다.

'그래, 어차피 고구려로 돌아가지 못할 몸! 연나라 땅에 고구려 피를 심어 큰 나무로 키우리라.'

노장 고화는 이렇게 마음속으로 다짐하며 고구려 유민 출신 군사들을 독려해 요택으로 들어섰다. 요하에서 올라온 안개가 진흙 펄을 가득 메워 모용농의 선봉부대는 그림자조차 보이지 않았다. 다만 안개 속에서 군사들의 함성만 요란하게 들려올 뿐이었다.

7

요하 동편 언덕에 진지를 구축한 백암성 성주 설지후는 강

을 건너오는 연나라 대군을 맞아 고구려 1차 방어군을 진두지
휘하고 있었다. 요택을 건널 때 쓴 통나무 발을 이용하여 부교
를 만드느라 부산을 떨고 있는 연나라 대군을 바라보며, 그는
지그시 입술을 비틀었다.

"미련한 것들! 요하의 물귀신을 만들어도 시원찮을 것들이로
다! 여봐라, 사정 두지 말고 마구 화살을 날려라!"

설지후는 고구려 군사들을 향해 소리쳤다.

그때 고구려군이 쏜 화살 하나가 모용농의 귓볼을 스치고
지나갔다. 부교 위에서 전진하던 연나라 선봉대도 고구려군의
화살 세례를 받아 주춤거렸다.

"절대 뒤로 물러서지 마라! 물러서는 자는 적의 화살을 맞
고, 전진하는 자는 적의 화살도 피해 가는 법이다!"

모용농은 휘하 군사들에게 마구 호통을 쳐댔다.

어느 사이 부여 유민 출신 군사들을 이끄는 여화와 여암은
강을 건너 고구려 방어군과 육박전을 벌였다. 피아를 구분하기
어려울 정도로 전투는 한 덩어리로 뒤엉켜 마구 창칼로 찌르
고 베었다.

높은 언덕에서 양군의 전투 장면을 바라보던 고구려 대왕 이
련은 중군에게 명령을 내렸다.

"일제히 총공격을 감행하라!"

명령이 떨어지기 무섭게 북소리가 둥둥 울렸고, 그 소리를

신호로 하여 고구려 대군이 요하를 향해 맹렬하게 돌격해 들어갔다.

요하 도강작전을 감행한 연나라 대군이 여러 군데 부교를 설치해 한꺼번에 상륙하면서 설지후가 이끄는 고구려군 1차 방어선이 어지러워질 즈음, 때마침 후방에 대기하고 있던 고구려 대군이 들이닥친 것이었다. 일순, 연나라 선봉군은 당황하지 않을 수 없었다.

"저놈들은 또 뭐냐?"

막 부교에서 뛰어내리던 모용농의 눈이 화등잔 모양으로 커졌다.

"우리 중군은 아직 강을 건너려면 멀었는데, 고구려 대군이 들이닥쳤습니다. 중과부적입니다. 이러다간 뼈도 못 추리고 몰살당하기 십상입니다."

전면에서 싸우다 점차 뒤로 밀려난 여화가 말했다.

모용농도 새카맣게 몰려드는 고구려 대군들을 대항하기에는 역부족임을 알았다.

"에잇 분하닷! 어렵게 강을 건너왔는데 되돌아가야 하다니…… 하는 수 없다. 전군 퇴각하라!"

모용농의 명령이 떨어지자 연나라 선봉대는 갑자기 전열이 흐트러졌다. 이때를 틈타 설지후가 이끄는 고구려 1차 방어군이 수세에 몰린 적을 향해 일제히 공격을 감행하기 시작했다.

연나라 군사들은 부교를 건너 후퇴하기에 바빴다. 한꺼번에 좁은 부교를 건너려니 서로 밀치다 강물로 떨어져 허우적대는 군사들이 태반을 넘었다.

"일부는 적이 놓은 부교로 건너 바짝 추격하라! 그리고 나머지는 화살을 수거한 후 버드나무 부채를 물에 띄우고, 그것에 의지해 헤엄을 쳐서 강을 건너라."

설지후가 고구려 군사들에게 외쳐댔다.

고구려 중군은 대왕을 호위하는 신성 성주 연수와 그의 아들 연포가 이끌고 있었다. 설지후가 선봉부대를 이끌고 요하를 건너갈 때 뒤미처 따라온 고구려 중군들도 버드나무 부채를 띄우고 강물로 뛰어들었다. 말을 탄 장수들과 기마대는 연나라 군사들이 힘들여 설치한 부교를 이용하여, 요하를 건너 달아나는 적의 후미를 손쉽게 공격해 들어갔다.

한편, 모용좌와 모용보가 이끄는 연나라 대군은 한창 요택의 진흙 펄을 통과하고 있는 중이었다. 그런데 안개가 자욱해 전방 상황을 육안으로 확인할 수 없었다. 다만 군사들의 함성을 듣고 모용농의 선봉부대와 고구려 대군이 격전을 벌이고 있는 줄로만 짐작할 뿐이었다. 양군의 북소리와 징소리가 요란하여 어느 편이 유리하고 불리한지 제대로 판단이 서지도 않았다.

"서둘러서 요택을 건너라! 선봉부대가 위험하다."

뭔가 이상한 낌새를 눈치챈 모용좌가 군사들을 다그쳤다.

그러나 통나무 발을 옮겨가며 요택을 건너야 하는 연나라 군사들로서는 진군이 느릴 수밖에 없었다. 통나무 발 앞에 줄을 서서 대기하는 군사들을 향해 모용보가 소리쳤다.

"통나무 발에만 의지할 생각 말고 각자 엎드려서 펄 위를 기어라."

연나라 중군이 거의 다 요택 안으로 들어섰을 때였다.

남쪽으로부터 한 떼의 군마가 뿌연 먼지를 일으키며 달려오고 있었다. 연나라 군대로 가장한 일목의 해룡부대와 담덕의 태극군이었다. 그들은 수백을 헤아리는 마차를 대동하고 있었는데, 그 위에는 군량미로 위장한 건초와 유황이 가득 실려 있었다.

일목은 건초와 유황을 실은 마차들을 요택 앞에 두 줄로 배치시켰다. 그러고는 담덕과 함께 높은 언덕에 올라가 전황을 살폈다.

해가 중천으로 떠오르면서 안개가 걷히기 시작했다. 요택을 자욱하게 점령하고 있던 안개는 뜨거운 햇볕 아래서 봄눈처럼 녹아버렸다. 금세 안개로 덮였던 요택의 들판이 훤히 드러나면서 연나라 대군과 고구려 대군의 전투 장면이 시야에 가득 잡혀왔다.

요하를 다 건너온 고구려군은 진흙 펄 위에 버드나무 부채를 놓고 엎드려 밀면서 앞으로 진군했다. 버드나무의 늘어진 줄기들과 수숫대궁을 엮어 만든 부채로 펄에서 미끄럼을 타듯 전진하자, 고구려군의 진군 속도는 매우 빨랐다. 그러나 연나라 대군은 무릎까지 빠지는 진흙 펄에서 팔만 연신 허우적대면서 쫓겨 달아나다, 추격해 온 고구려 군사들의 창칼에 찔려 목숨을 잃었다. 멀리 달아나는 연나라 군사들을 향해 고구려 군사들은 무릎을 꿇은 자세로 화살을 쏘아대기도 했다. 이렇게 되자 요택을 건너가던 모용좌와 모용보의 연나라 대군도 후퇴하는 선봉대를 보고는 등을 돌려 퇴각하기에 바빴다.

"바로 이때다! 적색 깃발을 올려라!"

해룡부대를 이끄는 일목이 소리쳤다. 적색 깃발은 수레에 싣고 온 건초와 유황에 불을 지르라는 신호였다.

언덕 위에서 적색 깃발이 올라가는 것을 본 해룡부대와 태극군은 각자 맡은 수레에 불을 질러 요택의 갈대밭을 태웠다. 때마침 바람이 남서쪽에서 북동쪽으로 불면서 자욱한 연기가 순식간에 요택의 하늘을 점령해 버렸다. 강한 햇볕에 안개는 씻은 듯이 자취를 감추었으나, 유황과 건초에 붙은 불이 젖은 갈대를 말리면서 타올라 더욱 연기가 자욱하게 일어났다. 거기에다 매캐한 유황 냄새와 함께 연기가 퍼져 나가 요택의 펄밭은 그야말로 아수라장이 되었다. 미처 유황불을 피하지 못해 불속에 뒹구는 연나라 군사들의 아우성 소리는 아비규환의 지옥을 방불케 하였다.

유황불과 맞닥뜨린 연나라 대군은 기겁을 하여 오도 가도 못하는 신세가 되고 말았다. 후퇴를 하자니 유황불이 무섭고, 다시 돌아서자니 추격해 오는 고구려 대군의 창칼을 견디기 어려웠다.

"좌우편으로 갈라져라!"

모용좌가 소리쳤다.

연나라 대군 중 모용보와 모용농의 군대는 좌편으로, 대장군 모용좌의 대군은 우편으로 갈라져 도망치기 시작했다. 그러나 진흙 펄이라 무릎까지 빠지는 통에 도망치기도 수월치 않았다. 곧 버드나무 부채를 밀면서 요택을 건너온 고구려 대군에게 추격을 당해, 진흙 펄이 그대로 연나라군의 공동묘지가 되어버렸다.

이때 멀리 언덕 위에서 전투의 양상을 지켜보던 일목이 담덕을 향해 말했다.

"왕자님께서는 해룡부대 1천과 태극군을 이끌고 우측으로 도망치는 연나라 군사들을 추격하십시오."

우측을 맡은 담덕의 군대는, 적의 입장에서 좌편으로 도망치는 모용보와 모용농의 군대를 추격하게 되었다. 마찬가지로 일목의 군대 2천은 좌측으로 말을 몰아 마주 보고 달려오는 모용좌의 군대와 격돌했다.

"자, 해룡부대와 태극군은 나를 따르라!"

담덕은 말에 채찍을 가했다. 마동 또한 말 머리를 같이한 채 옆에서 호위를 하며 태극군을 이끌었다. 그리고 유청하는 따로 해룡부대 1천을 진두에서 지휘하고 있었다.

좌측 요택으로 퇴로를 열어 도망치기에 바쁜 모용보의 군대 는 말이며 군사들 모두 진흙 펄에 발이 빠져 허우적대기만 할 뿐 쉽게 그곳을 벗어나지 못하고 있었다. 진흙 펄에서는 말도 무용지물이므로, 연나라 군사들은 말고삐를 놓고 각자 뿔뿔이 흩어져 도망치기에 바빴다.

담덕의 해룡부대와 태극군은 모용보의 군대가 요택을 빠져 나와 달아나기 쉬운 곳에 미리 가서 숨어 있었다. 키를 훌쩍 넘 게 자란 수수밭은 군사들을 숨기기에 좋았다. 요택을 벗어나면 밭과 밭 사이로 난 좁은 길을 빼고는 주위가 온통 수수밭으로 이어져 있었다.

요택을 빠져나온 연나라 군사들의 몰골은 말이 아니었다. 옷 이며 몸이며 온통 진흙으로 칠갑을 한 군사들은 그 형용이 마 치 흙으로 빚은 토용土俑 같았다. 모용보가 겨우 진흙 펄을 벗어 나 대열을 정비하기도 전에 느닷없이 근처 수수밭에서 함성이 일 어나며 담덕이 이끄는 해룡부대와 태극군이 공격을 가해 왔다.

"모두들 수수밭으로 흩어져라!"

모용보가 휘하 군사들에게 소리쳤다.

수수밭으로 뿔뿔이 흩어져 달아나는 연나라 군사들을 쫓다

보니 담덕의 해룡부대와 태극군도 각자 흩어져 그들을 쫓지 않으면 안 되었다.

담덕은 용케도 적의 장수로 보이는 자를 따라잡았다. 바로 모용보였다. 그의 옆에서는 고화의 아들 고발이 호위를 하고 있었다.

앞에서 쫓기는 자들은 두 발로 허청거리며 달렸고, 뒤에서 쫓는 담덕과 마동은 말을 타고 추격했다.

"안 되겠다. 수수밭으로 튀자. 놈들이 말을 타고는 수수밭으로 뛰어들지 못할 것이다."

모용보가 먼저 수수밭으로 몸을 숨겼고, 고발이 그 뒤를 따랐다.

"어디로 도망치느냐? 항복을 하면 목숨만은 살려주겠다."

담덕이 모용보의 뒤통수를 향해 고함을 질렀다.

"목소리를 들어 보니 아직 피도 마르지 않은 애송이로구나."

쫓기는 중에도 모용보가 언뜻 수숫대 사이로 담덕의 용모를 살폈다.

바로 그때 담덕의 곁에 있던 마동이 허리춤에서 재빨리 수리검을 뽑아 날렸다. 그 순간, 모용보와 고발이 몸을 뒤틀었다. 두 개의 수리검이 정확하게 두 사람의 등에 가서 꽂혔던 것이다.

"소장이 저들을 맡겠습니다. 그사이 전하께서는 어서 몸을 피하십시오."

고발이 칼을 빼어들고 담덕과 마동 앞을 가로막았다.

앞뒤 생각할 겨를도 없이 모용보는 고발을 뒤로하고 수수밭을 헤치며 달아나기에 바빴다.

수숫대가 빼곡하게 들어찼으므로 칼싸움을 하기에는 적당치 않았다. 칼을 휘둘러 보았자 수숫대만 베어 넘길 뿐이었다. 그사이 상대는 재빠르게 몸을 피하여 숨기 때문에 마치 숨바꼭질 놀이를 하는 꼴이었다.

"왕자님, 저놈은 제게 맡기십시오. 단칼에 목을 베어 오겠습니다."

마동이 나섰다.

"아니다. 저자의 말을 들으니 먼저 달아난 자가 연나라 모용수의 아들인 모양이다. 주군을 살리기 위해 목숨을 걸고 우리에게 맞서는 걸 보면 꽤나 의리 있는 자가 아니냐?"

담덕이 말했다.

"그러니 더욱 괘씸한 놈 아닙니까?"

"저자를 내게 맡겨두고 너는 여기서 잠시 기다리거라."

담덕이 눈을 찡긋해 보이며 마동의 행동을 저지했다.

바람이 불었고, 수수 이파리들이 서걱거리며 어수선한 소리를 냈다. 그래서 사람이 수숫대 사이로 조심스럽게 움직이면 그 소재를 정확하게 찾아내기가 쉽지 않았다.

수숫대 때문에 긴 칼도 소용없었다. 담덕은 품속에서 단도를 꺼내 들고 주위를 살폈다. 그는 수수 이파리에 묻은 핏자국을 찾기로 했다. 마동이 던진 수리검이 등에 꽂혀 계속 피를 흘리고 있을 것이기 때문이었다.

핏자국을 따라 추적하던 끝에 마침내 담덕은 수수밭 고랑에 납작 엎드려 숨을 죽이고 있는 고발을 발견했다. 그의 등에는 그때까지도 마동의 수리검이 박혀 있었다.

소리를 죽여 살금살금 다가간 담덕은 고발의 옆구리에 단도를 들이대고 낮은 소리로 말했다.

"순순히 항복하면 목숨만은 살려주겠다."

담덕의 말에 고발은 와들와들 떨며 일어나 앉아 두 손을 번쩍 들어 올렸다.

"제발 목숨만이라도 살려주십시오."

그런데 담덕은 그 목소리가 귀에 익었다.

"그런데, 그대는?"

떨고 있는 고발을 바라보던 담덕은 곧 그의 얼굴을 기억해 냈다. 얼굴에 온통 펄의 진흙이 묻어 분간하기 쉽지 않았지만, 언젠가 고구려 유민 마을에서 만난 적이 있는 고화의 아들이었던 것이다. 목소리를 기억하기에 진흙 묻은 얼굴도 낯이 익었다.

"아얏! 고구려 출신 공자님?"

고발도 담덕의 얼굴을 바로 알아보았다.

"그대는 연나라 모용보 휘하에 있는 고화 장군의 아들이 아니오?"

"예예, 바로 맞습니다. 고화 장군의 아들 고발입니다."

"방금 전에 달아난 자가 바로 모용수의 아들 모용보였군!"

"예, 그렇습니다."

"이거 유감인걸? 모용보와 멋지게 한번 겨뤄볼 기회를 놓쳤
군! 나는 고구려 출신 공자가 아니라, 고구려 왕자 담덕이오. 가
서 모용보에게 전하시오. 언제 정정당당하게 실력 한번 겨뤄보
자고."

담덕은 그러면서 고발의 등에 꽂힌 수리검을 뽑아주었다.

"와, 왕자님! 그럼 이 목숨을 살려주시는 겁니까?"

"이번이 두 번째요. 그대가 고구려 유민이라 살려주는 것이
니 다음에는 이렇게 만나는 일이 없도록 하시오. 세 번째는 이
칼이 더 이상 용서하지 않고 그대의 목숨을 거둘 것이니⋯⋯."

고발을 놓아주고 나서 담덕은 멀리 달아나는 그를 한참 동
안 바라보다가 이내 돌아섰다. 그런 담덕의 얼굴에 쓸쓸한 미
소가 떠올랐다.

제5장

상봉

1

요하에서 연나라 패잔병을 제압한 해룡부대의 일목과 태극군의 담덕은 곧 군사를 수습했다. 아직 고구려 대군이 요택을 다 빠져나오기 전이었다.

"왕자님! 급히 돌아가야 할 일이 생겨 소장은 지금 떠나야 합니다."

일목이 담덕을 바라보았다.

"아니, 왜요? 곧 대왕 폐하가 이끄는 고구려 대군이 이곳에 도착할 터인데……."

"산동에서 위급하다는 연락이 왔습니다. 우리 해룡부대가 자리를 비운 사이에 해적들이 지휘소를 급습한 모양입니다."

"그래요? 그럼 나도 같이 가겠습니다."

"왕자님은 안 됩니다. 이곳에서 고구려 대군을 기다리고 있다가 대왕 폐하를 만나셔야 합니다. 뜻밖에 이런 전장에서 왕자님을 만나면 폐하께서 얼마나 기뻐하시겠습니까? 소장은 언젠가 다시 왕자님을 뵐 기회가 있을 것입니다."

일목은 그 말을 남긴 채 지체없이 산동으로 떠났다.

마동이 언덕 너머까지 아버지를 배웅하고 돌아왔다. 그의 손에는 가죽 주머니가 하나 들려 있었다.

"왕자님, 아버님께서 이것을 전해 드리라고 하시더군요."

가죽 주머니를 담덕에게 건네주는 마동의 눈은 벌겋게 충혈되어 있었다. 부자간의 이별이 그렇게 애틋했던 것이다.

"오, 이건 지도로군! 얼마 전에 내가 일목장군께 보여드렸던 관미성 지도."

담덕은 주머니 속에서 꺼낸 양가죽 지도를 자세히 들여다보았다. 그가 작성한 지도보다 더 세밀하게 그려져 있었다. 관미성의 요새는 물론, 그 주변의 해저 지형까지 소상하게 나와 있는 지도였다.

"마동아! 너무 슬퍼하지 마라. 장군과는 다시 만날 날이 있을 것이다. 그때는 네게 아버지와 오래도록 함께 시간을 보낼 수 있도록 해주마."

담덕은 관미성 지도를 품속에 깊이 간직하며 마동을 향해 말했다.

바로 그때 요택을 건너온 고구려 대군의 깃발들이 저 멀리 나타나기 시작했다. 유황의 매캐한 냄새가 연기와 함께 아직 요택 들판을 떠돌고 있었고, 그 연기 끄트머리로 울긋불긋한 오색 깃발들이 바람에 펄럭였다.

"고구려 대왕 만세!"

"고구려 대군 만세!"

담덕은 말 위에 높이 올라앉아 두 손을 번쩍 들어 올렸다. 그러자 좌우에 서 있던 유청하와 마동이 소리쳤고, 그 소리를 따라 고구려 유민들로 이루어진 태극군들이 만세를 합창했다. 곧 그들의 눈에서는 감격의 눈물이 흘러내렸다. 그들은 말로만 듣던 고향에 돌아온 것처럼, 오랜만에 만나는 부모와 친형제를 대하듯, 대왕 이련이 이끄는 고구려 대군을 맞고 있었던 것이다.

멀리 대왕의 모습이 아련하게 시야에 잡혀왔다. 백마 위에 황금 갑옷을 입은 모습만 보아도 금세 고구려 대왕임을 알 수 있었다.

이때 유청하가 대왕의 부대를 맞이하기 위해 말을 타고 앞으로 달려 나갔다. 그는 대왕 가까이 가자 급히 말에서 뛰어내려 무릎을 꿇었다.

"폐하! 소신 유청하이옵니다. 담덕 왕자님을 모시고 왔사옵니다!"

"무엇이? 우리 담덕이를……?"

대왕은 말을 멈추고 손을 들어 군사들의 행군을 정지시켰다.

그때 유청하의 뒤를 따라 달려온 담덕이 말에서 뛰어내려 대왕 앞으로 다가가 허리를 꺾었다.

"소자 담덕이옵니다."

"오, 네가 담덕이라고? 우리 아들 담덕이란 말이냐?"

대왕은 자신도 모르는 사이에 말에서 뛰어내려 담덕을 항해 양팔을 벌리고 다가왔다.

"불효막심한 소자가 폐하께 큰 걱정을 끼쳐 드렸나이다."

담덕의 말이 채 끝나기도 전에 대왕은 아들을 가슴으로 끌어안았다.

"어디 보자! 우리 담덕이가 이렇게 성장했단 말이지? 허허허, 대장부가 다 됐구나."

대왕 이련은 두 손으로 담덕의 어깨를 짚고 얼굴을 똑바로 바라보았다.

"예! 햇수로 5년 만이옵니다."

"벌써 그렇게 세월이 흘렀구나."

대왕은 아들 담덕이 일곱 살 때 국내성을 떠난 기억을 떠올렸다. 그때 키가 작아 말에 오르기조차 힘들 만큼 어렸었는데, 다른 사람의 도움을 받지 않고 스스로 소나무 가지로 올라가 말에 타던 기억이 어렴풋이 되살아났다. 아직 목소리는 변성기가 안 되었지만, 체구는 어엿한 대장부가 된 아들 담덕이 눈앞에 당당하게 서 있는 것이었다. 손으로 꼽아보니 아들의 나이가 열한 살이었다.

"대왕 폐하! 담덕 왕자께서 이번에 큰 공훈을 세웠나이다. 후방에서 유황불로 적군을 오도 가도 못하게 만들어 요택에 생매장시킨 것이 바로 왕자님이 이끄는 태극군이었사옵니다."

유청하가 일어나 대왕에게 그동안의 정황을 보고했다.

"오! 적군 후방에서 우리 고구려 대군을 도와주는 군대가 있다는 것을 짐작은 했다. 그래서 몹시 궁금했는데, 우리 담덕의 군대였구나! 장하도다, 장해! 태극군이라면 어떤 군대인가?"

대왕은 매우 흡족한 얼굴로 담덕의 등을 두드려주었다.

"태극군은 요서지역에 살던 고구려 유민들입니다. 오래전 모용황이 우리 고구려에 쳐들어왔을 때 포로가 되어 용성까지 끌려왔던 유민의 자제들입니다. 소자가 고구려 유민의 자제들 중 청장년들을 모아 태극군을 만들었지만, 이번 요하 전투에서는 일목장군이 이끄는 해룡부대의 공적이 더 큽니다."

담덕이 뒤에 대기하고 있는 태극군을 손으로 가리켰다.

"허허허! 일목장군은 누구고, 또 해룡부대는 어떤 군사들인가?"

대왕은 감동한 표정을 숨기지 않았다.

이때 유청하가 나서서 일목과 해룡부대에 대해 간략하게 설명했다. 산동에서 해적들을 무찌르는 부대가 바로 해룡부대라는 것을 알고 대왕은 큰 관심을 보였다.

"그들도 고구려와 부여 유민들로 이루어져 있다고? 헌데 일목장군과 해룡부대는 지금 어디에 있는가?"

"패전하여 쫓기는 연나라 대군을 격추한 후 급히 산동으로 되돌아갔사옵니다. 지휘소를 비운 사이 해적들이 공격해 왔다는 파발이 왔기 때문이옵니다. 그 일목장군의 아들이 소자의 호위무사로 있는 마동이옵니다."

담덕은 마동을 손짓으로 불러 대왕에게 인사를 시켰다.

고구려 대군은 곧 정비되었고, 담덕의 태극군도 그 휘하의 부대로 귀속되었다.

"자, 우리 고구려 대군은 내친김에 현도군을 공략한다. 현도군을 점령한 후 군사들을 푹 쉬게 하고 대연회를 베풀 것이다. 모두들 깃발을 올리고 북을 치며 현도군을 향해 달려가자!"

대왕의 말에 저절로 힘이 실렸다. 아들 담덕을 극적으로 만난 것 하나만으로도 10만 대군을 얻은 것처럼 든든했다. 말 위에 오른 담덕의 늠름한 모습이 보면 볼수록 자랑스러웠다.

현도군은 요하 서쪽에 있는 성으로, 예전부터 요동성의 지배하에 있었다. 요동성과 현도군은 요하를 사이에 두고 있었지만, 고구려로서는 현도군까지 손안에 넣어야만 안심할 수 있었다. 즉 요동성을 굳건히 지키기 위해서는 반드시 현도군을 전초기지로 삼아야만 했고, 더불어 요하 서편에 아득하게 펼쳐진 평야지대로부터 나오는 곡물들을 세수로 확보할 수 있었던 것이다.

대왕 이련이 고구려 요새인 요동성을 회복하고 나서 곧바로 현도성을 공략하고자 한 것은, 모용수가 일으킨 후연의 근거지를 중원과 가까운 서쪽으로 몰아붙여 요서지역을 경영하고자 하는 야심을 갖고 있었기 때문이다. 조부였던 미천왕은 315년에 현도군을 차지하여 요서지역을 평정한 바 있었다. 대왕 이련은 조부가 경영했던 그 땅을 회복하여 더 이상 선비족이 고구려를 넘보지 못하도록 해야만 했던 것이다.

요하 전투에서 실패한 연나라 군사들은 용성과 현도군으로 흩어져 전열을 정비하고 있었다. 대왕 이련은 그중 현도군을 공격하면서 연나라 패잔병들이 군비를 강화하기 전에 기습하여 단숨에 무찔러버리기로 했다.

고구려 대군은 요하 전투에서 연나라군 1만 이상을 강물에 수장시키거나 요택 늪에서 사살했다. 또한 백암성 성주 설지후의 버드나무 부채 전략으로 수십만 개의 화살을 확보했다. 요택 진흙 펄에 버려진 연나라군의 병장기를 수거한 것만도 기천에 달하였다.

현도군의 성 앞에 다다른 고구려 대군은 일단 동쪽 야산에 진지를 구축했다. 대왕 이련은 곧 휘하 장수들을 불러 전략회의를 열었다.

"현도군은 저 중원의 적들이 우리 고구려로 들어오는 관문이다. 태조대왕 때부터 요서지역에 10성을 쌓아 우리가 지켰으나, 우문·탁발·모용 등 선비족들이 득세하면서 한동안 이 땅을 잃어버렸다. 이제 다시 우리 고구려가 현도성을 되찾아 중원의 적들이 쳐들어오는 관문을 굳건히 막아야 한다. 그래야만 우리 고구려가 요동뿐만 아니라 요서까지 경영할 수 있다. 장강 남쪽의 동진과 북쪽의 전진이 패권을 다투면서 이곳 요서지역은 무주공산으로 남아 있었다. 작금에 부견의 수하였던 모용수가 모반하여 후연을, 요장이 후진을 세워 전진을 압박하고 있다. 이때야말로 고구려가 현도성을 회복하고 모용보가 지휘하는 요서지역의 모용부를 축출할 수 있는 절호의 기회다. 지금 우리 고구려 대군은 요동성을 탈환하고 일거에 요하를 건너 요택 진흙 펄에서 패주하는 연나라 대군을 크게 무찔렀다. 질풍노도와도 같은 우리 고구려 대군의 진로를 누가 막겠는가? 우리에게 쫓겨 현도성으로 들어간 연나라 패잔병들을 쳐부술 장수는 당당하게 나서도록 하라!"

대왕의 목소리는 패기에 차 있었다.

"폐하! 소장이 단숨에 현도성을 공략해 굳게 닫힌 성문을 열겠나이다."

이렇게 나선 것은 요동성을 공략할 때 큰 공을 세운 젊은 장수 연포였다.

"오, 그 젊은 패기가 마음에 드는구나!"

대왕이 연포를 바라보며 깊은 신뢰의 눈빛을 보냈다.

"폐하! 소자를 선봉장으로 삼아주십시오. 요서지역 지리에 밝은 고구려 유민의 자제들로 이루어진 태극군에게 현도성을 되찾을 기회를 주심이 어떠하오는지요?"

담덕이 이렇게 나서자, 대왕은 짐짓 놀란 눈으로 아들을 바라보았다. 아직 전쟁터에 나가기도 어린 나이인데 선봉장이 되겠다니, 대견하다는 생각에 앞서 자칫 크게 다치기라도 할까 그것이 더 걱정되었던 것이다.

"담덕아! 앞으로 너는 많은 전쟁을 치르게 될 것이야. 이번에는 젊은 장수 연포가 어떻게 적을 무찌르는지, 이 언덕에서 아비와 함께 구경하는 것도 좋은 공부가 되지 않겠느냐?"

대왕의 말이 끝나기 무섭게 담덕 곁에 서 있던 유청하가 앞으로 선뜻 나섰다.

"대왕 폐하! 왕자님께선 이번 요하 전투에서 혁혁한 공을 세웠습니다. 소장이 옆에서 목격하였사온데, 왕자님의 무공이 젊은 장수들 못지않습니다. 소장이 옆에서 보필할 것이오니, 태극군을 선봉에 세워주시옵소서."

"오, 그래?"

대왕은 다시 아들 담덕을 바라보았다. 그는 담덕보다 두 살 더 먹었던 열세 살 때 부왕과 함께 수곡성 전투에 참가했던 옛 기억을 떠올렸다. 당시 그가 첫 전투에 참여했던 때보다 담덕의 나이가 어리긴 했지만, 체구는 더 컸고 갑옷 입은 모습도 매우 늠름해 보였다.

"폐하! 부디 허락해 주십시오."

담덕이 다시 한번 간청을 했다.

"그렇다면 좋다. 현도성 공략은 두 갈래로 한다. 연포는 보기병 3천을 이끌고 서문 쪽에서 공격하고, 담덕은 태극군을 이끌고 동문 쪽에서 공격하라. 태극군에는 따로 보기병 2천5백을 더 붙여주겠다. 두 선봉장 중 누가 먼저 현도성의 성문을 여는지 보겠다. 좋은 구경거리가 되겠구나."

마침내 대왕은 이와 같은 명을 내렸다.

2

들판 가운데 우뚝 현도성이 서 있었다. 한나라 때 설치한 한사군 중 가장 서쪽에 위치한 평지성이었다. 그동안 수많은 전투가 벌어졌고, 그때마다 성을 장악한 세력들이 무너진 성벽을 여러 차례 보수했다.

고구려의 성들은 대개 산세를 이용해 쌓은 석성이지만, 현도성은 벽돌을 구워 쌓은 전성甎城이었다. 부근에서 돌을 구하기가 힘들었으므로 고구려군이 점령했을 때도 흙벽으로 성을 보수하였고, 그러다 보니 성벽 곳곳의 벽돌 틈에서 잡풀들이 자라났다. 그것이 오히려 고색창연한 분위기를 연출하여 들판 가운데 우뚝 선 성벽은 신비스러운 느낌마저 주었다.

평지성의 경우 공성전투는 단순할 수밖에 없었다. 공격하는 쪽의 군사들은 성안의 수비군에게 그대로 노출되어 특별한 전략을 짜기가 힘들었다.

선봉대장이 된 담덕과 연포가 현도성 공격을 앞두고 작전회의를 열었다.

"왕자님, 낮에는 적들이 아군의 움직임을 예의 주시하고 있으므로 공격하기 쉽지 않습니다. 밤에 기습을 하거나 새벽안개가 짙게 낄 무렵 공격을 감행하는 것이 어떨지요?"

연포가 먼저 자신의 전략을 내놓았다.

"나도 그런 생각을 하고 있었습니다. 그러나 적군 역시 우리와 같은 생각을 하고 있을 것이니, 기습을 한다고 해도 오히려 아군에게 불리한 입장입니다. 적군은 현도의 지리에 밝고 아군은 어둡기 때문입니다."

담덕의 말에 연포도 긍정의 눈길을 던질 수밖에 없었다.

"허면 왕자님께서 따로 생각해 두신 전략이 있는지요?"

"전략이 따로 있지는 않습니다. 다만 고구려 주력군으로 하여금 낮에 끈질기게 싸움을 걸어 적군을 피로하게 만든 다음 야간에 우리 선봉대가 기습을 하면 승산이 있을 것 같습니다.

이때 주력군이 싸우다 지쳐 탈진한 모습을 제대로 보여줄 필요가 있겠지요."

"허허실실의 전법을 쓰자는 것이군요?"

연포는 담덕의 전략을 곧바로 알아들었다.

현도성을 공격하기에 앞서 담덕과 연포는 대왕 이련을 알현하고 그들이 세운 기습작전을 설명했다.

"듣고 보니 그럴듯한 작전이란 생각이 드는군! 허면 두 장수는 선봉장이 아니라 별동대장이 되겠군. 짐이 고구려 주력군을 이끄는 연수와 설지후 두 장군을 앞세워 낮 동안 공성전투를 벌이겠다. 두 젊은 장수는 휘하의 별동대를 낮 동안 숨겨두어 편히 쉬게 한 후 작전대로 야간에 기습공격을 감행토록 하라!"

대왕은 곧 고구려 장수들이 모인 가운데 작전회의를 다시 열고, 허허실실 전법으로 어떻게 현도성을 공략할 것인가에 대해 논의를 거듭했다. 그리고 다음 날 작전대로 연수와 설지후 두 장수는 고구려 주력군을 이끌고 현도성 공략에 나섰다.

예상했던 대로 현도성을 지키는 연나라 군사들의 방어태세는 견고했다. 현도성이 무너지면 옛 도성인 용성도 무사하지 못할 것이란 압박감 때문에 사생결단으로 성을 지켰다.

고구려 장수 설지후가 현도성 성문 앞까지 군사를 이끌고 가서 소리쳤다.

"너희 모용선비 패잔병들은 들어라. 우리 고구려 대군이 쥐

새끼 한 마리 빠져나갈 수 없도록 현도성을 포위했다. 목숨이 아까우면 성문을 열고 나와 항복하라. 항복하기 싫으면 비겁하게 성문을 꼭꼭 잠가놓지 말고 과감하게 들판으로 나와 정정당당하게 한판 붙어보자."

이렇게 목이 터져라 외쳐도 현도성의 연나라 군사들은 들은 척도 하지 않았다. 설지후가 군사들을 이끌고 성벽 가까이 접근하자 연나라 군사들이 일제히 화살을 쏘았다. 고구려 군사들을 방패를 들어 막으며 전진을 계속했다. 충차 부대가 동문을 향해 돌격하고, 성벽에 달라붙은 보병들은 사다리를 놓거나 줄에 매단 갈고리를 던져 거미처럼 기어오르기 시작했다. 성벽 위에서는 연나라 군사들이 가마솥에 끓인 기름을 들이붓고 불화살을 쏘아댔다. 성벽을 오르던 고구려 군사들은 기름에 데거나 옷에 불이 붙어 땅으로 떨어져 나뒹굴었다.

연수도 그 반대편의 서문을 향해 공격했으나 연나라 군사들의 방어가 견고하여 고구려군의 희생만 커지고 있었다. 그러나 고구려군의 공격은 적의 눈을 속이기 위한 전략이었으므로 최대한 아군의 피해를 줄이려고 노력했다. 과감하게 공격하는 척하면서 후퇴하고, 다시 공격하다 겁에 질려 갈팡질팡 넘어지고 자빠지면서 지칠 대로 지친 모습을 적에게 보여주었다. 그러면서 적을 피로하게 만들어 밤중에 보초를 서다 잠 귀신에 취해 저승사자가 잡아가도 모를 지경으로 만들어놓아야만 했다.

여름 해는 길었다. 오전에 두 차례, 오후에 세 차례 파상공격을 펼친 끝에 고구려 주력군은 길게 해그림자를 끌면서 진지로 돌아왔다. 서쪽 하늘에 노을이 핏물처럼 흐르고 있었다. 들판 저쪽으로 해가 넘어가고, 노을빛은 금세 어둠자락에 그 자리를 내주며 땅속으로 스며들었다.

한낮의 더위로 뜨겁게 달구어졌던 대지는 후텁지근한 지열을 피워 올려 숨통을 콱콱 막더니, 자정이 넘어서면서 축축한 야기를 드리워 들판을 이슬로 적셨다. 흐린 달빛 아래서 이슬은 유난히 영롱하게 빛났다.

같은 시각, 어둠 속에서 이슬처럼 빛을 발하는 것이 있었다. 기습작전을 감행하기 위해 수풀 속에 몸을 숨기고 있는 고구려 돌격대 병사들의 초롱초롱한 눈망울이 그것이었다.

밤하늘을 달려오면서 대지를 밝히던 달이 마침내 서쪽 들판에 눈썹처럼 걸려 턱걸이를 하고 있었다. 그러더니 곧 대지는 어둠 속에 잠겼다.

"이때다. 모두 바닥에 배를 깔고 기어 성벽까지 접근한다."

현도성 동문 쪽에 매복해 있던 담덕이 낮은 소리로 돌격대에 명령을 내렸다. 서문으로 공격하는 연포의 돌격대와 달이 지는 시각에 동시에 기습공격을 감행하기로 약속했던 것이다.

공격 명령은 전후좌우로 일사불란하게 전달되었고, 명령 하달을 받은 병사들은 소리를 죽여 움직이기 시작했다. 담덕은 태극군 중에서 몸이 날랜 병사를 뽑아 가장 먼저 성벽을 기어 오르게 했다. 그들은 대나무로 엮은 사다리를 타고 성벽 위로 올라가 적의 초병들을 죽이고 뒤따라온 아군이 안전하게 성벽을 넘도록 도왔다.

담덕의 군사들 기백이 벽을 넘었을 때 적진에서 낌새를 알아채고 다급하게 외치는 소리가 여기저기서 들려왔다. 그러나 이미 그때는 먼저 성벽을 넘은 군사들이 적의 위병들을 죽이고 성문을 열었으므로, 아직 성벽을 오르지 못한 나머지 돌격대는 손쉽게 동문을 통과해 진격할 수 있었다. 이때쯤 서문 쪽에서도 피아를 가리기 힘든 아우성 소리가 들려왔다. 연포가 이끄는 고구려 돌격대도 성벽을 넘거나 성문을 열고 입성한 모양이었다.

성안 여기저기서 불꽃이 오르기 시작했다. 고구려 군사들이 적진 곳곳에 불을 놓은 것이었다.

"항복하면 목숨만은 살려준다!"

담덕은 어느 사이 적군의 말을 빼앗아 타고 성안을 내달리며 칼을 휘둘러댔다. 그는 적의 목을 베기보다 칼등으로 쳐 까무러치게 했다. 연나라 군사들 중에는 고구려 유민의 자제들도 많이 있을 것이므로 함부로 살생할 수가 없었다.

고구려 군사들이 동문과 서문에서 쳐들어오자 현도성의 연나라 군사들은 남문과 북문으로 도망치기에 바빴다. 그러나 이미 대왕 이련이 이끄는 고구려 주력부대가 성문 밖에 포진하고 있어. 도망치던 연나라 군사들은 대부분 창칼에 찔려 죽거나 부상당해 사로잡히고 말았다.

이렇게 되자 성안에서 미처 빠져나오지 못한 연나라 군사들은 무기를 집어던진 채 무릎을 꿇고 두 손을 들어 항복했다. 포로가 된 연나라 군사들의 수가 무려 기천을 헤아렸다.

날은 이미 훤하게 밝아 있었다. 현도성으로 입성한 대왕은 고구려 군사들을 정비한 후, 성을 탈취하는 데 큰 공을 세운 담덕과 연포의 돌격대들을 격려했다.

"연나라 포로들을 도망치지 못하도록 포승줄로 묶어 감옥에 처넣고, 현도성 안팎을 샅샅이 수색하여 일반 백성들도 남녀를 가리지 말고 모두 잡아들이도록 하라."

대왕의 추상같은 명령에 고구려 군사들은 일사불란하게 움직였다. 그날 단 하루 만에 성안에는 포로가 되어 감금된 연나라 군사와 백성들이 무려 1만 이상이나 되었다. 또한 민가에서 확보해 온 군량미도 성안 곳곳에 노적가리처럼 가득 쌓였다.

그날 저녁, 담덕은 단독으로 대왕을 알현했다.

"폐하! 드릴 말씀이 있사옵니다."

"오, 우리 담덕이로구나! 새벽에 성을 탈취하느라 힘들었을 터인데 충분히 휴식을 취하지 않고?"

대왕의 담덕을 바라보는 눈길은 무척이나 자애로웠다. 키가 우뚝하고 몸체도 강건해 보였으나, 그의 눈에는 아직 아들이 어린아이로 보였던 것이다.

"폐하! 어찌하여 일반 백성들까지 잡아들이시나이까?"

담덕이 얼굴을 들어 대왕을 똑바로 쳐다보았다.

"무기를 들지 않았을 뿐, 저들 또한 적이다. 연나라 군사들은 저들에게서 군량미를 조달받고 있질 않느냐?"

"하오나 저들이 적의 백성이지만, 앞으로 현도성을 고구려가 경영하게 되면 곧 폐하의 백성이 되기도 하옵니다."

담덕의 까만 눈은 매우 반짝거렸다.

"그건 그렇다. 허나 우리 고구려군은 저들을 볼모로 삼아 국내성까지 끌고 갈 것이다."

"예에?"

"담덕아! 너는 저 옛날 모용황이 우리 고구려에 쳐들어와 5만의 고구려 백성을 볼모로 삼아 끌고 간 치욕의 역사를 잊었느냐? 이번에 우리 고구려군은 부왕이신 고국원대왕의 원수를 갚으러 온 것이다. 철천지원수에게는 이에는 이, 눈에는 눈으로 갚아야 한다!"

대왕의 눈에서 시퍼런 불길이 일어났다. 그동안 참았던 분노가 머리끝으로 몰리면서 눈에 핏발이 섰던 것이다.

"포로가 된 연나라 군사들은 모르지만, 일반 백성들까지 볼모로 삼아 끌고 간다는 것은 좀……."

담덕은 여기까지 말하다 말고 짐짓 머뭇거렸다. 갑자기 대왕의 미간에 깊은 골이 잡히며 두 눈썹 끝이 관자놀이 쪽으로 쭉 뻗어 올라간 것이었다. 노여움이 극에 달했음을 뜻했다.

"네가 감히 아비를 가르치려 드는 것이냐? 아니면 아직 나이가 어려 뭘 모르고 하는 소리냐?"

이렇게 말하는 대왕의 심기는 편치 않아 보였다.

"폐하! 조금이라도 심려를 끼쳐드렸다면 소자의 잘못을 용서해 주시옵소서. 아직 한참 모자라는 소자가 어찌 감히 폐하의 성정을 어지럽힐 수 있겠나이까?"

담덕은 무릎을 꿇었다. 태어나서 지금까지 자신 앞에서 부왕이 그렇게 화를 내는 걸 본 것은 처음이었다. 그래서 더욱 당혹스러워 무릎부터 꿇었지만, 마음속으로는 도무지 이해되지 않는 부분도 있음을 어쩌지 못했다.

그때 대왕이 다가와 담덕의 손을 잡아 일으켜 세웠다.

"담덕아! 이 아비가 경솔했구나. 그렇게 화를 낼 일도 아닌데 말이다. 허나 이 아비는 지금까지 단 한시도 잊어본 적이 없는 것이 모용씨들이다. 특히 모용황은 형님이자 선대왕이신 소수림대왕께서도 저 중원의 월나라 구천과 오나라 부차가 와신상담을 하듯 이를 갈아온 원수다. 연나라가 우리 고구려에겐 철천지원수임을 잘 기억해 두어라."

대왕의 말은 금세 부드러워졌지만, 아직도 그 눈빛만은 증오로 가득 차 있었다.

"예, 폐하! 명심하고, 또 명심토록 하겠나이다."

"또 하나 명심해 둘 것이 있다. 너에게는 조부이신 고국원대왕께서 어찌 훙거하셨는지 알 것이다. 고구려 남쪽의 백잔들도 우리의 원수다. 머지않아 반드시 백잔을 쳐서 부왕의 원수를 갚을 것이니라."

대왕은 정말 소리가 나도록 이를 부드득 갈아붙였다.

어린 시절 담덕은 소수림왕이 선대왕들의 위패를 모신 사당에서 보여준 날이 뾰족한 화살촉을 기억하고 있었다. 평양성 전투에서 백제군이 그 화살촉에 짐독을 묻혀 고국원왕을 전사케 했다는 사실을 그 역시 뼛속에 사무치도록 들어왔던 것이다.

3

찌는 듯한 무더위가 계속되고 있었다. 한낮이면 작열하는 태양이 불에 달군 구리 대야를 머리 위에 얹어놓은 것처럼 화끈거렸다. 군사들의 얼굴에선 땀이 비 오듯 쏟아졌고, 더러는 열사병에 걸려 들판에 주저앉는 자들도 있었다. 입안이 바짝바짝 타들어가 물을 찾았으나 뿌연 흙먼지가 이는 들판에선 식수를 구하기도 어려웠다. 그러다 보니 고구려 대군의 회군 속도는 날이 갈수록 지연될 수밖에 없었다.

군사들의 행렬 뒤로 자꾸 처지는 연나라 포로들의 걸음은 더욱 느렸다. 이탈자를 예방하기 위해 포로들의 몸과 몸을 줄로 묶어 이어놓았으니, 끌려가는 자들의 걸음은 비칠댈 수밖에 없었다. 그 뒤에 볼모로 잡혀가는 남녀 백성들의 행렬은 자꾸 뒤로 처졌는데, 더위에 지치고 허기까지 져서 여기저기 쓰러지는 자들이 속출했다.

포로들 뒤에는 고구려 후군이 따라붙고 있었다. 연나라 군대가 추격해 올지도 모르기 때문에 후방을 경계하면서 동시에 포로들을 호송하는 역할도 맡았다. 따라서 말을 탄 후군 기병들은 포로들 중간 곳곳에 배치되어 마치 개돼지를 부리듯 채찍질을 해대고 있었다.

"이런 개 같은 시러베아들 놈들아! 꾀부리지 말고 빨리 걸어라!"

기병들은 연나라 포로들을 마구 닦달해 댔다.

고구려로 끌려가는 연나라 백성들 가운데는 더위에 지치다 못해 열사병에 걸려 아예 그 자리에 주저앉는 자들도 있었다. 기병들은 그런 자들을 향해 인정사정 두지 않고 채찍을 휘둘러댔고, 쓰러지면 말에서 뛰어내려 발로 걷어찼다. 열사병에 걸리면 미처 앞사람을 따라가지 못해 대열 밖으로 밀려날 수밖에 없는데, 그런 경우 기병들에게 집중적으로 구타를 당했다.

어느 날 열사병을 앓는 여인이 있었는데, 대열에서 벗어나 옆에서 부축을 하던 사내가 고구려 기병에게 하소연을 했다.

"아내가 열사병에 걸려 더 이상 걸을 수 없습니다. 잠시 나무 그늘에 쉬었다가 따라갈 수 있도록 해주십시오."

사내는 조금 서투르긴 했으나 고구려 말을 쓰고 있었다.

"뭐라? 수작 부리지 마라. 도망치다 개죽음당하는 수가 있다."

기병은 사내를 향해 눈을 부라렸다.

"아닙니다. 아내는 고구려 사람입니다. 제발 선처를 부탁드립니다."

"엉너리 떨지 말거라. 어찌 고구려 여인이 너 같은 연나라 오랑캐의 아내가 됐더란 말이냐?"

"오랑캐라고 해도 좋습니다. 말채찍으로 마음대로 때려도 달게 맞겠습니다. 하지만 아내가 고구려 여인이니 저도 고구려를 좋아합니다. 제발 아내만큼은 살려주십시오."

"잔꾀 부릴 생각 말고 어서 대열 속으로 들어가라! 대열에서 이탈하는 자는 모두 도망치려는 것으로 간주하겠다."

기병은 사내의 등짝을 말채찍으로 갈겼다.

사내는 몸뚱어리가 말채찍에 감겨 비틀거리다 쓰러졌다. 열사병에 걸려 사경을 헤매는 아내도 그와 함께 황사 먼지 풀썩이는 흙바닥으로 나뒹굴었다.

바로 그때 저 멀리서 흙먼지를 일으키며 대열과는 반대 방향으로 달려오는 인마가 있었다. 담덕이 이끄는 10여 명의 태극군 기병들이었다.

"무슨 일인가?"

땅바닥에 쓰러진 남녀를 보고 담덕이 급히 말을 멈추었고, 곧 그 옆에 서 있는 기병에게 물었다.

"앗, 왕자님! 여긴 어떻게?"

기병은 바로 담덕의 얼굴을 알아보았다.

"중군에 있다가 후군이 너무 떨어지기에 달려왔다. 폐하께서 포로들을 이끄는 후군의 행군 속도가 너무 느리다며 진상을 알아보라 하셨다."

"예, 왕자님! 보시다시피 포로들이 꾀를 부려 이탈자가 자주 발생합니다. 이들을 닦달하다 보니 행군이 지연되고 있습니다."

"그렇다고 백성들을 함부로 다루면 되겠는가?"

담덕은 흙투성이가 된 남녀를 내려다보았다. 그의 뒤를 따라온 호위무사 마동과 태산에서 고구려 유민의 두령으로 있던 이정국도 눈길을 땅바닥으로 향했다.

"왕자님! 제발 아내를 살려주십시오. 제 아내도 고구려 여인입니다요."

땅바닥에 엎어졌던 사내도 기병으로부터 '왕자님'이란 소릴 들은 모양이었다.

"무엇이? 고구려 여인이라고?"

담덕은 말에서 내려 열사병에 걸려 사경을 헤매는 여인을 가까이에서 살펴보았다.

그런데 그때 고구려 여인이라는 말에 자세히 얼굴 모양을 살피던 이정국이 급히 말에서 뛰어내렸다.

"여보시오! 다, 당신은?"

이정국은 여인의 몸을 흔들어 깨우며 소리쳤다.

"이 장군! 이 여인을 아시오?"

마동도 말에서 뛰어내려 여인 곁으로 다가갔다.

"으음……. 말하자면 사연이 기네. 자네가 이 여인의 남편인가?"

이정국은 마동을 잠시 바라보다가 여인과 같이 있는 사내에게로 눈길을 돌리며 물었다.

"예, 장군님! 제 아내를 제발 살려주십시오. 부탁입니다."

흙투성이가 된 사내의 얼굴에선 땀이 흘러내렸고, 두 눈에는 그렁그렁 눈물이 맺혔다.

"흐음……."

이정국은 담덕에게 가까이 다가가 잠시 귀에 대고 무슨 말인가를 속삭였다. 담덕은 고개를 끄덕인 후 태극군 병사들에게 다음과 같이 명령했다.

"이 여인을 데려다 마차에 태워 편히 쉬게 하라. 병간호를 해야 하니 이 사내도 함께 데려가도록!"

담덕은 태극군 병사 두 명에게 사내와 여인을 부탁하고, 남

236　　　　　　　　　　　　　　　　　　광개토태왕 담덕

은 병사들과 함께 후군 대열 말미까지 가보았다.

포로와 연나라 남녀 백성들을 호송하는 후군을 두루 돌아본 후, 담덕은 현도성에서 대왕에게 볼모로 잡힌 백성들을 풀어주라고 재삼 간청하지 못한 것을 깊이 후회했다. 연나라 군대의 포로는 모르지만 남녀 백성들까지 볼모로 삼아 그 멀고 먼 귀환 노정에 오른 것은 아무래도 잘못이란 생각이 들었던 것이다. 포로와 백성 1만이 자꾸 뒤로 처지자, 후군을 맡은 고구려 군사들은 그들을 개돼지처럼 마구 다루었다. 노정은 길고 날씨는 한창 여름이라 찜통더위에 지쳐 쓰러지거나 열사병으로 죽는 자들이 자꾸 늘어났다.

다시 중군으로 돌아온 담덕은 수레를 타고 가는 대왕에게로 달려가 아뢰었다.

"폐하! 소자가 이끄는 태극군에게 포로와 연나라 백성들의 호송을 맡겨주시옵소서. 날이 갈수록 기아에 허덕이고 열사병에 걸려 죽는 자들이 속출하고 있사옵니다."

"그자들은 포로이니라. 제 몸 제가 추스르지 못해 병에 걸려 죽는 걸 어찌하겠느냐? 네가 크게 신경 쓸 일이 아니다."

대왕 이련은 수레 위에 앉아 말을 탄 담덕을 바라보았다. 그의 얼굴에선 더위에 지친 나머지 짜증 같은 것이 묻어나고 있었다.

"포로와 저 연나라 볼모들 역시 폐하의 백성이옵니다. 어찌 저들을 짐승이나 가축처럼 여기시나이까?"

"저들이 우리 고구려의 백성은 아니지 않느냐? 엄연히 저들은 모용씨의 수족들이다."

"저들도 곧 국내성으로 가서 살아야 합니다. 그러면 저들 역시 고구려 백성이 되는 것 아니옵니까?"

담덕은 어린 나이지만 자신이 배우고 익힌 것에 대해서는 어른들보다 더 분명하고 당당하게 말할 수 있었다. 어쩌면 어리기 때문에 그 순수함이 그런 용기로 나타난 것인지도 몰랐다. 그는 하가촌 도장에서 사부 을두미에게 군주의 통치 철학을 배웠다. 군주와 백성의 관계를 배와 물에 비유한 대목은 어린 그의 마음에도 청동에 새긴 글자처럼 지워지지 않는 명문銘文으로 남아 있었다.

'물은 배를 띄울 수도 있지만, 뒤집어버릴 수도 있다.'

담덕이 이런 생각을 되새기고 있을 때 대왕의 소리가 들려왔다.

"저들 포로들은 표리가 부동한 자들이다. 앞에서는 창칼이 무서워 비굴하게 복종하지만, 돌아서면 언제 우리에게 사악한 이빨을 드러낼지 모른다. 사갈과 같은 자들임을 어찌 모르느냐?"

"성질이 사나운 날짐승도 정성을 다하여 길들이면 가축이 되지 않사옵니까? 마소가 그렇고, 개와 돼지가 원래는 산이나 들에 사는 사나운 짐승이었는데 점차 사람의 손길에 의해 온순한 축생으로 길들여져 살아가는 이치가 그렇습니다. 저 포로들 역시 길들이기에 따라 백성이 되기도 하고 적이 되기도 할 것이옵니다. 소자가 훈련시킨 태극군은 바로 연나라에 끌려왔던 고구려 유민의 자제들로, 저들과 통하는 바가 많을 것입니다. 태극군에게 저들의 통제를 맡겨주십시오."

담덕이 이렇게 간곡하게 요청하자, 대왕도 더는 반대하지 않았다.

"그래, 좋다. 어디 네가 한번 저 포로들을 길들여 보거라. 태극군을 이끌고 후군 대열로 가서 포로들을 호송토록 하라."

대왕의 명을 받은 담덕은 곧 중군에 속해 있던 태극군을 이끌고 포로들을 호송하기 위해 후군으로 빠졌다.

담덕은 태극군을 모아놓고 외쳤다.

"지금 여기 연나라 포로들과 백성들 가운데는 여러분들과 같은 고구려 유민들도 섞여 있을 것입니다. 또한 그동안 여러분들의 조상과 가족들은 모용선비의 통치를 받으며 살아왔습니다. 그러므로 포로나 볼모로 끌려온 연나라 백성들도 여러분들의 이웃이나 친지와 다름없습니다. 내 몸이 귀하듯 저들의 몸도 귀한 것입니다. 내 몸처럼 저들의 몸을 돌보며 국내성까지 무사하게 호송해 주시기 바랍니다."

담덕의 말에 태극군 중에서는 고개를 끄덕이는 병사들이 많았다.

그날 저녁때였다. 이정국이 담덕의 막사로 찾아왔다.

"왕자님, 낮에 약속한 대로 열사병을 앓던 여인에 대해 말씀
드리려고 왔습니다."

"음, 그래요. 자, 앉아서 얘기합시다. 장군과는 어떤 사연을
가진 여인입니까?"

담덕은 그동안 깜빡 잊고 있었던 듯, 기억을 되살려 물었다.

"부끄러운 얘깁니다만, 실은 그 고구려 여인은 전날 제 내자
였습니다. 그보다 먼저 제 집안의 내력에 대해 말씀드리겠습니
다. 저의 조부는 한족 출신이고, 조모는 고구려 출신입니다. 부
친 역시 고구려 여인을 아내로 맞았고, 저 또한 아까 낮에 본 그
고구려 여인을 만났습니다. 조모와 친모가 고구려 출신 여인이
니, 제 몸속에도 고구려 피가 많이 흐른다고 할 수 있습니다. 제
내자까지 모계 3대는 모두들 고구려 유민 출신들이지요."

이정국은 여기서 잠시 말을 끊고 담덕을 바라보았다.

"장군께선 그런 조상의 내력을 가지고 있었군요?"

"예, 그러하온데 소장이 너무 집안일에는 등한시한 채 학문
을 익히는 데만 열중하다 보니, 내자가 끝내 집을 나가 버리고
말았습니다. 굶기를 밥 먹듯 한다는 말이 있듯이, 하루 한 끼
먹기도 힘들 정도로 집안이 가난하다 보니 살림하는 아녀자로
서 견디기 힘들었겠지요. 열흘을 굶더니 얼굴이 해골처럼 반쪽

이 되어 도망쳐 버리고 말았습니다. 소장은 그때까지도 경서의 책장만 넘기며 글을 읽고 있었지요. 가정을 버리고 도망친 내 자에겐 아무런 잘못도 없습니다. 모두가 소장의 불찰이었지요."

이정국의 눈에 번쩍이는 눈물이 어렸다.

4

들판의 여름밤은 풀벌레 울음소리로 깊어가고 있었다. 자정이 가까운 시각인데도 한낮에 태양열을 받아 뜨겁게 달구어졌던 대지는 아직도 후끈거리는 지열을 공중으로 뿜어 올리고 있었다. 하늘에서 내려오는 차가운 공기가 대지를 식힐 때까지 기다리려면 이슬이 내리는 새벽녘은 되어야만 할 것 같았다.

하늘에는 별들이 총총했다. 답답한 군막에서 벗어나 널찍하고 편편한 바위를 찾아 앉은 담덕은 하늘의 별들을 바라보며 묘한 감상에 빠져 있었다.

'저 하늘의 별들이 이 세상 사람들만큼이나 많을까? 사람들은 전쟁으로, 질병으로, 혹은 기아에 허덕이다 죽는다. 그런데 저 별들은 사람처럼 죽지 않고 늘 저렇게 눈을 초롱초롱 밝히며 빛나고 있다. 별들의 생명은 영원한 것일까? 아니면 죽기도 하는 것일까?'

담덕이 하염없이 별을 바라보며 넋을 놓고 있을 때, 남쪽 하늘에서 별똥별이 사선을 그으며 떨어지다 어둠 속으로 순식간에 사라져버렸다.

'아하, 별들도 저렇게 죽는구나. 저 별똥별이 바로 죽은 별들의 부스러기가 아니겠는가?'

담덕은 마치 우주를 관찰하는 일관日官이라도 된 듯 하늘을 바라본 채 혼자 고개를 주억거렸다. 그는 아직 열한 살이었다. 충분히 천체의 세계가 신비롭게 보이는, 마치 하늘의 별들이 동심의 세계처럼 느껴지는 한창 그런 나이였다.

"왕자님, 여기 계셨군요?"

인기척이 들려 뒤를 돌아보니, 거기 이정국이 서 있었다.

"오, 이 장군이시오? 참, 며칠 전 낮에 열사병을 앓던 여인은 어찌 되었습니까?"

담덕은 이정국을 보자 문득 생각이 나서 물어보며, 널찍한 바위에 빈자리를 내주고 앉으라는 손짓을 보냈다.

"왕자님 덕분에 그 여인이 살아났습니다. 겨우 정신을 차렸으나 며칠은 더 요양을 해야 할 것 같습니다."

"다행이오."

"왕자님께선 이런 이슥한 밤에 어찌 밖에 나와 계십니까?"

이정국은 옆자리에 나란히 앉아 담덕의 눈길이 머물렀던 남쪽 하늘을 쳐다보았다.

"너무 더워 잠이 안 오는군요. 하늘에서 떨어지는 별똥별을 보고 있었습니다. 저 반짝이는 별들도 영원히 살지 못하고 죽는 모양이네요."

담덕이 손끝으로 남쪽 하늘을 가리켰다.

"왕자님께서 갑자기 천체에 다 관심을 가지시고……"

이정국이 말하다 말고 문득 놀란 눈으로 담덕을 흘끔 쳐다보았다.

그랬다. 이정국은 담덕을 대할 때마다 순간적으로 깜짝깜짝 놀랄 때가 많았다. 나이는 열한 살의 소년인데 어떤 때는 스무 살의 청년처럼 행동할 때도 있었고, 또 어떤 때는 인생을 겪을 만큼 겪고 난 나이 지긋한 장년처럼 보이기도 했다.

"아까 열사병에 걸린 여인 이야기를 했지만, 요즘 들어 기아에 허덕이거나 병들어 죽는 포로들이 늘어나고 있습니다. 정말 큰일입니다. 저 하늘에서 떨어지는 별똥별의 운명을 보고 왜 사람은 죽는 것인지, 그걸 잠시 생각하던 참입니다."

담덕이 하늘의 별무리에 눈길을 둔 채 말했다.

"허허허, 그러셨습니까?"

"지금은 고인이 되셨지만 나의 스승인 을두미 사부께선 저 중원과 우리 고구려의 별자리 위치가 다르다 하셨습니다. 천체도 보는 사람이 서 있는 지형과 바라보는 각도에 따라 조금씩 방향이 어긋나므로, 천하관도 나라에 따라 다를 수 있다는 것이지요. 한때 부견은 자신이 천하의 주인이라 생각하여 황제로 행세했지만, 그의 수하에 있던 모용수와 요장에게 배반당해 지금은 사면초가의 처지에 놓이질 않았습니까? 부견을 생각하면 천하관도 허무하다는 생각이 듭니다. 방금 전 그런 생각을 하고 있었습니다."

담덕은 눈길을 돌려 이번에는 북쪽 하늘의 유난히 밝은 별을 바라보았다.

"맞습니다. 별자리는 돌고 돌지요. 그러나 왕자님이 지금 바라보고 계신 저 별은 북신(북극성) 또는 북성이라고 하는데, 그 주위의 별들까지 포함해 천궁이라 부릅니다. 오직 저 별만 사시사철 한 자리에서 움직이지 않고 다른 별들이 그 주위를 돌기 때문에, 중원에서는 황제의 별로 여기고 있지요. 그래야 천하를 경영할 수 있게 되기 때문이지요. 이제부턴 왕자님의 별이 될 것입니다."

이정국은 의미 있는 눈길로 담덕을 바라보았다.

"저 하늘에 떠 있는 북신에 어찌 주인이 있으며, 그 주인이 마음대로 바뀔 수 있습니까?"

담덕이 북쪽의 밝은 별에 마냥 눈길을 준 채 물었다.

"천하는 쟁취하는 자의 것입니다. 따라서 천궁의 별도 주인이 바뀔 수 있습니다."

이정국의 말에 담덕이 눈길을 돌려 상대를 처다보았다.

"그건 그렇고……. 장군께선 사랑하는 아내가 굶주리다 못해 도망치도록 놔두고 어찌 그리 학문에만 몰두한 것이오?"

담덕이 갑자기 별처럼 초롱초롱한 눈망울로 쳐다보자 이정국은 적이 당황하지 않을 수 없었다.

"부끄럽습니다. 무사는 칼과 창으로 세상을 구하려고 하지만, 소장은 감히 학문과 글로 세상을 구할 수 있다고 생각했습니다. 그래서 여러 가지 병법서를 탐구하였지요. 태산에서 왕자님을 처음 만났을 때 보여주신 태공망의 병법서를 보고 깜짝 놀란 것은, 그것이야말로 소장이 찾고자 했던 책이었기 때문입니다. 최상의 병법은 싸우지 않고 이기는 것이라 생각합니다. 물론 전쟁은 사람의 생사를 좌우하는 싸움이지만, 최소한의 희생으로 최대한 많은 사람의 생명을 구한다면 그것이 최상의 병법 아니겠습니까? 그걸 연구하다 보니 옆에서 굶다 못해 도망치는 아내조차 챙기지 못했지요. 부끄럽기 짝이 없는 일이었습니다."

이렇게 말하는 이정국을, 담덕은 새삼스러운 눈길로 쳐다보았다.

"장군의 아내가 재가하여 만난 자는 어떤 사람입니까?"

"요즘 며칠 가까이에서 말을 붙여보니 좋은 사람이더군요. 그 사람은 조상 대대로 쇠를 다루어 왔다고 합니다. 원래 북흉노 출신으로 저 금산(알타이) 기슭에서 대장간 일을 하다가 대흥안령을 넘어 부여 땅에 정착했답니다. 흥미로운 이야기도 하나 들었습니다. 부친에게 쇠 다루는 법을 익힐 때였다 합니다. 어느 날 낯선 이 하나가 찾아와 명검을 하나 만들어달라고 하더랍니다. 그런데 그이가 하는 말이, 쇠를 다루는 사람은 첫눈에 명검을 가질 만한 사람인지 아닌지를 명확히 판단할 수 있다고 합니다. 명검은 사람을 죽이는 칼이 아니라 살리는 칼인데, 부친께서는 그자의 눈빛을 보고 명검을 가질 만한 인물임을 단박에 알아보았다고 하더군요."

"명검은 사람을 죽이는 칼이 아니라 살리는 칼이다?"

담덕이 이정국의 말을 받아 되뇌었다.

"네."

"눈빛을 보고 명검을 가질 만한 사람인가 알아보았다?"

"그러하옵니다."

"그래서요?"

"그의 부친은 그자에게 명검을 만들어주었답니다. 곁에서 부친이 명검 제작하는 것을 일일이 보아온 그는, 나중에 크면 자신도 그와 같은 명검을 만들어보겠다고 결심했답니다. 그러던 어느 날 선비족이 부여에 침략하여, 그 부자는 졸지에 연나라 포로 신세가 되어 용성까지 끌려갔다고 하더군요."

"그 사람 이름이 뭡니까?"

"김슬갑이라고 합니다. 금산 기슭에 살고 쇠를 다루었으므로 그 조상들이 오래전부터 김씨 성을 쓰게 되었답니다."

"이 장군이 그 사람한테 잘해 주시오. 나중에 크게 쓰일 데가 있을 것 같군요."

"소장도 전처 때문에 그 김슬갑이란 자와 미묘한 감정의 관계가 됐지만, 앞으로 잘 사귀어볼 생각입니다."

담덕은 일어섰다.

"저, 왕자님! 한 가지 부탁드릴 말씀이 있는데……."

이정국도 자리를 털고 일어났다.

"무엇이든 말씀해 보시오."

"간직하고 계신 태공망의 병법서를 필사하고 싶은데, 혹시 잠시라도 빌려주실 수 있으신지요?"

"물론이지요. 국내성에 가서 빌려드리지요. 지금은 내가 틈틈이 읽고 있는 중이라서."

담덕은 말을 남기고 자신의 군막으로 향했다.

그렇게 되자 이정국은 갑자기 홀로 남겨진 처지가 되었다. 그는 곧바로 자신의 군막을 찾아가지 않고 한동안 발 달린 허수아비처럼 들판을 어정거리며 돌아다녔다. 그는 지금 김슬갑과 함께 누워 있을 전처의 얼굴을 떠올리고 있었다.

김슬갑에게 악감정을 가지고 있지는 않았다. 오히려 오갈 데 없는 전처를 아내로 맞아들여 구제해 준 그에게 고마워해야 할 처지였다. 그런데도 불구하고 전처를 생각하면 이상하게도 질투심 같은 것이 느껴지는 것이었다.

이정국은 며칠 전 전처가 깜빡 정신을 놓았다 깨어났을 때, 그를 바라보던 애매한 눈빛을 잊을 수 없었다. 처음에는 놀라는 눈빛이었다가 연민 같은 것이 어리면서 슬쩍 외면해 버리는 행동이 그의 가슴을 저미게 만들었다. 그때 등을 돌리고 누운 전처의 어깨가 조금씩 흔들리는 것을 그는 보았다.

　담덕의 명으로 마차 한 대를 내주어 전처를 태우고 행군을 계속했는데, 이정국은 하루에도 몇 번씩 가까이 가서 병세가 호전되고 있는지 물었다. 그때마다 전처는 어찌할 줄 모르고 고개를 돌렸다.

　마차 옆에서 걷고 있는 남편 김슬갑 역시 고맙기도 하고, 한편으로는 아내와 이정국이 전에 부부였던 사실을 알기에 서로 간에 마음이 불편하기는 마찬가지였다. 그래서 자꾸 무엇인가 물을 때마다 선선히 대답은 해주었지만, 김슬갑도 은근히 아내의 눈치를 보게 되는 것을 어찌할 수 없는 모양이었다. 말 끝머리에 입술을 비틀며 애매한 웃음을 매다는 그를 보고, 이정국은 그 속내가 매우 복잡함을 미루어 짐작할 수 있었다.

　이정국은 김슬갑이 자신을 대하는 태도에서 그런 감정의 티끌을 어느 정도 감지하고 있었다. 그래서 될 수 있으면 전처를 찾아가는 일을 삼가고 싶었지만, 포로들을 다루다 보면 저절로 발길이 그쪽으로 향하는 것을 그 자신도 어쩌지 못했다.

　애써 주저하면서도 자주 찾아가 안부를 묻는 이정국으로서는, 혹시 자신의 처지가 후한 때 회계태수를 지낸 주매신처럼 되지나 않을까 하는 우려 또한 없지 않았다.

주매신은 집안이 가난하여 나무꾼 노릇을 하며 생계를 유지했는데, 학문을 좋아하여 경서를 줄줄 외우며 다녔다. 나무를 할 때나 지게를 지고 장으로 가서 나무를 팔 때나 그는 늘 중얼중얼 미친놈처럼 글을 외곤 했던 것이다. 가난을 견디지 못한 아내는 남편의 그런 모습이 부끄러워 결국 도망을 쳐버렸다. 어느 날 다른 남자와 혼인한 전처가 성묘를 하다가 전 남편이 거지꼴로 여전히 중얼대며 글이나 외고 다니는 모습을 보고 불쌍하게 여겨 제사 음식을 대접한 일이 있었다.

오랜 세월이 흘러 주매신은 나이가 오십 줄에 들어서야 황제의 눈에 띄어 벼슬을 할 수 있었다. 그런데 때마침 주매신의 고향인 회계군에서 반란이 일어나자 황제는 그를 회계태수로 임명하여 반란군을 진압하게 했다. 반란군을 진압하고 금의환향하여 당당하게 성안으로 들어갈 때, 그는 거리에 나와 구경을 하던 전처와 재혼한 남편 부부를 보았다. 그들은 거지꼴을 하고 있었다. 주매신은 그들 부부를 수레에 태워 성에 들어가 후하게 대접해 주었다. 전날 배가 고플 때 제사 음식을 준 것을 고맙게 여겨 평생 호의호식할 수 있게 해준 것이었다. 그런데 전처는 자신이 가난을 견디지 못해 도망친 것을 부끄럽게 여겨 결국은 목을 매어 자살하고 말았다.

이정국이 가만히 생각해 보니, 전처가 처한 형국이 주매신의 전처와 크게 다르지 않았다. 그래서 그는 그녀를 자주 찾아가고 싶어도 애써 참을 수밖에 없었다. 너무 잘해 주면 주매신의 전처처럼 엉뚱한 마음을 먹을지도 모르기 때문이었다.

그래서 이정국은 괴로웠다. 도무지 잠이 오지 않아 군막에서 나왔다가 때마침 담덕을 만나게 되었던 것이다. 담덕은 앞으로 전처의 남편인 김슬갑이 크게 쓰일 인물이니 잘 대해 주라고 했지만, 그것이 말처럼 쉽게 될 수 있을지 그 자신도 장담하기 어려웠다. 그러나 왕자의 명을 거역할 수는 없는 노릇이었다.

결국 이정국은 괴로움만 더 쌓여 들판을 배회했다. 그렇게 긴긴 여름밤을 헤매고 돌아다닐 수밖에 없었던 것이다.

새벽이슬이 내리는 모양이었다. 옷이 축축하게 젖어 왔다. 풀잎에 스치는 바짓가랑이도 젖어 걸음을 걸을 때 거북살스럽게 친친 휘감기는 것을 느낄 수 있었다. 그때서야 이정국은 자신의 군막으로 돌아와 잠을 청했다.

5

요하 전투에 참여했던 고구려 원정군이 회군 속도를 높여 사나흘 후면 국내성에 다다르게 되었을 무렵이었다.

잠자리에 들기는 조금 이른 시각, 담덕은 야전 막사에서 문득 가슴에 지녀두고 있던 단도를 꺼내 들었다. 칼자루에 삼태극과 용무늬가 새겨져 있었다. 그가 일곱 살 때 하가촌으로 사부 을두미를 만나러 가던 날 부친이 준 그 단도에는 분명히 무슨 사연이 있을 듯싶었다. 그런 생각을 갖게 된 것은, 그와 똑같은 단도를 마동의 아버지인 산동 해룡부대의 일목장군이 지니고 있었기 때문이다. 분명히 그 두 개의 단도는 한 사람의 장인이 만들었을 것이다.

'흠, 그러고 보면 폐하와 일목장군 사이에 뭔가 말 못할 사연이 있는 것이 분명해! 요하 전투에서 연나라 대군의 후미를 공격해 크게 물리치고 나서 일목장군이 고구려군의 도착도 기다리지 않고 급히 산동으로 물러간 것은 무슨 이유 때문일까? 아무래도 고구려군 가운데 만나고 싶지 않은 인물이 있을지도 모른다. 그것이 만약 폐하라면? 맞아. 어째서 폐하와 일목장군이 똑같은 단도를 지니고 있었던 것일까?'

담덕은 마치 그동안 풀지 못했던 수수께끼가 풀려 나가듯, 단도를 바라보며 추리의 끈을 놓지 않고 있었다. 그때 마침 마동이 막사 안으로 들어왔다.

"마동아! 너는 이 단도에 대해 어떻게 생각하니?"

"무슨 말씀이신지?"

마동은 두 눈을 껌벅대며 영문을 모르겠다는 듯 담덕을 바라보았다.

"너의 부친 일목장군이 이 단도와 똑같은 것을 지니고 있지 않더냐?"

"저도 그것이 좀 이상하기는 했습니다만⋯⋯."

마동은 말끝을 흐렸다. 그는 담덕이 지금 자신의 부친에 대해 어떤 생각을 갖고 있는지 알 수 없었기 때문이다.

"마동아! 요하 전투가 끝났을 때 일목장군이 서둘러 산동으로 회군한 것이 정말 해룡부대에 위급한 일이 닥쳐서였을까? 과연 해적들이 지휘소를 급습했기 때문일까?"

담덕은 고개를 갸우뚱거렸다.

"아버님이 그때 그렇게 말씀하셔서 그런 줄로만 알고 있습니다. 뭐 다른 이유가 있겠습니까?"

마동은 아무런 의심도 하지 않고 있는 눈치였다.

"그렇겠지? 아무튼 좋다. 지금 이정국 장군에게 가서 김슬갑이란 자를 불러오라 일러라!"

담덕은 마동에게 명했다.

얼마 지나지 않아 마동이 이정국과 김슬갑을 대동하고 막사로 들어섰다. 이때 담덕은 마동과 이정국에게 자리를 잠시 비켜달라고 손짓하여 내보내고 나서, 김슬갑을 가까이 불렀다.

"부인께선 좀 어떠하시오?"

"왕자님 덕분에 건강을 완전히 회복했습니다. 이번에 호의를 베풀어주신 점 정말 감사드립니다. 뼈에 사무치는 은혜, 이 몸이 가루가 되도록 보답해 드리겠습니다."

"아픈 사람을 돌보는 것이야 당연한 일, 아무튼 다행이군요!"

"왕자님, 무슨 분부하실 일이라도?"

김슬갑이 두 손을 비비며 담덕에게 연신 허리를 꺾었다.

"그대가 원래는 흉노 출신이라 들었소. 조상 대대로 보검을 만드는 장인 집안이었다고 알고 있는데, 그것이 사실이오?"

담덕은 김슬갑의 얼굴을 정면으로 바라보며 물었다.

"예, 저희 조상들은 황금과 쇠가 많이 나는 금산 아래 살았다고 합니다. 그곳 말로 알타이라고 하지요. 그 지역 사람들은 황금과 쇠 다루는 기술이 남달랐다고 합니다. 저는 어려서 고향을 떠나 아비를 따라 여기저기 떠돌아다니는 바람에 알타이 지역에 대해서는 기억이 가물가물합니다. 다만 아비에게 들은 바로는 저희 조상들이 대대로 보검을 만들어왔다 들었습니다."

김슬갑은 연신 두 손을 비벼대고 있었다. 아마도 그의 버릇인 모양인데, 그 손등이 아주 두툼하여 마치 단단한 쇠망치 같았다.

담덕은 언뜻 김슬갑의 손등을 내려다보다가 입을 열었다.

"손등을 보니 쇠 다루는 일에는 타고난 것 같소. 한번 그 손을 잡아봐도 되겠소?"

"송구스럽습니다. 제대로 씻지도 못한 손이라……."

김슬갑은 자신도 모르는 사이에 손을 뒤로 숨겼다가, 담덕이 손을 내밀자 겨우 두툼한 자신의 손등을 보여주었다. 손등은 명투성이였고, 돌처럼 단단했다.

"어찌 손이 돌덩이 같소?"

"쇠망치를 자주 다루다 보니 그리됐습니다."

"믿음직하군!"

담덕은 무슨 생각을 하는지 김슬갑의 손등을 바라보며 한참 동안 고개를 끄덕거리고 있었다.

"왕자님, 무슨 일이든 명을 내려주시면 신명을 다하겠나이다."

김슬갑이 다시 허리를 꺾었다.

"이걸 한번 보아주시오."

담덕이 품 안에서 단도를 꺼내 김슬갑에게 건넸다.

"아니, 이건 단도가 아니옵니까?"

김슬갑은 단도를 이리저리 돌려보더니, 놀라운 눈으로 다시금 담덕을 바라보았다.

"그 단도의 칼자루에 새겨진 삼태극 문양을 보시오. 그것이 무엇을 의미하는지 알겠소?"

담덕은 날카롭게 김슬갑을 쏘아보았다.

"이건 많이 본 문양이옵니다. 금산 기슭에서 쇠를 다루는 장인들은 자주 이 문양을 사용하지요. 아마도 이 단도는 알타이 지역에서 만들어진 것 같사옵니다. 저희 아버님께서도 보검을 만드실 때 이 문양을 자주 자루에 새겨 넣곤 하셨지요."

"무슨 의미인지를 알고 싶소."

"아버님께서 말씀하시기를, 이 삼태극은 하늘과 땅과 사람을 상징한다고 하였사옵니다."

"무엇이? 그것은 곧 천지인을 뜻하는 것이 아니오?"

"그러하옵니다."

"우리 배달민족에게만 천지인 사상이 있는 줄 알았는데, 흉노에게도 그런 것이 있었군요."

"천지인 사상은 우주의 원리라 들었습니다. 북방 민족들 사이에서 공유하고 있는 사상으로, 특히 쇠를 다루는 우리 장인들은 그 우주 원리를 매우 숭상하는 편입니다."

김슬갑은 마치 도인이라도 된 듯 눈을 스르르 감았다 떴다. 자신도 모르는 사이에 어린 시절 아버지가 불의 원리와 그것을 다루는 기술을 가르쳐주던 때의 기억이 떠올랐기 때문이다.

"쇠와 우주의 원리가 무슨 상관이 된단 말이오?"

"하늘은 뜨거운 것이고, 땅은 차가운 것이라 들었습니다. 불은 차가운 땅을 덥히면서 하늘을 향해 솟아오릅니다. 어떤 불이고 수직의 자세를 유지하며 끊임없이 하늘로 타오르는 성질을 가지고 있습니다. 이 세상 모든 사람들은 하늘과 땅 사이에 있지요. 특히 쇠를 다루는 장인들은 땅에서 하늘로 오르는 불로 뭔가를 만듭니다. 낫·호미·쇠스랑·도끼·칼·창 등등 쇠붙

이를 불에 달구어 새로운 것을 만들어냅니다. 즉, 하늘과 땅과 사람이 하나의 우주 기운으로 합치될 때 비로소 새로운 것이 태어나지요. 삼태극의 청색은 무극無極으로 하늘을, 적색은 태극太極으로 땅을, 황색은 황극皇極으로 사람을 상징한다고 들었사옵니다. 그 세 가지가 조화를 이루는 것이 우주의 원리인데, 삼태극의 휘돌아가는 모양이 그것을 뜻한다 하옵니다. 한시도 멈추지 않고 끊임없이 돌아가는 원리 말입니다. 즉 아침에 해가 떴다 저녁에 지고, 다시 다음 날 같은 일이 반복되는 그 원리를 이르는 것인 줄로 아옵니다."

이렇게 막힘없이 읊어대는 김슬갑은 스스로도 놀라울 뿐이었다. 어린 시절 아버지에게서 들은 말들이 자신의 입에서 한 치의 어긋남도 없이 그대로 반복되어 흘러나오고 있었기 때문이다.

그런데 정작 놀라운 표정을 짓고 있는 것은 담덕이었다. 김슬갑의 삼태극에 대한 설명은 대단한 우주의 이치가 아닐 수 없었다. 그의 입에서 그런 말들이 거침없이 읊조려지리라고는 꿈에도 생각지 못한 일이었다.

이제 담덕은 김슬갑을 다시 보지 않을 수 없었다. 그래서 정색을 하고 침착한 어조로 물었다.

"무극이니, 태극이니, 황극이니 하는 말은 무엇을 의미하는 것이오?"

"음양의 사상에서 나온 말이라 하옵니다. 무극은 하늘의 변화무쌍한 창조성을, 태극은 만물의 생성과 소멸 같은 변화성을, 그리고 황극은 하늘과 땅 사이의 사람이 창조성과 변화성을 운용하여 무엇인가를 만들어내는 주재성을 뜻하옵니다. 정신으로 말하면 학문과 도가 될 것이고, 물질로 말하면 쇠를 다루는 장인처럼 사람에게 필요한 물건을 만드는 일이 바로 주재성이라 생각하옵니다."

김슬갑의 외양은 꾀죄죄하고 볼품이 없어 보였다. 그러나 이 순간만큼, 그 눈빛에서는 형형하게 불길이 타오르고 있었다.

"지금 한 말들이 모두 그대의 부친에게서 들은 것들이오?"

담덕이 침착하게 물었다.

"예, 그러하옵니다. 저는 다만 제 아비에게서 들은 것을 그대로 왕자님께 전달해 드리는 것에 지나지 않습니다. 아니, 또 한 분이 계십니다. 부여 땅에 있을 때 저희 대장간에 들렀던 도인 한 분이 계셨사온데, 밤새 불아궁이 앞에서 그분과 아비가 나누는 대화를 들었지요. 방금 제가 말씀드린 그러한 우주의 비밀에 관한 내용들이었습니다. 그때 저는 졸음이 오는 것을 참아가며 풀무질을 하고 있었지요. 그런데 삼태극 이야기가 나올 때는 불에 덴 듯 정신이 번쩍 들었습니다. 그래서 아직까지 한마디도 잊지 않고 그대로 기억하고 있는 것이지요."

김슬갑의 말에 담덕은 완전히 빠져들고 말았다.

"그 도인이란 분이 누구요?"

"존함은 알 수 없고 다만 무명선사라 불린다 했습니다. 그 도인께선 부여 땅의 이 산 저 산을 찾아 돌아다니며 검술을 익히는데, '사람을 살리는 검'을 연구한다고 들었사옵니다."

"사람을 살리는 검이라?"

담덕이 다시 되뇌었다. 바로 이정국에게도 들은 이야기의 주인공인 셈이었다.

"그때 도인께서 사람을 살리는 검을 부탁하기에 제 아비가 보검 한 자루를 만들어드렸지요."

"흐음, 무명선사라? 그 도인에 대해 아는 대로 말해 보시오."

"듣기로 그분은 원래 고구려 장군 출신인데, 무슨 이유 때문인지 부여의 산천을 순례하고 있다고 하더랍니다."

"고구려 사람이라고?"

"그렇사옵니다. 그 도인은 깊은 산속에서 고구려의 전통 검법을 집대성하고 있다고 들었사옵니다."

"고구려의 검법을 집대성한다고?"

"예, 그러하옵니다."

"더 아는 바는 없소?"

"저도 아비가 보검을 만들 때 보고는, 이후 그 도인을 단 한 번도 본 적은 없사옵니다. 사람을 피해 깊은 산속으로 숨어들어 혼자서 검술을 익힌다 했습니다."

담덕은 저도 모르게 고개를 끄덕거리고 있었다.

"오늘 그대에게 많은 것을 배웠소. 앞으로 자주 부를 테니 쇠다루는 법에 대해 얘기해 주시오. 이제 밤도 늦었는데 물러가 쉬시오."

담덕은 김슬갑을 내보낸 후 눈을 지그시 감은 채 어떤 감동으로 부르르 몸을 떨었다.

6

국내성 서문 앞 대로에는 개선하는 고구려 원정군을 환영하기 위해 나온 백성들이 장사진을 이루고 있었다. 궁궐 안에서도 대신들이 나와 대왕 이련과 왕자 담덕, 그리고 연나라 대군을 크게 무찌르고 돌아온 군사들을 맞이하기 위해 길 양편으로 길게 대열을 이루고 있었다.

전령병이 하루 전에 달려와 국내성에 고구려 원정군이 곧 입성한다는 소식을 알렸으므로, 왕후도 대왕을 맞이하기 위해 대신들과 함께 성문 밖까지 나와 기다리고 있었다. 이미 보름 전 요하 전투의 승전보가 국내성으로 날아들 때 왕자 담덕에 대한 소식도 전해졌다.

'우리 아들 담덕이 무사히 살아 있었구나!'

왕후는 담덕의 소식을 들은 후부터 마음속으로 줄곧 그런 말을 되뇌고 있었다. 벌써 아들을 보지 못한 지 햇수로 다섯 해가 되었다. 그사이 얼마나 컸는지 상상조차 할 수 없었다. 보고 싶은 마음이 너무 간절하다 보니, 얼굴도 제대로 생각나지 않았다. 뼈아픈 고통의 세월이 아들의 모습조차 기억에서 지워져 버리게 만든 것이었다.

'아들 담덕이 어미 얼굴을 알아보기나 할까?'

왕후의 마음속에선 그런 괜한 걱정까지 솟아나고 있었다.

"대왕 폐하 만세!"

"고구려 만세!"

국내성 서문 앞 큰길 양편에 도열해 있던 백성들의 우렁찬 함성이 들려왔다. 그들에게 원정군 대열의 선두가 보이기 시작했던 것이다. 함성은 끊임없이 이어졌다.

드디어 왕후도 선두에 선 대왕의 모습을 보았다. 말을 탄 대왕의 금빛 갑옷이 오후의 햇살을 받아 번쩍거렸다. 그 조금 못 미쳐서 젊은 장수가 대왕을 호위하며 뒤따르고 있었고, 병장기와 깃발들을 곧추세운 군사들의 모습이 큰길을 가득 메웠다.

왕후와 대신들이 대기하고 있는 서문 가까이 온 대왕은 말에서 훌쩍 뛰어내렸다. 뒤미처 젊은 장수도 말에서 내려 그의 뒤를 따랐다.

"폐하! 개선을 감축드리옵니다!"

홍개의 그늘에서 벗어난 왕후가 몇 걸음 앞으로 걸어가 예를 올리고 대왕을 맞았다.

"폐하! 개선을 감축드리옵니다!"

대신들도 왕후를 따라 일제히 허리를 굽혔다.

"어머니! 아들 담덕이옵니다."

대왕 옆에 서 있던 젊은 장수가 왕후 앞으로 뚜벅뚜벅 걸어왔다.

"왕후께서 그토록 그리워하던 아들 담덕이 돌아왔소."

대왕이 담덕과 함께 나란히 걸어와 왕후 앞에 섰다.

이때 왕후는 그 자리에서 움직이질 못했다. 입이 굳어서 제대로 말이 나오지도 않았다.

"세상에! 네가, 네가 담덕이란 말이냐? 우리 담덕이가 맞아?"

"예, 담덕이 돌아와 왕후 전하께 이렇게 인사 올립니다."

담덕이, 이제는 어머니가 아닌 왕후를 대하는 예의를 갖춰 허리를 깊이 꺾었다. 개선군을 맞는 공식적인 자리였고, 대신들을 비롯한 백성들이 그 광경을 지켜보고 있었기 때문이다.

왕후가 담덕의 손을 덥석 잡았다.

아들 담덕의 키가 훌쩍 커서 왕후는 이제 고개를 들어 올려다보아야만 했다.

"네가 올해 열한 살이 아니냐? 그런데 이렇게 컸다니! 이제 어른이 다 되었구나. 일곱 살 때 국내성을 떠나 을두미 사부에게 갈 적엔 내 가슴에도 차지 않았던 것 같은데. 세상에, 이젠

나보다 머리 하나는 더 큰 것 같구나."

왕후는 담덕의 손을 놓지 못하고 얼굴을 올려다보며 눈물을 글썽였다.

"왕후가 부처님께 그렇게 공덕을 드리더니, 이렇게 훌륭한 아들을 낳아주었지 뭐요? 나이는 열한 살이지만 체구는 벌써 건장한 청년이 아닌가? 그뿐이 아니오. 왕자로서 마땅히 갖추어야 할 지知와 덕德까지도 이미 겸비하고 있소이다."

대왕은 매우 흡족한 눈으로 모자의 상봉을 바라보았다.

그날 국내성은 개선한 고구려 군대를 맞아 온통 축제 분위기였다. 더구나 생사를 알 수 없었던 왕자 담덕이 돌아왔으니, 궁궐 전체가 떠들썩할 정도로 먹고 마시고 춤을 추는 연회가 밤늦게까지 베풀어졌다.

연회가 베풀어지는 내내 왕후는 담덕 곁을 떠날 줄 몰랐다. 어느 정도 연회가 파장 분위기로 바뀔 즈음, 왕후는 담덕을 데리고 동궁 후원의 내불전으로 향했다.

궁궐 후원은 연회장과는 달리 아주 조용했고, 향냄새와 함께 목탁 소리가 끊어졌다 이어지기를 반복하며 고적한 어둠을 울려오고 있었다. 어디선가 소쩍새 소리가 그 틈새로 끼어들어 밤공기를 단조롭게 흔들어놓으면서, 깊어가는 여름밤의 밀도를 더욱 짙게 만들었다.

왕후가 담덕을 이곳으로 이끈 것은 조용한 가운데 아들과 모처럼 담소하는 시간을 갖고 싶었기 때문이다. 목탁 소리 사이사이로 석정 대사의 염불 소리가 궁궐 후원으로 청아하게 울려 퍼졌다.

법당으로 왕후가 들어서자, 석정 대사가 염불을 마치고 일어섰다. 서로 합장을 하고 나서 석정이 고개를 드니, 왕후 뒤에 담덕이 서 있었다.

"대사님, 담덕이옵니다."

담덕은 금세 석정을 알아보았다. 어린 시절 그에게 불법을 가르친 스승의 얼굴을 기억하지 못할 리가 없었다.

"왕자님이시군요? 아주 헌헌장부가 되셨습니다."

석정도 조금은 놀라는 얼굴이었다. 불과 다섯 해 만에 보는데, 그렇게 당당한 체구에 의젓한 모습으로 바뀌리라곤 상상조차 하지 못한 일이었다.

"대사님을 기억하겠느냐?"

왕후가 담덕을 돌아보며 물었다.

"예, 어린 시절 대사님께서 저 남쪽 나라 천축국 이야기며, 처음으로 나라를 통일한 아육왕에 대해 말씀해 주신 것을 지금도 또렷이 기억하고 있습니다."

담덕의 말에 석정은 헐 헐 헐, 걸걸한 음성으로 웃었다.

"명선아, 차를 준비하거라."

웃음 끝에 석정이 시봉 명선을 불렀다. 명선도 이젠 스무 살이 넘어 스님으로 성장해 있었다. 눈빛이 맑고 청정하여 어디에도 때 묻은 구석이 없어 보였으며, 행동도 몹시 조신하였다.

"예, 스님!"

명선은 법당에 앉아 있는 왕후와 담덕을 향해 조용히 합장한 뒤 물러갔다.

"왕후 전하, 요사채로 가시지요. 법당보다 그곳이 담소하기에는 좋습니다."

석정은 곧 요사채로 왕후와 담덕을 안내했다.

요사채로 건너가 좌정하고 얼마 안 되어 명선이 소반에 다기를 받쳐 들고 들어섰다.

"대사님께선 조환이란 사람을 기억하시는지요?"

담덕은 문득 석정을 보자 장안에서 만난 조환을 떠올렸다.

"아니, 왕자님께서 어찌 장안에서 행수 노릇 하는 자를 다 아시는지요?"

석정이 놀라는 눈빛으로 물었다.

담덕은 하가촌 도장에서 반란을 일으킨 해평의 무리들에게 쫓겨 마동과 함께 배를 타고 바다로 나간 후, 일 년여의 세월 동안 온갖 모험을 하며 경험한 세상 이야기를 다 털어놓았다. 강남의 동진을 거쳐 대상단을 따라 서역까지 갔다가 돌아오는 길에 조환을 만난 사연까지, 유랑생활을 하며 겪은 모험담을 왕후와 석정에게 들려주었다.

왕후는 그렇지 않아도 담덕에게 먼저 묻고 싶었던 말들이라 매우 흥미 깊게 들었다. 석정 역시 마찬가지였다.

"우리 아들, 고생이 참 많았구나."

왕후는 담덕의 등을 쓰다듬어주었다.

"왓하하, 핫! 왕자님께서 정말 큰 공부를 하셨습니다. 그런 세상 공부는 돈을 섬으로 가져다주어도 못하는 것인데, 전화위복의 기회가 되질 않았습니까?"

석정은 해평 때문에 담덕이 그런 고통의 세월을 보냈지만, 그것이 결국 세상 공부를 하는 좋은 기회도 되었다며 매우 흔감한 표정을 지었다.

"그 조환이란 사람을 대사님께서는 어찌 보시는지요?"

담덕은 다시 석정에게 조환의 이름을 상기시켰다.

"무사 출신이지만 거래를 할 줄 아는 자이옵니다. 큰 장사꾼이 될 것이라 생각하고 있습니다. 허헛, 참! 왕자님께서 장안을 떠나실 때 금덩어리를 말 등에 실어주었다구요? 조환, 그자가 금덩어릴 그냥 준 건 아닐 것이옵니다. 거래지요. 그자는 이미 왕자님께 거래를 트자는 제의를 해온 겁니다."

석정은 의미심장하게 웃었다.

"거래라 하시면……?"

"허허허, 장사꾼 말로 해서 죄송합니다. 좀 더 학문적인 말로 표현하면 일종의 교류지요. 뭔가를 주고받는 것, 마음의 소통,

불교적으로 말한다면 이심전심의 비법…… 뭐 그런 것들을 이르는 말이옵니다. 왕자님께선 조환에게 금덩어리를 받았으니, 이제 왕자님이 그자에게 무엇인가를 줄 차례입니다. 그것이 장사꾼들의 거래 법칙이지요. 장차 무엇을 그자에게 주시겠는지요?"

석정의 얼굴에는 미묘한 웃음이 물이랑처럼 일다 스러졌다.

"길을 닦아줄 생각입니다."

담덕이 장안에서 국내성으로 들어오는 긴 여정을 거치며 생각해 왔던 바를 가감 없이 털어놓았다.

"길이라구요?"

석정이 되물었고, 왕후는 매우 궁금한 표정으로 담덕을 바라보았다.

"유랑 도중 우연한 기회에 말을 사러 서역까지 내왕하면서 참으로 많은 생각을 했습니다. 우리 고구려에서 서역은 참으로 먼 거리입니다. 장안에서 서역으로 가는 사막의 길은 험로인데, 그 사이사이에도 사람들이 모여 사는 곳이 있어 대상들에게 쉼터를 제공하고 있더군요. 중원의 비단은 사막의 길을 지나 저 멀리 대진(로마)까지 간다고 하는데, 도중에 중간 교역지가 몇 군데 걸쳐 있어 장안의 비단이 대진까지 가면 수십 배 비싸게 거래된답니다. 조환의 얘깁니다. 이젠 우리 고구려도 육로의 길을 개척해 장안과 연결해야 합니다. 그러나 작금의 현실은 중원과 우리 고구려 사이를 모용선비들이 가로막고 있어 교역이 쉽지 않습니다. 연나라를 물리쳐 저 장안과 통하고, 더불어 서역과 연결할 수 있는 길을 뚫어야 합니다. 그리하려면 조환을 통해야 할 것이고, 우리 고구려도 간접적으로나마 서역과 거래를 틀 수 있지 않겠습니까?"

담덕의 말에 석정은 크게 머리를 끄덕거렸고, 왕후는 그저 놀라워 벌어진 입을 얼른 손으로 가렸다.

"허어? 조환에게 그 교역의 길을 개척해 주시겠다고요? 대단한 선물을 주려고 하십니다그려. 조환은 왕자님께 금덩어리를 되로 주고, 교역의 길을 말로 받는 것 아니겠습니까? 거래란 바로 그러한 것. 큰 장사꾼은 되와 말의 크기에 아주 민감하고, 셈수도 그만큼 빠르지요. 이번에 조환이 큰 거래를 텄습니다. 어헛, 헐 헐 헐!"

석정은 입을 동굴처럼 크게 벌리고 웃었다. 그 웃음이 한동안 요사채를 떠나지 않았다.

이렇게 차를 마시며 담덕의 이야기를 듣느라 시간 가는 줄 모르다가, 왕후는 밤이 깊어가고 있음을 뒤늦게 깨달았다. 구슬픈 소쩍새 울음소리가 깊어가는 여름밤의 고요를 잠시 흔들어놓았던 것이다.

"이런! 밤이 깊어가는 줄도 모르고, 우리 담덕이 이야기에 혼을 빼고 있었네."

왕후가 일어섰다.

"왕자님께서도 회군 길에 고생이 자심하셨을 터인데, 일찍 쉬셔야지요? 소승이 그것도 모르고 이야기에 홀려 왕자님을 붙들었나 봅니다."

석정도 왕후를 배웅하기 위해 서둘러 일어섰다.

동궁 후원으로 나온 왕후가 담덕에게 말했다.

"오늘에서야 이 동궁의 주인이 돌아왔구나. 한동안 비어 있던 것을 우리 아들이 온다는 소식을 듣고 어제 동궁의 나인들에게 깨끗이 정리해 두라 일렀다. 이제부턴 네가 이 동궁에서 살게 될 것이다."

담덕은 동궁을 잘 알고 있었다. 그가 태어나서 일곱 살 때까지 살았던 곳이었다.

내실로 들어섰을 때 왕후는 담덕을 마주 바라보았다. 눈물까지 찔끔 솟았다. 이때만큼은 누가 지켜보는 사람도 없으니 왕후와 왕자의 격식을 차릴 것도 없이 그대로 자연스레 모자 사이로 돌아갔다.

"우리 아들, 이 어미가 한번 안아보자꾸나."

사실 왕후는 국내성 서문 앞에서 오랜만에 대면을 하게 되었을 때, 더럭 담덕을 안고 싶었다. 그러나 왕후로서 보통 아낙네처럼 울고불고 수선을 떨 수는 없었던 것이다.

담덕은 실로 오랜만에 어머니의 향기를 맡는 기분이었다.

"어머니!"

자신도 모르는 사이에 담덕은 '왕후 전하'가 아니고 '어머니'라 불렀다. 그것이 모자지간의 정을 더욱 도탑게 해주었다.

왕후가 바짝 당겨 안았기 때문에 담덕은 가슴에 깊이 간직해 두었던 단도의 딱딱함이 느껴졌다. 그는 문득 그 단도를 꺼내 들었다.

"아니, 그건 대왕 폐하가 네게 준 것이 아니더냐? 일곱 살 난 너를 하가촌으로 보낼 때 정표로 준 바로 그 단도였지! 그동안 아주 고이 간직하고 있었구나."

왕후는 아주 반색을 하며 담덕의 손에서 단도를 받아들고 요모조모 살폈다. 감회가 남다른 기분이었다. 혼인할 때 친정 오라버니가 똑같은 모양의 단도 두 자루를 당시 왕자 이련과 자신에게 주었던 사실을 새삼 떠올리지 않을 수 없었던 것이다. 그와 동시에 추수가 고국원왕의 호위무사가 되어 평양성으로 출진할 때, 자신이 가지고 있던 단도를 주었던 기억 역시 또렷이 떠올랐다.

'아아, 추수 사범은 어찌 되었을까. 우리 아들 담덕은 이렇게 살아 돌아왔는데……'

왕후는 마치 그 단도가 생명을 보호해 주는 행운의 비기秘器라도 되는 듯 마음속으로 그렇게 중얼거렸다.

"어머니! 참 단도를 보니 갑자기 의문 나는 점이 있습니다."

"의, 의문 나는, 점?"

담덕의 말에 왕후는 화들짝 놀라 말까지 더듬었다.

"이 단도와 똑같은 것을 지닌 분을 보았습니다."

"무엇이? 그, 그게 정말이냐?"

왕후는 당황하지 않을 수 없었다.

"어머니, 왜 그렇게 놀라십니까? 이 단도에 무슨 깊은 사연이라도?"

담덕이 왕후를 쳐다보았다.

"아니다. 그런데 대체 어디 사는 누구에게서 이와 똑같은 단도를 보았단 말이더냐?"

"이번 요하 전투에서 혁혁한 공을 세우신, 산동 해룡부대의 일목장군이란 분입니다. 바로 소자와 동고동락을 해온 호위무사 마동의 부친이십니다."

"그래? 그 마동이란 아이가 올해 몇 살이냐?"

"소자보다 다섯 살 연상이니 올해 열여섯 살이지요."

담덕의 말이 떨어지기 무섭게 왕후는 마음속으로 계산을 해보았다. 따져보니 평양성 전투에서 고국원왕이 훙거를 한 것과 거의 비슷한 시기에 마동이 태어났다. 당시 추수는 혼인을 하지 않았었기 때문에 마동은 그의 아들이 될 수 없었다. 그런데 어떻게 그 일목이란 사람이 똑같은 단도를 가지고 있는 것일까. 아무리 생각해도 의문이 풀리지 않았다.

"귀중한 것이니 잘 간직하도록 해라."

왕후는 담덕에게 단도를 돌려주었다.

동궁의 나인들에게 담덕의 잠자리를 잘 보아주라 이른 후 왕후전으로 발길을 옮기면서도, 왕후는 추수에 대한 생각을 끝내 떨쳐버리지 못했다.

'추수 사범이 살아 있을지도 모른다. 일목장군이 가지고 있다는 그 단도가 증명하고 있질 않은가? 그렇다면 일목장군이 혹시 추수 사범은 아닐까?'

왕후는 이렇게 마음속으로나마 만약에 살아 있을지도 모를 추수에 대해 가느다란 희망을 걸어보는 것이었다.

제6장

고구려 천하관 天下觀

1

물결이 한 번은 높고 한 번은 낮게 수시로 파고의 높낮이를 바꾸어가며 유장한 흐름을 지속하듯, 역사 이래로 나라의 흥 망성쇠 또한 그러한 이치에서 크게 벗어나지 않았다. 자연의 흐 름이 그러할진대, 하물며 자연의 일부인 인간사가 그 원리를 벗 어날 수는 없었다.

전진의 부견은 비수전투에서 동진에게 패한 후 나라가 어지 러워지면서 정신적으로 갈피를 잡지 못하고 있었다. 패전 후 부 견 휘하의 장수였던 모용수와 요장이 반역을 꾀해 후연과 후진 을 세우더니, 반역의 물결이 마치 전염병처럼 번지기 시작하여 모용황의 둘째 아들 모용준의 삼남 모용홍이 관중에서 선비족 들을 규합하여 서연을 건국했다. 또한 모용홍의 동생 모용충도 하동에서 군사를 일으켜 은근히 장안을 압박해 들어오는 중이었다.

이때 부견은 10여 년 전 연나라를 쳤을 때 선비족 4만 호를 볼모로 삼아 장안으로 끌고 왔던 것을 크게 후회했다. 품안에 모용씨라는 호랑이 새끼를 기른 격이었다. 바로 모용씨의 후예들인 모용홍과 모용충 형제가 장안 주변에 흩어져 있던 선비족 유민들을 끌어모아 군사를 일으켰기 때문이다.

모용홍이 장안으로 쳐들어온다는 소문이 나돌자 부견은 피가 거꾸로 솟구치는 기분이었다. 동진과의 비수전투에서 대패한 후 의기소침해 있었지만, 아직 사십대 후반으로 혈기는 남아 있어 욱하는 성질을 스스로도 다스릴 길이 없었다.

"장안에 남아 있는 모용씨들이 더는 준동치 못하도록 아예 씨를 말려라."

부견은 턱수염이 부들부들 떨리도록 진노하며 수하들에게 명했다.

전진 군사들은 부견의 명을 받고 장안에 남아 있던 모용씨 일가들을 비롯한 연나라 유민들을 무참하게 척살했다. 이때 모용황의 아들 모용납과 모용덕의 가족들도 살해되었다. 뿐만 아니라 부견은 모용홍과 모용충 형제가 일으킨 반군에게도 토벌군을 나누어 보냈다. 그들이 장안으로 들어서기 전에 격파하여, 반드시 반군의 두 수괴를 사로잡아 오라는 명령을 내린 것이었다.

그 소식을 접한 모용홍은 눈에 핏발을 세웠다.

"무엇이? 두 삼촌의 가족들이 부견의 군사들에게 몰살당했다고?"

모용홍은 즉시 군사를 일으켜 장안으로 진격했다. 그는 성격이 급했다. 말을 달리면서 뒤처지는 군사들의 등을 채찍으로 마구 갈겼다.

"우리 모용부의 철천지원수 부견을 때려잡아야 한다. 어서 서두르지 않고 뭘 꾸물거리느냐?"

모용홍의 군대가 급히 서둘러 장안 북변에 다다랐을 때, 부견이 보낸 토벌군과 벌판에서 맞닥뜨렸다. 이때 부견이 토벌대 대장으로 보낸 아들 부예는 상대를 오합지졸로 보고 섣부른 공격을 했다가 모용홍의 군사들에게 아예 초장에 박살이 나고 말았다.

"이제 부견을 잡는 일만 남았다. 서둘러 장안으로 진격하라."

모용홍은 부예의 토벌군을 제압한 기세를 살려 군사들을 더욱 몰아붙였다.

이때 모용홍 휘하의 장수 고개가 말렸다.

"군사들이 지쳐 있습니다. 어찌 그리 서두르십니까? 잠시 휴식을 취한 후 공격을 해도 늦지 않을 것입니다."

"뭐라? 장안을 지키는 부견의 군사가 두렵단 말인가? 비수전투에서 패한 부견은 이제 이빨 빠진 호랑이에 불과하다. 우리 군사들이 단숨에 진격하여 몰아붙이면 쥐구멍을 찾으려 해도 미처 찾을 시간이 없을 것이다. 부견에게 절대로 도망칠 시간을 주어선 안 된단 말이다."

모용홍은 잔뜩 흥분해 있었다.

"이미 토벌군을 제압하면서 우리 군사들도 많이 지쳐 있습니다. 하루만이라도 쉬어서 군사들의 전열을 정비한 후 공격하는 것이 좋을 것입니다."

고개도 자신의 주장을 꺾지 않았다.

"네가 감히 내 명을 어기겠다는 것이냐? 내 명은 곧 군령이다. 군령을 어기는 자는 어찌 되는지 알겠지? 허나 직언을 했으므로 가상히 여겨 참하는 것만은 면해 주겠다."

모용홍은 그러나 조용히 넘어가지 않았다. 군령의 엄함을 휘하 군사들에게 보여주기 위해 본보기 삼아 고개에게 장형 서른 대를 내렸다.

바로 그날 모용충이 하동에서 장안으로 진격하다 전진의 토벌군에게 패하여 남은 군사를 이끌고 형 모용홍의 부대를 찾아왔다.

"형님! 우리가 각자 장안을 공격하는 것보다 군사를 모아 일격에 적을 격퇴하는 것이 좋을 것 같습니다."

모용충은 비록 토벌군에게 적지 않은 군사를 잃었지만 젊은 혈기만은 살아 있었다. 그는 부견이 10여 년 전 모용부와 선비족을 볼모로 삼아 4만 호를 관중으로 이주시킬 때 따라온 인물로, 당시 열두 살이었다. 그러나 이제는 이십대 중반의 젊고 늠름한 장수가 되어 있었다.

"아우야, 때마침 잘 와주었다. 부견이 장안에 남아 있던 우리 모용부의 씨를 말리려고 했다는구나. 납과 덕, 두 삼촌의 가족들도 희생당했다지 않느냐? 우리가 이번에 부견의 목을 취하지 않으면 어찌 모용부를 재건할 수 있겠느냐?"

모용홍은 동생의 손을 마주 잡았다.

"형님, 반드시 제 손으로 부견을 사로잡겠습니다."

모용충도 이를 부드득 갈아붙였다.

그렇게 말하는 모용충의 얼굴은 어떤 수치스런 모욕감으로 더욱 붉어졌다. 투구 속의 그 얼굴은 용맹한 장수라기보다는 경극에 나오는 여장 남자처럼 미소년의 모습을 간직하고 있었다. 열두 살 때 전진의 군사들에 의해 장안으로 끌려온 그는 단번에 부견의 눈에 들었다. 부견은 남색男色을 즐겼다.

한눈에 보아도 미소년이었던 모용충을 부견은 가만두지 않았다. 가까이에 두고 밤마다 희롱했다. 참기 어려운 굴욕이었지만 모용충은 이를 악물고 참았다. 언젠가는 모용부를 다시 일으켜 세우는 날, 그 스스로 부견의 목을 따리라고 다짐하고 또 다짐을 했다.

"그래, 우리 같이 저 장안을 쳐서 모용부를 재건하자. 한시가 바쁘다. 지금은 저녁이니 일찍 자고, 내일 새벽에 총공격에 나서자꾸나."

모용홍은 투구 속에서 빛나는 동생 모용충의 눈길에 시퍼런 날이 선 것을 보고 더욱 의기가 솟구쳤다.

그러나 다음 날 새벽에 모용홍은 눈을 뜨지 못했다. 직언을 하다가 군령을 어겼다는 죄목으로 장형 서른 대를 맞고 앓아누웠던 고개가 앙심을 품었던 것이다. 그는 이른 새벽에 가슴으로 밀며 땅바닥을 기어 모용홍의 막사로 숨어들었고, 품에서 단도를 꺼내 모용홍의 목을 그어 단숨에 명줄을 끊어놓았다.

새벽이 지나도 형의 막사가 조용해 의문을 품고 들어서던 모용충은, 피가 낭자한 형의 시신을 보고 경악하지 않을 수 없었다.

그때 장수 고개가 자신의 휘하 군사들을 거느리고 와서 모용충 앞에 엎드렸다.

"앞으로 황태제로 받들겠나이다."

모용충은 고개가 형을 죽였다는 사실을 그 즉시 간파할 수 있었다. 그는 머리가 빨리 돌아갔다. 자신이 이끌고 온 군사보다 고개 휘하의 군사들이 더 많았다. 형의 원수를 갚는다 하더라도 그것은 나중의 일이었다.

결국 모용충은 못 이기는 척 고개의 제의를 받아들였다. 그는 형 모용홍의 시신을 수레에 싣고 일단 군사를 후방으로 물렸다. 혹시 부견이 보낸 토벌대가 지난번처럼 불시에 들이닥칠까 두려웠기 때문이다. 안전지대로 군사를 물려 진지를 구축한 후 형 모용홍의 장례를 서연의 황제에 준하여 거창하게 치르기로 한 것이었다.

이때 장안의 부견에게도 모용홍이 부하 장수에게 살해당했고, 그의 동생 모용충이 형의 장례식을 치르기 위해 일단 후퇴했다는 소식이 전해졌다.

"오, 충이가 물러갔다구?"

부견은 10여 년 전 열두 살의 어린 모용충을 데리고 남색을 즐겼던 시절을 떠올렸다. 고운 살결의 미소년이 그의 눈에 아련하게 잡혀 왔다. 그는 아직도 모용충을 결코 미워할 수 없는 정인처럼 생각하고 있었다. 그러면서 모용충이 군사를 물린 것은 형의 죽음 때문이기도 했지만, 자신과의 옛정을 결코 무시할수 없어 마음이 약해진 탓이라고 믿었다.

이 기회에 부견은 모용충의 마음을 돌려 우군으로 만들고싶었다. 모용충이 이끄는 모용부의 군대로 하여금 북방에서 후진을 세운 요장의 군대를 견제토록 할 수만 있다면, 부견은 크게 힘들이지 않고 일거에 두 반군 세력을 제압할 수 있다고 생각했던 것이다.

부견은 격식을 갖춰 사신단을 모용충에게 파견했다. 백금과 비단은 물론 장례에 필요한 제물들을 수레마다 가득 실어 보내, 형을 잃은 모용충의 마음을 위로해 주었다.

서연의 모용충은 형 모용홍의 자리를 이어받아 제위에 오르고, 장례식을 치를 준비로 바빴다. 그때 부견이 보낸 전진의 사신단이 수레 가득 보물들을 싣고 도착했다.

신하의 보고를 받은 모용충은 처음엔 놀란 얼굴을 했으나, 이내 부드러운 표정으로 돌아가 사신단을 맞았다.

"고맙소. 폐하의 하해와 같은 은혜, 평생을 두고 잊지 못할 것이오."

전진의 사신으로부터 온갖 패물과 형 모용홍의 장례에 쓰일 제물을 받은 모용충은 감읍한 나머지 눈물까지 글썽거렸다. 부견에 대한 적대감이 씻은 듯이 사라졌음을 사신단 앞에서 애써 표현했던 것이다.

그러나 전진의 사신을 보내고 나서 모용충의 얼굴색은 표변했다. 방금 흘리던 눈물 자국이 지워지기도 전에 그의 눈에서는 시퍼런 불길이 번뜩였다.

'부견, 이놈아! 두고 봐라! 내 기어코 네 멱을 따서 피를 받아 마시리라!'

모용충은 아직도 미소년의 풍모가 얼굴에서 사라지지 않았지만, 경극 배우처럼 마음먹은 대로 표정을 연출하는 능력을 갖고 있었다. 불길이 이는 그의 눈은 벼린 칼날처럼 예리했다.

형 모용홍의 장례를 황제의 예를 갖춰 치른 후, 모용충은 관중의 여러 곳에 흩어져 있던 선비족들을 규합하여 더욱 모용부의 군대를 강화했다. 강력한 군사력이 갖추어졌다고 판단되자, 모용충은 때마침 안개가 오전 내내 끼어 사방을 분간하기 어려운 날을 골라 모용부 군사들을 은밀하게 장안으로 진격시켰다. 마치 바다 저 끝에 있던 밀물이 어느 사이 갯벌 앞까지 밀려와 가득 들어차듯이, 그렇게 모용부의 군사들은 관중의 너른 들판을 지나 새벽같이 장안 깊숙이 침투해 들어갔다. 오후가 되어 안개가 걷혔을 때 황궁은 이미 모용부의 군사들에게 포위된 상태였다.

"이제 부견은 독 안에 든 쥐다!"

모용충은 이를 빠드득, 갈아붙이며 소리쳤다.

원한에 찬 모용충의 명령이 떨어지자 전진의 황궁을 둘러쌌던 모용부 군사들은 일제히 함성을 지르며 공격을 개시했다.

황궁을 지키던 전진의 위병들은 전부터 모용부 군사들을 오합지졸로 우습게 생각하고 있었다. 그래서 전진의 군사가 무서워 북방에서 숨만 죽이고 있다고 생각했는데, 갑자기 안개 속에서 나타난 직을 바로 눈앞에서 맞게 되자 일순 당황하지 않을 수 없었다.

2

"무엇이라? 모용부 군사들이?"

부견은 당혹스럽게 외쳤다. 급히 칼을 찾아 들고 말에 올라탄 그는 호위하는 30여 기병들과 함께 황궁을 버리고 북문으로 달아났다. 서문으로 빠져나가려고 했으나 모용부 군사들이 그쪽에 많이 몰려 있다는 보고를 받았던 것이다. 다행히도 북문에는 적군이 적었다.

먼저 호위병들이 창칼을 휘둘러 활로를 뚫었고, 그 가운데로 부견이 빠져나갔다.

"서쪽으로 가자!"

간신히 북문을 빠져나온 부견은 말 머리를 서쪽으로 돌리고 힘껏 박차를 가했다. 그는 두 해 전 서역 정벌에 나선 전진의 대장군 여광의 군대를 찾아가는 길밖에 없다고 생각했던 것이다.

'내겐 아직 여광의 군대가 있다. 충, 이놈이 감히 나를 배반하다니? 여광의 군대를 만나면 다시 장안을 쳐서 반드시 모용충의 머리를 벨 것이다.'

말을 달리며 부견은 이를 악물었다. 쉰 가까운 나이지만 아직도 그의 팔엔 힘이 있었다. 말채찍을 휘두르는 왼팔과 칼을 잡은 오른팔은 단단한 근육으로 뭉쳐져 있었다.

두 해 전, 부견은 백만 대군으로 동진을 공격하기 전에 대장군 여광에게 명하여 30만 대군을 이끌고 서역 정벌에 나서도록 했다. 비수전투에서 동진에게 패했을 때, 부견은 여광의 30만 대군을 서역 정벌에 보낸 것에 대해 크게 후회한 적이 있었다. 여광은 왕맹의 천거로 장군이 된 인물이었다. 전략전술이 뛰어난 여광으로 하여금 동진 출정을 맡도록 했다면 전투 양상은 크게 달라질 수 있었을 것이라고 부견은 생각했다.

그런데 여광의 군대를 만나기 위해 서쪽으로 말을 달리면서, 부견은 서역 정벌을 보낸 것이 오히려 잘된 일일지도 모른다고 생각을 바꾸었다. 바로 그 여광의 30만 대군만 있으면 장안으로 쳐들어가 모용부의 군대를 섬멸하는 것은 식은 죽 먹기일 것이었다. 그렇게 생각을 가다듬자, 다시금 그의 마음속에서 새로운 야망이 싹트기 시작했다. 그는 아직도 젊은 장수들 못지않은 패기를 가지고 있다고 자신했다.

부견이 여광으로 하여금 서역 정벌에 나서게 한 것은 구자(쿠처)에 있는 승려 구마라습을 얻고자 하는 욕심이 앞섰기 때문이다. 그는 여광에게 특별히 서역을 정벌하고 나서 구마라습을 정중히 모서 오라고 일러두었던 것이다.

구마라습은 구자 출신 승려로 불교 경전에 통달했으며, 장안에까지 그 도력이 대단하다고 소문난 인물이었다. 그는 천축국 출신의 아버지와 구자 공주 사이에서 태어났다. 일곱 살의 나이에 어머니를 따라 출가한 그는 계빈(카슈미르)을 비롯한 주변 지역을 떠돌며 주로 대승불교를 공부했다. 고행을 끝내고 스무 살의 나이에 구자로 돌아온 그는, 왕궁에서 정식으로 수계를 받은 후 불교 경전을 번역하고 절을 짓는 등 불사에 전념하고 있었다.

그러한 소문을 들은 부견은 구마라습을 가까이 두고 싶었다. 일찍이 불교를 숭상하여 전진을 불국정토의 나라로 만들겠다는 야망을 가진 그는, 구마라습의 불성을 중원 통일의 정신적 지주로 삼으려고 했다. 그러므로 비록 지금 모용부의 군대에 추격을 당하고 있는 몸이지만, 여광이 이끄는 30만 대군을 만나기만 하면 전화위복의 기회가 될 것이라고 굳게 믿고 있었다.

구자는 천산산맥 남쪽에 있는 오아시스 국가였다. 동쪽에는 토로번(투루판) 분지가 있고, 남쪽에 타클라마칸사막이 있는 천산남로의 거점이 되는 교통의 요지였다. 위구르족이 주류를 이루고 있는 구자는 그 나라 말로 '교차점'이라는 뜻을 가지고 있었다.

분명 여광의 30만 대군은 서역 여러 나라를 점령하고, 귀로에 구자에서 구마라습을 대동하고 장안으로 돌아오고 있을 것이었다. 부견은 그것을 확신할 정도로 여광을 충직한 신하로 믿고 있었다.

그러나 사태는 급박하게 돌아갔다. 모용충의 군대가 부견의 뒤를 바짝 추격하였고, 채 관중을 벗어나기도 전에 따라잡아 일대 혼전이 벌어졌다. 부견을 호위한 기병들은 30여 기에 불과했으나, 모용부의 추격대는 기백을 헤아리는 병력이었다. 중과부적이었다.

결국 부견의 호위병들은 결사항전을 하다 많은 수가 전사했고, 그 틈을 이용해 달아나던 부견 역시 왼팔에 화살을 맞아 큰 부상을 입었다. 다행히도 오른팔이 성하여 적진을 뚫으며 칼을 휘두를 수는 있었다. 필사의 탈주 끝에 그는 뒤따르는 호위병 10여 기와 함께 용케도 추격병을 따돌리고 오장산까지 달아났다. 하지만 왼팔에 입은 부상 때문에 그는 도무지 서역까지 갈 자신이 없었다.

"짐은 일단 이곳 오장산에 은신해 있을 것이다. 너는 지금 당장 서역으로 떠나 여광 장군을 찾아라. 그리고 그가 이끄는 우리 군사들을 만나거든 짐이 이곳 오장산에 머물고 있으니 구원하러 오라고 전하거라."

부견은 호위병 중 말을 잘 타는 졸개 하나를 골라 명령을 내렸다.

졸개가 명을 받고 서역으로 출발한 후, 부견은 나머지 병력의 호위를 받으며 오장산 속에 있는 암자로 찾아들었다.

그러나 장안 서쪽의 국경 부근에선 후진을 세운 요장의 군대가 기다리고 있었다. 장안을 점령한 모용충이 요장에게 파발마를 보내 부견이 서역으로 도망친다는 정보를 주었던 것이다. 이때 요장은 장안에서 서역으로 향하는 길목 요소요소에 휘하 군사들을 매복시켜 놓고 있었다.

결국 부견이 여광에게 보낸 기병은 요장의 부하들에게 붙잡히고 말았다. 그의 입을 통해 나온 정보가 곧 요장의 귀에까지 들어갔다. 요장은 휘하 부장인 오충을 불렀다.

"부견이 오장산으로 숨어들었다 한다. 너는 군사들을 이끌고 가서 오장산을 포위하고 부견을 사로잡아 그가 갖고 있는 옥새를 받아 오너라."

요장은 전부터 부견의 옥새에 탐을 내고 있었다. 그 옥새를 가져야만 애써 스스로 칭제를 하지 않더라도 떳떳하게 백성들이 우러러보는 황제의 지위를 확보할 수 있기 때문이었다.

오충은 곧 군사를 몰고 오장산으로 달려가 산 전체를 포위해 버렸다. 그리고 날랜 군사들 1백여 명을 이끌고 암자로 가서 마침내 부견을 사로잡았다.

"옥새를 내놓으시오."

오충이 부견을 향해 소리쳤다.

"이 오랑캐 놈아! 무엄하구나! 네가 감히 짐에게 옥새를 내놓으라고 하다니?"

부견은 턱수염을 부들부들 떨면서 오충을 노려보았다.

"이제는 황제의 자리가 바뀌었소이다. 요장 장군이 황제가 되었으니 선양을 하는 것이 마땅하오."

오충도 지지 않았다.

"선양? 네놈이 어찌 그런 말로 요장 같은 오랑캐 잡놈을 추켜세우느냐? 선양은 짐이 황태자에게 양위를 할 때 쓰는 말이다. 찢어진 주둥아리라고 함부로 놀리지 말라."

비록 사로잡혀 묶인 몸이지만, 부견은 위엄을 잃지 않으려고 목소리를 높였다.

"끈 떨어진 관인데 어서 내려놓으시지요. 전진을 세우기 전에는 폐하도 오랑캐 소릴 듣지 않았습니까? 손발이 묶인 처지에 큰소리 쳐봤자 소용없으니 더 이상 몸 상하기 전에 옥새부터 내놓으십시오."

오충은 그래도 부견에게 황제로서의 예의를 갖추려고 애쓰고 있다는 투였다. 요장이 그를 보낼 때 황제의 예로 대하라고 명령했기 때문이다.

"이놈아! 오랑캐들 손에 옥새가 들어갈까 봐 장안을 떠날 때 강남의 요에게 보내버렸느니라."

부견이 말하는 '강남의 요'는 동진의 효무제를 가리키는 말이었다. 황제가 되기 전 그의 이름이 사마요였던 것이다.

"거짓말하지 마시오. 사마요는 폐하의 적인데, 거기로 옥새를 보낼 이유가 없길 않소?"

오충은 부견의 뻔뻔스러움에 은근히 화가 났다. 생각 같아서는 당장 칼을 빼어 목을 치고 싶었으나, 요장의 명령이 지엄하여 이러지도 저러지도 못하고 있었다.

"우핫핫핫핫! 믿건 말건 그것은 네놈의 판단에 맡기겠다. 짐은 더 이상 모르는 바다."

이렇게 호탕하게 웃음을 날렸지만 사실상 부견은 마음속으로 모든 것을 포기하고 있었다.

오충은 부견을 감시하기에 좋은 신평사로 옮겨서 감금한 후 요장에게 돌아와 보고를 했다.

"황제의 예를 갖춰 옥새를 달라고 했지만 말을 듣지 않습니다. 하여 죄인을 신평사에 일단 감금해 놓았습니다. 폐하의 처분만을 기다리겠사옵니다."

요장은 빙그레 웃었다. 그 역시 부견이 그렇게 나올 것이라고 짐작하고 있었던 것이다.

요장은 오충과 같은 장수가 아닌, 이번에는 문관을 보내 말로 회유해 보기로 했다. 그는 우사마 윤위를 불러 명령했다.

"신평사로 가서 부견에게 선양을 하도록 설득해 보시오."

윤위는 곧 신평사로 달려갔다.

요장의 군사들이 신평사 주위를 겹으로 둘러싸고 있었으므로, 손발이 자유롭게 된 부견은 경내를 마음대로 거닐 수 있었다. 황제로서의 예우를 갖춰 대접했던 것이다.

윤위는 부견에게 황제의 예를 갖춘 후, 요장에게 선양하는 것이 마땅하다는 것을 역설했다. 때마침 저녁 어스름이 질 무렵이었고, 윤위는 마당에서 별을 가리키며 부견에게 다음과 같이 말했다.

"하늘의 뜻입니다. 저녁에 뜨는 별은 밤새 하늘에서 찬란하게 금빛을 냅니다. 한때 폐하도 뜨는 별일 때가 있었습니다. 그러나 새벽별은 그 빛을 잃고 사람들의 시야에서 멀어집니다. 한낮이 되면 햇빛에 가려 그 흔적조차 보이지 않습니다. 세상의 이치가 그러한데, 어찌 그것을 거스를 수 있겠습니까? 폐하께선 이제 새벽별처럼 지는 별에 지나지 않습니다."

윤위의 말을 들으면서 부견은 고개를 크게 끄덕였다. 냉정하게 현실을 바라보니 그 말이 모두 옳았던 것이다.

"듣고 보니 그러하오. 짐이 뜨는 별이었을 때 그대 같은 명신 왕맹을 만났소. 왕맹을 만나지 않았다면 짐은 아마도 화북을 호령하는 황제의 자리에 오르지 못했을 것이오. 짐이 끝까지 왕맹의 말을 듣지 않은 것이 이 순간 크게 후회될 뿐이오. 여기서 잠시 기다리시오."

말을 끝낸 부견은 성큼성큼 걸어서 처소로 들어가 문을 걸어 잠갔다. 그리고 들보에 끈을 매고 스스로 올가미에 목을 걸어 자결했다. 이때 그의 나이 48세였다.

3

중원 화북지방을 호령하던 부견이 강족 출신의 요장에게 허무하게 무너지면서, 그 주변 세력들의 움직임 또한 심상치 않은 기류 변화를 보이고 있었다. 선비족으로 농서(감숙성) 출신인 걸복국인 역시 부견 휘하 장수로 비수전투에 참여했었는데, 그 직후 전진이 패망의 길로 치달으면서 고향으로 돌아가 농서 부중의 10만여 군사를 일으켰다. 그러고는 서진을 세워 스스로 대선우라 칭했다. 선비족의 한 부족이었던 탁발규 또한 전진의 패망을 기회로 삼아 우천(내몽골 동쪽 지역)에서 전에 그의 조부 십익건이 이끌던 탁발부를 재건하고, 대왕의 지위에 올랐다.

이처럼 전진에게 굴복했던 화북지역 북방 세력들이 씨족을 중심으로 나라를 재건하는 기류가 조성되는 가운데, 그러한 조짐이 백제에서도 서서히 움트기 시작했다.

"부견이 죽었다고?"

아들 진가모로부터 중원의 소식을 들은 내신좌평 진고도는 무슨 깊은 고민에 빠진 사람처럼 눈을 가늘게 뜬 채 몇 번이고 같은 소리만 중얼대고 있었다. 그에게 있어서 '부견의 죽음'은 일종의 화두 같은 것이었다.

"아버님, 요서에 있는 사촌 형과 조카가 조만간 고국으로 돌아오겠다는 것도 중원지역의 혼란 때문이 아니겠습니까? 요장이 부견을 죽이고 중원의 화북 땅을 차지하려는 것은 그렇다 치고, 각지에 흩어져 있던 모용부가 재기하는 것은 결코 간과할 수 없는 일이옵니다. 모용충이 장안을 점령하여 관중에서 세력을 확장하고 있고, 탁발씨가 북방에서 재기했으며, 관동을 중심으로 일어선 모용수는 요하로 세력권을 넓혀가면서 요서지역까지 넘보고 있습니다. 이미 요서지역 일부는 모용보가 모용부 군대를 주둔시켜 그 기세가 자못 거세다고 들었습니다. 그래서 더 이상 견디지 못하고 진광 형님과 진무 조카가 그나마 요서 인근에 근거지를 두고 있던 세력마저 본국으로 철수시키겠다는 것 아니겠습니까?"

진가모는 이렇게 말하며 부친 진고도를 넌지시 바라보았다. 그 눈빛은 진광과 진무 세력의 귀국을 어찌 생각하느냐는 것을 우회적으로 묻고 있었다.

"근초고대왕 시절에 대륙백제를 건설했는데, 그것을 지키지 못하고 쫓겨 온다는 것은 말도 안 되는 일이지. 끝까지 사수하다가 그곳에 뼈를 묻을지언정……. 그렇지 않으냐?"

진고도의 볼 부은 소리에는 진광과 진무의 귀국을 사전에 막아야 한다는 간곡한 뜻이 숨어 있었다. 그 역시 그것을 아들에게 우회적으로 묻고 있었다.

"그들의 입국을 막을 방도가 없질 않습니까?"

"그러니 문제지. 진광과 진무가 귀국하려는 것은 왕후의 든든한 배경을 믿고 있기 때문이 아니겠느냐?"

진고도가 말하는 왕후는 바로 진광의 막내 여동생이었다.

벌써 오래전의 일이었다. 근초고왕은 처남인 조정좌평 진정이 정사를 좌지우지하다 백성들의 원망을 사게 되자, 그 죄과를 물어 요서로 보내버렸다. 그때 진정의 막내딸 아이를 태자 수의 배필로 삼았다. 만약에 요서에 가서도 다른 뜻을 품을까 의심이 되어 그의 딸을 인질로 삼아 곁에 묶어두고자 한 것이었다.

근초고왕의 뒤를 이어 태자 수가 왕위에 올라 근구수왕이 되었고, 왕후 아이 부인과의 사이에 두 아들을 두었다. 맏아들이 침류이고, 둘째 아들은 진사였다. 침류는 날 때부터 유약한 편이어서 늘 골골하는 병을 달고 살았다. 그러나 둘째 아들 진사는 총명하고 지략이 많았으며, 강건한 체질을 타고나서 각종 무술에도 능했다.

근구수왕은 어린 시절엔 외삼촌으로 부르다 장인이 된 진정을 은근히 두려워하고 있었다. 요서에 있었지만 진정은 백제의 내정에도 깊게 관여했다. 진정의 큰아들 진광은 아들 진무와 딸 하나를 두고 있었다. 근초고왕 사후 은근히 백제의 내정에 감 놔라 배 놔라 간섭을 하던 진정은, 끝내 손녀까지 태자 침류와 혼인시키도록 강권했다. 근구수왕은 장인의 말을 듣지 않을 수 없었다. 결국 이 혼사에는 외손자와 친손녀를 배필로 맺어줌으로써 요서에 있으면서도 외척으로서 대대로 실력 행사를 하겠다는 진정의 의도가 다분히 담겨 있었던 것이다.

이때 잔뜩 긴장이 된 것은 내신좌평 진고도였다. 형 진정은 멀리 요서에 있으면서도 딸을 왕후로 만들고, 손녀를 태자비로 삼았다. 그런데 진고도는 명색이 국내에서 내신좌평의 자리에 있었으나, 형에 비하면 허수아비에 불과하다는 생각을 문득 갖게 되었다.

진고도는 궁리 끝에 근구수왕의 둘째 아들 진사와 막내딸을 혼인시켰다. 그러므로 진사의 배필은 곧 진가모의 여동생이 되는 셈이었다.

"지금 한창 관중과 관동에서 모용부가 다시 준동하여 후연을 세웠습니다. 그런데 지난여름 고구려가 그 후연의 허를 찔러 요동과 현도를 함락시킨 것은 매우 의미심장한 일이 아닐 수 없습니다. 후연은 멀지만, 고구려는 우리 백제와 가깝습니다. 고구려가 언제 어느 때 우리의 북변을 공략할지 모를 일이옵니다. 이런 중차대한 시기에 지금 우리 백제의 대왕은 매우 허약하기 이를 데 없습니다."

이 같은 진가모의 말은, 근구수왕이 붕어하고 나서 태자 침류가 왕위에 올랐으나 성격이 우유부단하여 군주로서의 면모를 갖추지 못하였다는 비판을 하고 있는 것이었다.

"그러니 큰일이 아니더냐? 지금 대왕은 마라난타란 천축승의 요사한 말에 빠져 한산(경기도 광주)에 사찰을 세우고 있질 않더냐? 국고를 털어서 무기를 만들고 군사력을 길러야 할 마당에, 내탕금까지 선뜻 내주어 불사를 일으키다니…… 참으로 한심스러운 일이다."

진고도는 이미 백발이었다. 감정이 격앙되면서 그의 흰 턱수염이 덜덜 떨렸다.

"아버님, 지금 백제를 지킬 수 있는 인물은 진사 왕자뿐이옵니다."

갑자기 진가모가 목소리를 낮추었다.

"그렇긴 하나, 지금은 때가 아니다. 대왕 곁에는 위사좌평 목만치가 있질 않더냐? 선왕 때부터 목만치는 우리 백제 왕실에 믿음이 두터운 장수였다. 그의 검술을 당할 자가 지금 이 나라에는 없다. 지금의 대왕은 두렵지 않으나, 그 곁을 지키고 있는 목만치가 문제란 말이다."

근구수왕 시절 고구려의 평양성을 쳐들어갔다가 을두미의 작전에 허를 찔려 대패했을 때, 대왕의 목숨을 구한 것이 바로 목만치였다. 그 후 목만치는 백제의 왕실에서 가장 믿음이 가는 장수로 인정을 받았고, 위사좌평으로 궁궐을 지키는 최고 수장이면서 대왕의 호위무사를 겸하게 되었다.

목만치는 전쟁이 끝났으므로 부친 목라근자가 지방관으로

있는 남가라(김해)로 가고 싶었으나, 근구수왕은 그를 끝까지 곁에 붙잡아두었다. 은근히 목라근자를 두려워하고 있던 근구수왕은, 그래서 더욱 그의 아들 목만치를 볼모로 삼아 가까이 묶어두었던 것이다.

근구수왕은 세상을 떠날 때 목만치에게 반드시 태자 침류의 곁을 지켜 백제 왕실을 굳건하게 해달라고 신신당부를 했다. 목만치가 대왕 침류 곁을 떠나지 못하는 것은 선왕의 유지를 받들어야 하는 무거운 책무 때문이었다.

"아버님, 목만치를 대왕 곁에서 떨어져 나가게 할 수 있는 방법이 하나 있긴 합니다."

진가모가 진고도 가까이 머리를 들이밀며 속삭였다.

"방법이 있다?"

"자객을 남가라로 보내 목라근자를 일격에 처치해 버리는 겁니다. 아비가 죽었는데 목만치가 아니 가볼 수 없질 않습니까?"

"비록 지금 목라근자가 늙긴 했지만, 검술만큼은 백제 최고수다. 목만치의 검술도 그 아비 목라근자의 대를 이은 가계의 내림이 아니겠느냐? 내 듣기로 삼대에 걸친 최고 검술의 내력을 가진 집안이라 하더라. 아무리 신출귀몰하는 자객을 보낸다 하더라도 목라근자를 쉽게 당해 낼 수 있겠느냐?"

진고도는 고개를 저었다.

"외지인으로선 목라근자에게 접근하기가 어려우므로, 가까이 있는 자를 매수해야만 합니다. 백금을 주어서 목라근자의 집사 노릇 하는 자를 매수하도록 하겠습니다."

진가모는 이미 오래전부터 은밀하게 그런 계획을 꾸며오고 있었다. 그래서 그의 입에서는 미리 준비해 두었던 말이 술술 풀려나왔다.

"흐음, 목라근자의 집사라? 그자의 됨됨이를 아느냐?"

"길수라는 자이옵니다. 목라근자가 신라 여인을 취해 목만치를 낳았을 때, 그 여인의 집에서 데려온 자라 하더이다. 신라인 이지요. 욕망이 크다고 들었습니다."

"길수란 자에게 접근시킬 만한 인물이 있느냐?"

"적당한 인물을 물색해 놓았습니다."

"허면, 극비리에 진행시키도록 하라. 목라근자에게 잡히면 스스로 목을 따 입을 막을 수 있는 자라야 한다. 만약에 배후가 밝혀지면 우리 집안은 멸문지화를 면치 못할 것이다."

"그 점은 소자도 잘 알고 있사옵니다."

"요서에서 진광과 진무가 들어오기 전에 처리해야 하니 시일이 급하구나."

진고도는 주름 잡힌 깊은 눈에 힘을 실어, 아들을 일별했다.

"염려 놓으십시오. 소자가 깨끗이 처리하겠습니다."

두 사람의 비밀 대화는 여기서 끝이 났다. 이제는 진가모가 계획한 대로 실행만 하면 되는 것이었다.

그로부터 며칠이 지난 후, 남가라에서 목만치에게 비보가 날아들었다. 부친 목라근자가 집사 길수의 비수에 찔려 사경을 헤매고 있다는 것이었다. 불행 중 다행인 것은, 칼이 급소를 약간 비껴나가 죽을 고비는 넘겼다고 했다. 비보를 들은 즉시 대왕에게 사실을 고한 목만치는, 곧바로 말을 타고 단신으로 남가라를 향해 달려갔다.

그리고 나서 다음 날 아침, 대왕 침류는 아침 수라를 들다 말고 피를 토한 채 쓰러졌다. 독약이 든 음식을 먹고 즉사한 것이었다.

내신좌평 진고도는 대왕 침류가 붕어했다는 사실을 만백성에게 알렸다. 그리고 대왕의 아들 아신이 있었으나 아직 나이가 어리다는 이유를 들어 강력하게 침류왕의 동생 진사를 다음 왕으로 추대했다.

이때 진가모는 휘하 군사들을 이끌고 와서 궁궐을 장악했고, 새로 백제의 대왕이 된 진사는 곧 처남인 그를 숙위군의 최고 책임자로 삼았다. 진가모는 종전에 목만치가 맡고 있던 요직인 위사좌평 자리를 차지하게 됐던 것이다. 이에 따라 내신좌평 진고도는 중앙 행정을, 궁궐 수비의 군권은 그의 아들 진가모가 장악했다. 즉, 새로 등극한 대왕 진사의 장인과 처남이 나라 정치를 좌지우지하게 된 것이었다.

한편, 남가라로 달려간 목만치는 뒤늦게 대왕 침류가 죽고 그의 동생 진사가 왕위에 올랐다는 소식을 들었다. 그 순간 그는 자신의 부친을 시해하려던 음모가 바로 진고도와 진가모 부자의 농간이었음을 간파했다.

"죽일 놈들!"

목만치는 부드득 이를 갈아붙였다.

그러나 목만치로선 당장 어떤 행동을 취할 수가 없었다. 부친 목라근자가 위중한 데다, 위사좌평 자리도 진가모에게 빼앗겨 군권을 잃어버렸으므로 졸지에 손발이 다 잘리고 만 것이었다.

'이 역도들을 대체 어찌해야 한단 말인가?'

목만치는 누구에게도 말하지 못하고 혼자서만 가슴을 쥐어뜯으며 울분을 삼킬 수밖에 없었다.

4

"아버님!"

목만치는 부친 목라근자의 병상 앞에 주저앉아 있었다. 며칠 동안 겨우 숨만 내쉴 뿐, 의식이 돌아오는 기색이 없다가 번쩍 눈을 뜬 것이었다.

"으 으 으……"

"아, 아버님! 소자를 알아보시겠습니까?"

피를 토하는 듯한 목만치의 목소리였다.

"으음, 으으으음……."

목라근자의 신음만으로는 의식이 돌아왔는지 도무지 알 수가 없었다.

"아버님! 말씀을 하소서. 아버……."

목만치는 말끝을 흐렸고, 그의 목소리는 결국 울먹임으로 변했다. 그는 겨우 의식을 되찾은 부친에게 그동안 백제 왕궁에서 벌어진 반역사건을 울음 섞인 목소리로 전했다.

다 듣고 난 뒤 목라근자가 몹시 떠듬거리는 목소리로 입을 열었다.

"만치야……. 듣기만 하거라. 너는 아무 생각 말고 왜국으로, 반드시 왜국으로 가거라. 이제 배, 백제는 네가 발붙이고 사, 살 땅이 못된다. 네, 네가 살 길은 왜국으로, 오직 왜, 왜국으로…… 가는 길밖에 없느니라. 만치야…… 내, 내 말 알아듣겠느냐? 왜국에 가서…… 소, 소가 씨를 찾아라. 일찍이 네 삼촌이…… 왜국에 가서, 소가성 성주와…… 의, 의형제를 맺고, 무술사범이 되어, 우……우리 가문의 검술을…… 저, 전하고…… 이, 있다. 내가 전에 네게 준 가보인 화, 환두대도를 보, 보여주면…… 바, 반갑게…… 너, 너를 맞아줄 것이다."

목라근자의 부릅뜬 눈이 아들을 똑바로 쳐다보았다. 소름이 끼칠 정도로 무서운 눈빛이었다.

"아, 아버님!"

목만치는 부친의 손을 움켜잡고 부들부들 떨었다.

"으윽……"

"아버님!"

목만치는 목라근자의 부릅뜬 눈이 차츰 힘을 잃어가는 것을 바라보며 안타깝게 외쳐댔다.

그러나 목라근자는 눈을 뜬 채 고개를 좌로 꺾었다. 한때 백제의 최고 검술을 자랑하던 무사, 그의 최후는 너무 허무했다.

"내 반드시 아버님의 원수를 갚고야 말리라!"

목만치는 방금 이승을 하직한 부친의 시신 앞에서 두 주먹을 불끈 쥔 채 온몸을 부들부들 떨었다.

부친의 장례를 치른 후 목만치는 남가라의 병사들 중에서 몸이 날랜 자들 1백여 명을 가려 뽑아 직접 검술 훈련을 시켰다. 이미 겨울이 닥쳐왔으나, 아직 남쪽 지방의 기온은 따뜻했다. 무술 훈련을 하기에는 땀도 덜 나고 딱 좋은 조건이었다.

"칼로 상대와 겨룰 때 직선과 곡선의 두 가지 공격법이 있다. 직선은 찌르기로 힘이 들어가나 효과가 그리 크지 않다. 곡선은 마치 춤을 추는 동작처럼 힘이 들어가지 않는 것 같은데, 실상은 상대에게 큰 상처를 입힌다. 칼은 내 몸과 같다. 즉, 팔의 연장선상에 있는 것이 칼이다. 칼과 몸이 따로 놀면, 칼을 놓치고 결국 상대에게 목숨을 잃는다. 칼을 내 몸같이 여겨라. 이것이 백제 신검의 비법이다."

목만치는 1백여 명의 날랜 군사들을 가르치며 '칼의 도'에 대해 설명했다.

남가라의 대숲 속에 도장이 있었다. 매서운 겨울바람이 대숲을 흔들 때마다 칼날처럼 가늘고 끝이 뾰족한 대나무 이파리들이 서로 몸을 비벼가며 우수수수수, 쉬르르르, 하는 소리를 냈다. 목만치가 무술을 가르치는 '신검도장'이었다. 그의 밑에서 검술을 배우는 1백여 명의 군사들은 스스로를 '신검무사'라 불렀다.

바람 부는 대나무 숲속에서 신검무사들의 기합 소리는 대나무 이파리처럼 날이 서 있었다.

"엽!"

"얍!"

"엇!"

"쉿!"

신검무사들은 저마다 입에서 뱉어지는 대로 기성을 지르며 훈련에 임하고 있었다. 그들의 입에서는 더운 김이 안개처럼 뿜어져 나왔고, 이마에서는 땀방울이 맺혀 몸을 날렵하게 움직이며 칼을 휘두를 때마다 이슬처럼 공중으로 흩어졌다.

그 광경을 대숲 속에 숨어서 몰래 엿보는 눈이 있었다. 길수였다. 그는 목라근자를 비수로 찌른 직후, 그길로 한성으로 도망쳐 진가모를 만났다. 그에게는 약속대로 백금이 주어졌고,

또 다른 임무가 맡겨졌다.

"남가라 지리에 밝으니, 변장을 하고 내려가 목만치의 주변을 살펴보게. 무슨 이상한 기미만 보이면 즉시 내게 보고토록 해야 하네. 이번에도 공을 세우면 더 큰 상을 내리겠네."

진가모는 최대한 길수를 활용하려고 했다.

사실상 길수가 진가모의 비밀 계획에 깊숙하게 끌려든 것은 백금에 눈이 어두워서가 아니었다. 그는 20여 년 전 목만치의 어머니가 처녀였던 시절부터 남몰래 그녀를 연모해 왔었다. 그는 머슴의 아들이어서 엄연히 신분의 벽이 있었지만, 그보다 두 살 연상인 주인집 아씨가 어느 사이 그의 마음속에 깊이 들어와 밤잠을 못 이루게 되었다.

하필이면 그 무렵에 목라근자가 나타나 주인집 아씨를 가로챘으며, 목만치라는 아들까지 낳았다. 처음에 길수는 자신이 남몰래 사랑하던 여인을 가로챈 목라근자가 죽이고 싶을 만큼 미웠지만, 주인집 아씨가 불행해지는 것을 두고 볼 수가 없어 참고 참았다. 목라근자가 불혹의 나이에 뒤늦게 아들까지 낳아 남가라로 돌아가게 되자, 길수는 그래도 연모하는 사람 가까이에 있고 싶어 자청해서 따라나섰다. 목라근자에게 허드렛일을 시켜도 좋으니 같이 가게 해달라고 부탁한 것이었다.

목라근자의 집사가 된 길수는 열심히 집안의 안팎을 돌아다니며 온갖 궂은일을 마다하지 않았다. 그가 이렇게 열심히 일을 한 것은 오직 안주인이 된 예전의 아씨 얼굴을 한 번이라도 더 가까이에서 볼 수 있는 기회를 갖기 위해서였다. 깊은 밤중에 어둠 속에서 불빛이 새어나오는 안방을 바라보며 그는 자신의 가슴을 쥐어뜯었다.

그러다가 목만치가 한성으로 가서 위사좌평의 지위에 올랐을 때, 그의 모친이 이름 모를 병으로 시름시름 앓다가 세상을 떠나고 말았다. 자신이 연모하던 아씨가 유명을 달리했으므로, 길수는 이제 더 이상 목라근자의 집사 노릇을 할 이유가 없었다. 그러나 목라근자의 집을 벗어난들 딱히 어디로 갈 데도 없었고, 그저 목에 풀칠이라도 하려면 그 집에서 붙어사는 길밖에 없다고 생각했다.

그렇게 몇 년을 보내던 차에 진가모가 사람을 보내 길수에게 접근해 왔다. 목라근자만 죽여준다면 백금은 물론 평생 먹고살 수 있는 벼슬자리도 마련해 주겠다고 했다. 그동안 목라근자 집안과 적지 않게 정이 들긴 했지만, 그의 내부에서는 연적으로 20여 년 전 적개심을 품었던 그 감정의 응어리가 되살아나기 시작했다. 이미 딱딱한 돌덩어리가 되어버린 줄 알았는데, 진가모의 유혹이 그 응어리를 녹여 옛날 감정을 되찾아준 것이었다. 그래서 그는 심야에 목라근자의 침소에 접근해 복부에 칼을 꽂고 도망쳤던 것이다.

며칠 동안 대나무 숲속에 숨어 신검도장을 엿보던 길수는 여러 가지 정보를 수집한 후 한성으로 급히 말을 달렸다. 그는 진가모와 만난 자리에서 그동안 목만치의 주변에서 벌어지고 있는 일들을 낱낱이 보고했다.

"흐음, 이건 분명 목만치가 역심을 품고 있는 것이야. 남가라를 어찌해야 평정할 수 있단 말인가?"

진가모는 신음을 깨물었다.

"남가라의 군사력은 강합니다. 아무래도 목만치가 1백여 명의 날랜 군사들을 뽑아 신검무사로 기르는 데는 다른 뜻이 있는 것 같습니다. 남가라 군사들을 이끌고 와서 한성을 치려는 것이 아니라, 적은 수의 인원으로 비밀리에 기습작전을 펴서 궁궐을 점령하려는 의도겠지요. 목만치는 전에 위사좌평으로 궁궐 수비를 책임지고 있었기 때문에 궁궐 지리에 밝으므로, 칼 잘 쓰는 1백여 명의 신검무사들만으로도 충분하다는 계산을 하고 있는 것이 틀림없습니다."

길수의 말에 진가모는 몇 차례 고개를 끄덕였다.

"일리 있는 얘기야. 자넨 계속해서 목만치 주변을 살피도록 하게. 사람이 필요하면 더 붙여주겠네."

진가모는 길수를 내보내고 나서 혼자 머리를 싸맨 채 장고를 거듭했다.

목만치가 역심을 품은 것은 틀림없는 사실일 것이었다. 한성에서 역도들을 물리치기 위해 군사를 이끌고 가서 남가라를 치는 것도 한 가지 방법이지만, 그것은 나라의 혼란을 더욱 부채질하는 격이 될 수 있었다. 남가라뿐만이 아니었다. 비자벌(창녕)·탁국(경산)·안라(함안)·다라(합천)·탁순(대구)·가라(고령) 등의 옛날 가야지역이 다 목라근자의 지배권 아래 있었다. 그러므로 남가라를 친다는 것은 어불성설, 백제가 자칫 도탄에 빠질 우려가 있었다.

옛날 가야 세력이 백제에 등을 돌린다면, 그 파란을 감당하기 매우 어려울 것이었다. 역시 길수의 말대로 목만치가 역도들을 이끌고 한성으로 쳐들어올 때 일망타진하는 것이 가장 손쉬운 방법일 듯싶었다.

문제는 정보였다. 누가 상대의 정보를 더 빨리 캐내느냐에 성패가 달려 있는 것이었다. 진가모는 휘하의 졸개들을 변장시켜 남가라에서 한성에 이르는 길목 요소요소를 지키게 했다. 이상한 무리들이 10여 명씩 떼를 지어 출몰하는 것을 보면 즉시 파발마를 띄워 자신에게 알리도록 했던 것이다.

저 멀리 들판으로 아득하게 아지랑이가 피어오르기 시작하는 이른 봄이었다. 목만치는 신검무사들을 모아놓고 다음과 같이 일갈했다.

"일반 백성들과 군사들은 해치지 말라. 우리의 목적은 세 놈의 목을 얻어 한성 밖에 장대 높이 내거는 것이다. 그 세 놈은 바로 형 침류대왕을 죽이고 왕위를 차지한 현재의 대왕 진사와 그의 장인 진고도, 그리고 처남 진가모다. 그들을 처단하고 우리는 침류대왕의 아들 아신 왕자를 새로운 군주로 추대해야 한다. 작게는 서너 명, 많게는 10여 명씩 조를 짜서 장사꾼이나 풍물패 등으로 꾸민 후 비밀리에 한성으로 진입하도록 하라."

목만치와 신검무사들은 한성을 향해 떠났다.

그로부터 며칠 후, 약속한 날짜에 한수 나루 인근에 장사꾼과 풍물패 무리들이 많이 모여들었다. 목만치와 신검무사들이 변장을 하고 나타난 것이었다. 그들은 강을 건너가기 위해 배를 기다리는 듯 여기저기 흩어져 있다가, 밤이 오기를 기다려 일제히 한성을 치기로 약속했다. 그러나 이들은 진가모의 세력들에게 자신들의 일거수일투족이 감시되고 있다는 사실을 전혀 몰랐다.

그날 자정이 되자 목만치는 신검무사들을 두 패로 나누었다. 왕궁으로 쳐들어가 새로 왕이 된 진사의 목을 취할 패, 내신좌평 진고도와 아들 진가모의 저택을 쳐서 각기 두 사람의 수급을 잘라올 패로 갈라져 행동에 들어갔다.

마침내 목만치가 대왕이 머무는 처소로 숨어들었으나, 그곳에는 불만 휘황하게 밝혀진 채 아무도 없었다. 순간 그는 당황하지 않을 수 없었다. 뒤로 돌아서려는데, 대왕의 처소 밖이 몹시 시끄러웠다.

"너희들을 이미 두 겹, 세 겹으로 포위되었다. 칼을 버리고 항복하면 목숨만은 살려주겠다."

진가모의 목소리였다.

"나를 따르라!"

대왕의 처소에서 나온 목만치는, 그를 따라온 신검무사들과 함께 포위망을 뚫기 위해 앞으로 내처 달렸다.

"목만치가 달아난다. 역도들을 사정 두지 말고 가차 없이 베어버려라!"

진가모가 소리쳤다.

침류왕을 죽이고 진사왕을 세운 진가모는 위사좌평이 되어 궁궐을 지키는 휘하 장졸들을 거느리고 있었다. 그들은 불과 얼마 전까지만 해도 목만치 휘하의 숙위군 군사들이었는데, 이제는 그에게 창칼을 겨누는 입장으로 변해 있었다. 목만치를 알아본 장졸들이 주춤거렸다.

"이놈들! 나를 모르느냐? 위사좌평 목만치다!"

목만치는 칼을 휘두르며 일직선으로 달려 나갔다. 마치 그 기세가 물 위를 스치고 날아가는 물총새 같았다. 바로 그 뒤의 비어 있는 공간으로 신검무사들이 따라붙었다.

5

고구려가 요동과 현도를 공략하고 나서 국내성으로 귀환한 이후, 후연에선 부여 출신의 장수 여암이 반란을 일으켰다. 그는 모용수 밑에서 건절장군의 지위에 있었는데, 후연이 고구려에게 무참하게 당하는 것을 보고 무읍에서 부여 유민들을 규합해 독자적인 세력을 키워 나갔던 것이다.

여암은 무읍이 후연의 주력부대와 가까워 위험하다는 생각이 들자, 선비족 4천 명을 붙잡아 이를 방패막이로 삼고 북쪽의 유주를 침공했다. 이때 모용수는 유주에 있던 후연의 장수 평규로 하여금 성문을 굳게 닫아걸고 자신이 군사를 이끌고 갈 때까지 기다리라고 했다. 그러나 평규는 여암의 세력을 가볍게 보고 성문을 열고 나가 싸우다가 오히려 유주를 내주고 말았다.

승리에 도취한 여암은 다시 계薊로 군사를 이끌고 가서 1천여 호구를 포로로 삼는 등 크게 위세를 떨쳤다. 그 기세는 날로 커져서 여암의 군대가 지나가는 곳은 초토화되었고, 그는 마침내 요서의 난하 입구에 위치한 영지까지 가서 일단 거기에 근거지를 마련했다.

여암은 부여 유민 출신의 군사들 앞에서 자신이 영지를 근거지로 삼은 이유를 다음과 같이 밝혔다.

"이곳 난하의 영지는 옛날 고죽국이 자리했던 곳이다. 저 주나라 시절 백이와 숙제의 고사가 전해지는 선비의 본향이며, 우리 부여는 그 후예들이다. 그러므로 부여 유민들이야말로 이곳이 모태와도 같은 땅 아니겠는가?"

이처럼 여암이 요서까지 진출했다는 소식을 접한 모용수는 화가 머리끝까지 치솟았다.

"여암, 이놈을 대체 어찌하면 좋겠는가?"

모용수는 이를 갈아붙였다. 그는 전진 부견의 휘하 장수로 있다가 반란을 일으켰으면서도, 정작 자신의 휘하 장수가 배반한 것에 대해서는 가만히 눈을 뜨고 볼 수가 없었다.

"폐하! 소자를 보내주십시오. 일격에 쳐서 여암의 목을 가져오겠사옵니다."

선뜻 모용농이 앞으로 나섰다. 그는 불과 몇 달 전 고구려와의 요하 전투에서 무리하게 군사를 이끌고 요택을 건너 크게 혼쭐이 난 이후 의기소침해 있었다. 더구나 반란을 일으킨 여암은 그의 휘하에 있던 장수였으니, 개인적으로도 누구보다 분기탱천해 있었다.

"그래! 여암은 네 수하니까 농이 네가 가서 해결하는 게 마땅하다. 이 기회에 고구려에게 빼앗긴 요동성까지 함락시키면 더욱 좋겠지. 군사 8만을 내줄 터이니, 난하로 출발하라."

모용수는 모용농의 용기를 시험해 보고 싶었다.

군사 8만을 이끌고 난하의 하구로 달려간 모용농의 연나라 대군은 영지성 앞에 진을 치고 여암의 반군과 대치했다. 그는 부장인 여화가 여암과 같은 부여 출신이므로 뭔가 계책이 있을 것이라 생각했다.

"여화 장군! 어찌하면 저 여암을 쉽게 사로잡을 수 있겠소?"

모용농은 지난 요하 전투에서 너무 성급하게 고구려 대군을 쳤다가 크게 낭패를 본 경험이 있었으므로, 이번에는 아무리 마음이 급해도 신중을 기하지 않을 수 없었다.

"소장과 한 가지 약속을 할 수 있겠습니까?"

여화는 중산을 떠나 이곳까지 달려오면서 내심 오래도록 고민해 온 것이 있었다.

"무슨 얘기요?"

"병법에도 피아간에 피를 흘리지 않고 이기는 것이 최선이라 했습니다. 피를 흘리지 않고 여암을 사로잡을 방법이 소장에게 있습니다."

"그 방법이 무엇이오?"

모용농이 날 세운 눈으로 여화를 쳐다보았다.

"만약 소장이 여암을 설득시켜 항복을 받아낸다면……."

여화는 여기서 잠시 말을 끊은 채 모용농의 눈을 마주 바라보았다.

"항복을 받아내면……?"

"그리하면 여암의 목숨만은 살려주실 수 있겠습니까?"

모용농은 여기서 잠시 생각에 잠겼다. 여화 역시 여암과 마찬가지로 부여 유민 출신이었다. 두 사람은 모용부에 들어와서도 우정이 돈독한 사이라고 알고 있었다. 그러므로 여화로서는 같은 부여 유민 출신이자 친구인 여암을 살려내고자 하는 마음이 클 것이었다.

'그래, 일단 살려준다고 하자. 여암을 살리고 죽이는 건 내가 아니라 폐하에게 달려 있질 않더냐?'

모용농은 이렇게 머리를 굴리고 있었다. 이유야 어찌 되었든 일단 여암을 잡아 중산까지 끌고 가면 자신의 임무는 끝난다고 생각했다.

"왜 답이 없으십니까?"

여화가 다시 물었다.

"좋소. 여암의 항복을 받아내면, 그자를 살려주겠소."

모용농은 흔쾌히 대답하더니, 껄껄대고 웃었다.

"……?"

여화는 아까부터 모용농의 눈을 똑바로 쳐다보고 있었다.

"여화 장군! 역시 여암과의 우정이 대단하오. 부럽소이다."

모용농은 여화의 어깨를 툭 치며 눈길을 슬쩍 피했다.

다음 날 아침, 모용농의 허락을 받아낸 여화는 흰 깃발을 들고 단신으로 말을 타고 영지성으로 향했다. 성문 앞에 이른 그는 성루를 쳐다보며 외쳤다.

"여암 장군! 나 여화요. 협상을 하러 왔으니 성안으로 들어갈 수 있게 해주시오."

성루에서 내려다보고 있던 여암은 곧 졸개들에게 명하여 성문을 열고 여화를 맞아들이라고 했다.

"여화 장군께서 나를 설득하려고 온 모양인데……"

여암은 반갑게 여화의 손을 잡았으나 의심스러운 눈길을 풀지는 않았다.

"여암 장군! 나를 어떻게 보고 그런 말씀을 하시오? 우리가 비록 모용씨 밑에서 굴욕을 당하며 살아왔지만, 어찌 단 한순간인들 우리 부여를 잊은 적이 있겠소? 여암 장군이 부여 유민들을 규합해 군사를 일으켰다는 소식을 듣고 나는 마음속으로 너무 기뻐 눈물까지 흘렸소이다. 지난 요하 전투에서 도강작전을 감행할 때 모용농 때문에 죽다 살아났지만, 나는 이제 모용부와 결별할 시기가 되었다는 생각을 하고 있었소. 그러던차에 여암 장군이 먼저 용기 있게 부여 유민들을 규합해 일어섰으니, 모용농 휘하에 있는 나로선 장군이 그렇게 부러울 수가 없었소이다. 내가 이렇게 단신으로 여암 장군을 찾아온 것은, 우리가 같이 대사를 도모하여 모용부를 쳐부수고 조국인부여로 당당하게 돌아가고자 함이오."

여화의 말에 여암은 힘을 주어 상대의 손을 잡고 흔들었다.

"고맙소. 여화 장군께서 뜻을 함께해 주시니 힘이 백배는 치솟는 것 같소이다. 우리 함께 모용농의 군대를 쳐부숩시다."

여암은 여화의 손을 번쩍 들어 올렸다. 그러고 나서 성 밖에 포진한 모용농 군사들의 기를 죽이기 위해 여러 번 만세를 불렀다.

이때 영지성 밖 멀리에 서서 성루를 바라보던 모용농은, 여암이 백기를 흔들 줄 알았는데 오히려 여화와 함께 두 손을 번쩍 들어 올려 만세를 부르자 머리끝까지 분노가 치밀어 올랐다. 여화를 보내면서 조금은 의심스럽다고 생각했으나, 그가 자신을 배반한 것이 사실로 드러나자 모용농은 너무 화가 나서 눈이 뒤집히지 않을 수 없었다.

'그래! 여화, 네놈이 부여 출신이므로 동족을 돕겠다 그 말이렸다? 네놈이 얼마나 동족을 사랑하는지 두고 보자.'

모용농은 일단 진지로 돌아갔다. 그리고 졸개들을 시켜 여화가 이끌고 온 부대에서 부여 유민 출신들을 색출하여 오라를 지우라고 명했다.

다음 날 아침 모용농은 오라를 지운 부여 유민 출신 군사 수백 명을 앞세운 채 연나라 대군을 이끌고 영지성 앞으로 진군하여 일단 전열을 가다듬었다.

"여화야, 이놈아! 네가 사랑하는 부여 유민 출신 졸개들이 여기 있다. 어서 성문을 열고 나와 데려가거라."

모용농은 성루를 향해 소리쳤다.

성루에서는 여화와 여암이 성 아래 펼쳐진 광경을 바라보고 있었다. 이때를 기다려 모용농은 졸개들을 시켜 부여 유민 출신들을 열 명씩 묶어 성문 가까이에 세우고, 멀찍이서 화살을 쏘아 차례차례 공개처형을 했다.

"장군님! 저희들을 살려주세요."

오라에 묶인 부여 유민 출신 군사들은 성루의 여화를 올려다보며 간절한 눈빛으로 애원했다. 그러다가 연나라 대군의 새카맣게 날아오는 화살을 맞고 그 자리에 엎어져 죽었다.

"저, 저런 쳐죽일 놈들! 자기네 군사를 자기들 손으로 죽이다니!"

여화는 눈이 뒤집혔다. 자신이 아끼던 부여 유민 출신 군사들만 뽑아 처형시키는 장면을 도무지 바라볼 수가 없었다.

"여암 장군! 내게 군사 5백만 내주시오. 내 당장 성문을 열고 달려 나가 모용농, 저놈의 목을 따 오겠소이다."

"적은 8만이오. 우리는 겨우 3만, 결코 가볍게 보아서는 안 됩니다."

여암은 화를 참지 못하는 여화를 말렸다. 자칫하다가는 모용농의 농간에 당할 수도 있다는 생각이 들었기 때문이다.

"여암 장군! 내가 5백을 이끌고 나가서 적의 허를 찌르겠소.

그때 적이 주춤거리는 틈을 타서 전군을 동원하여 일격에 모용 부대를 박살내시오."

불같은 성격을 가진 여화는 당장 혼자서라도 성문을 열고 나갈 것만 같았다. 더 이상 말리기 힘들다고 생각한 여암은 그에게 군사 1천을 주었다.

마침내 여화는 1천의 군사를 이끌고 성을 나와 모용농의 주력부대 가운데로 쐐기처럼 파고들어 갔다. 그 기세가 자못 날카로웠다.

그러나 모용농은 영지성 문을 열기 위한 작전으로 여화의 부여 유민 출신 졸개들을 미끼 삼아 공개처형을 하고 있었던 것이다. 따라서 영지성 양 측면의 숲속에 일군의 군대를 숨겨놓았다가 성문이 열리는 즉시 좌우에서 일제히 공격하도록 미리 명령을 내려놓고 있었다.

여화가 앞장서서 이끄는 1천의 군사 중 절반 이상이 성문을 빠져나갔을 때, 좌우 양측에서 일어난 연나라 대군이 성문을 향해 질주해 왔다. 미처 성문을 닫을 겨를도 없었다. 피아의 군사들이 성문 앞에서 한 덩어리가 되어 아우성을 치는 가운데, 재빠른 연나라 군사들은 이미 성안으로 들어가 교란작전을 펴고 있었다.

이렇게 혼란한 틈을 타서 모용농은 주력군들에게 공격 명령을 내렸다.

"성문이 열렸다! 일제히 성안으로 돌격해 들어가라!"

이때 당혹스러워진 것은 여화였다. 모용농의 미끼 작전에 걸려든 것을 알아차린 그는 급히 군사들을 돌려 성안으로 들어갔다. 그래서 성안으로 들어가는 군사들은 더욱 피아를 구별하지 못할 정도로 한 덩어리가 되어 아우성을 쳤다.

겨우 성안으로 들어선 여화는 먼저 여암부터 찾았다. 이미 연나라 대군이 입성한 이상 더는 견뎌내기 어렵다고 판단한 여암은, 일단 남은 군사들을 이끌고 성을 빠져나가 후일을 도모할 방도를 찾는 길밖에 없다고 생각했다.

용케도 여화는 군사를 이끌고 도망치려는 여암을 발견할 수 있었다.

"여암 장군!"

여화는 거친 숨을 몰아쉬며 말을 달려 여암에게로 가까이 다가갔다.

말 위에서 여암은 막 달려오는 상대를 바라보고 있었다. 그리고 가까이 다가와 여화가 뭐라고 말을 하려고 할 때, 그는 칼을 날려 단숨에 상대의 목을 끊어놓고 말았다.

"모용농의 수족인 줄 모르고 너를 받아준 내가 잘못이지."

여암은 모용농이 성문을 열기 위해 여화와 짜고 벌인 연극이라 판단했던 것이다.

그러는 사이에 여암은 모용농의 군사들에게 포위당하고 말았다.

"여암 장군! 항복하면 목숨만은 살려주겠다!"

모용농이 여암을 향해 소리쳤다.

"네 손에 죽기는 싫다!"

여암은 방금 여화의 목을 벤 피 묻은 칼을 들어 자신의 목을 그었다. 그의 몸이 말 위에서 거꾸로 떨어져 땅바닥에 널브러졌다.

이렇게 하여 여암의 반군들을 제압한 모용농은 기세등등하여 말 위에서 칼을 높이 치켜들고 연나라 군사들을 향해 외쳤다.

"이 칼은 아직 피 맛을 제대로 보지 못했다. 내가 이제는 저 고구려 원수 놈들의 목을 따는 데 이 칼을 쓰리라. 지금 즉시 우리는 고구려를 치기 위해 현도와 요동으로 출동한다! 알겠는가?"

모용농은 목덜미에 핏대를 세웠다.

먼저 현도로 향하는 모용농의 군대는 기세등등하게 채찍을 휘두르며 말을 몰았다. 모용농의 군대는 파죽지세로 현도를 점령했고, 숨 돌릴 사이도 없이 그 기세를 몰아 요동으로 진격해 들어갔다. 진군 속도가 어찌나 빨랐던지, 미처 현도의 고구려 전령이 요동에 사태의 위급을 전하기도 전에 연나라 대군은 이미 요하를 건넜다.

무방비 상태에 있던 요동의 고구려 군사들은 느닷없이 들이

닥친 모용농의 연나라 대군을 보고 놀라지 않을 수 없었다. 모용농의 군대가 이렇게 빠르게 진군할 수 있었던 것은, 전날 고구려와의 전투 때는 한여름이어서 요택이 진흙 펄이었으나 이제는 겨울이라 땅이 얼었기 때문이었다. 마구 달려가도 발이 빠지지 않아 제대로 가속도가 붙었던 것이다.

모용농은 군대의 기세를 알았다. 군사들의 사기가 충천해 있을 때 몰아치면 장마철 폭포로 떨어지는 물처럼 그 누구도 막을 길이 없는 것이었다.

"오늘 밤으로 요동을 점령하고, 내일 새벽밥은 성안에서 지어 먹는다."

모용농은 군사들을 모아놓고 일갈했다.

그런데 요동성의 고구려 군사들은 멀리서 달려온 연나라 대군이 곧바로 야습을 하리라곤 짐작도 하지 못하고 있었다. 그 허를 찔러 모용농은 캄캄한 밤중에 요동성을 공격하여, 그의 말처럼 정말 새벽이 되기 전에 성을 차지해 버렸다. 졸지에 연나라 군대에 성을 빼앗긴 고구려 군사들은 인근의 고구려 성으로 뿔뿔이 흩어져 달아나기에 바빴다.

6

386년(고국양왕 3년), 병술년 새해가 밝았다. 요동성이 후연의 장수 모용농에 의해 하루아침에 처참하게 유린되고 나서, 고구려는 바짝 긴장하지 않을 수 없었다. 어렵게 회복한 땅을 너무 쉽게 내주었다는 것이 더욱 분했다.

그런데 새해가 밝고 나서 후연 북쪽에 흩어져 살던 탁발선비를 규합한 탁발규가 대代나라를 세우고 왕위에 올랐다는 소식이 들려왔다. 그는 일단 성락(내몽골 카라코룸)에 도읍을 정하고 국호를 위北魏로 고쳤다.

"바야흐로 세상이 변하고 있사옵니다. 이제는 탁발선비까지 나라를 세워 대흥안령 너머의 서북방을 차지했습니다. 이처럼 전진이 무너지고 북방 세력들이 우후죽순처럼 머리를 곧추세우며 일어나 제각기 나라를 세우니, 이는 우리 고구려에게 위기가 닥쳐오고 있다는 증좌 아니겠사옵니까? 지리적으로 볼 때 후연은 가깝고 북위는 멀리 있습니다. 북위에 사신을 보내 우호관계를 맺은 다음 후연을 괴롭히도록 하는 근공원교近功遠交의 전략을 구사함이 옳을 듯하옵니다. 우리 고구려 또한 위협을 가하면 그 가운데 있는 후연은 어느 나라를 먼저 치기도 어려운 상황에 처할 것이옵니다. 작년에 고구려가 원정군을 보내 요동과 현도를 되찾았으나, 이번에 모용농의 8만 군대에게 두 지역을 허무하게 넘겨주고 말았습니다. 만약 북위와 우호관계를 맺게 되면 후연은 우리 고구려 국경을 함부로 넘보지 못할 것이옵니다. 후연은 또한 우리 고구려가 두려워 북위를 공격치 못할 것이니, 이는 두 나라의 이로움이옵니다."

국상 고계가 대왕 이련에게 북위와의 외교관계 수립을 요청하고 나섰다.

"북위의 탁발선비가 그렇게 위협적인 존재가 되었단 말이오?"

대왕 이련도 세상이 변하고 있음을 감지하고 있었으나, 오래 전부터 전진에 의해 북방의 선비 세력이 와해되어 버려 탁발선비는 아직까지도 씨족 중심의 미미한 세력으로 잔존하고 있다고 생각했던 것이다.

이때 내불전 승려 석정이 한 발 앞으로 나섰다.

"폐하! 북위의 탁발선비가 불교를 받아들여 왕권을 강화하고 있는 것만은 사실이옵니다. 탁발규는 북위를 세우고 나서 특히 불도와 무술을 숭상한다고 들었사옵니다. 그는 나라를 세운 후 곧바로 도인통이란 직책을 만들어, 승려 법과를 도인통에 임명했습니다. 이에 법과는 탁발규를 '당금의 여래'라 하여 신하와 백성들로 하여금 왕권을 따를 것을 만천하에 공포토록 했다 하옵니다. 즉, 왕즉불 사상으로 나라의 기틀을 다지려는 것이옵니다. 차제에 우리 고구려도 평양에 아홉 개의 사찰을 건설하여 만천하에 불국정토의 나라임을 공포할 필요가 있사옵니다. 이는 우리 고구려를 둘러싼 아홉 개의 적대세력을 물리치기 위한 것으로, 불법을 통하여 나라의 기틀을 굳건하게 세우는 일이 될 것이옵니다."

석정은 나라 정치를 논하는 대신이 아니지만, 오래전부터 대왕 이련이 반드시 조회에 참석하여 국익을 위한 좋은 말이 있으면 허심탄회하게 고견을 밝히라고 명한 바 있었다. 그는 이른바 정치승려라고 할 수 있었다.

"대사도 국상의 말처럼 북위의 탁발규와 교린관계를 맺으라는 것이오?"

대왕 이련은 석정과 국상을 번갈아 바라보았다.

"폐하! 바로 그러하옵니다. 북위는 서역으로부터 불교를 받아들이는 한편, 문물 교역을 통하여 서역과의 상업을 크게 활성화하고 있사옵니다. 지금 우리 고구려는 서역과 너무 멀고, 따라서 그 중간에 위치한 북위를 통하여 다양한 문물을 받아들인다면 나라가 더욱 부강해질 수 있을 것이옵니다."

석정이 대답했다.

"허면, 국상은 북위에 누구를 사신으로 보내면 좋겠소?"

대왕은 이미 국상 고계와 석정의 의견이 같으므로, 일리가 있는 일이라고 생각했다.

"석정 대사가 적임자인 줄로 아옵니다. 또한 가는 길에 서북방을 지키는 신성의 성주 연수 장군을 대동한다면, 북위의 탁발규와 모용선비의 준동에 대한 양국 군사들의 전략적인 협력관계를 확고하게 세울 수 있으리라 판단되옵니다."

국상 고계의 말에 모든 대신들이 찬동했다.

"석정 대사를 정사로, 연수 장군을 부사로 하여 북위에 사신으로 보내도록 하시오."

마침내 대왕 이련의 명이 떨어졌다.

이때 다시 석정이 아뢰었다.

"폐하! 북위까지 가는 길은 험하옵니다. 어명을 받들어 이 한 몸 가루가 되도록 헌신하겠사오나, 사람의 명이 하늘에 있으니 당장 하루 앞을 점칠 수 없습니다. 빈도가 사신으로 떠나기 전에 긴히 한 말씀 올리도록 해주시옵소서."

"허허허, 대사께선 혹 북위에 갔다가 다시 돌아오지 못할지도 모른다는 말씀을 하시는 것 같소이다."

대왕 이련은 석정의 입에서 나온 뜻밖의 말에 의아스런 표정을 짓지 않을 수 없었다.

"그런 뜻이 아니옵고, 담덕 왕자에 관한 말씀을 드리고자 하는 것이옵니다."

"우리 담덕에 관한 무엇을 말씀이오?"

"작년에 우리 고구려와의 요하 전투 이후 후연에선 모용보를 태자로 세웠습니다. 우리도 왕권을 더욱 튼튼히 하기 위해선 담덕 왕자를 태자로 세울 필요가 있사옵니다."

이렇게 석정이 담덕의 태자 책봉 문제를 거론하고 나선 것은, 대신들 그 누구도 먼저 입을 열기를 주저하고 있기 때문이었다.

대왕 이련이 아직 사십대 초반이므로 태자 책봉을 거론하기 이르다고 생각하고 있을지 몰라, 제신들은 감히 먼저 나서지 못한 채 서로 눈치들만 보고 있었다. 진작부터 석정은 그런 분위기를 알고 있었고, 담덕의 사부로서 마지막 책무가 그것이란 생각에 기회만을 엿보고 있던 차였다. 그런데 자신이 북위로 떠나게 되면 그런 발언을 할 기회마저 잃어버릴 것 같아 내친김에 용기를 내어 아뢰었던 것이다.

"흐음, 담덕의 사부로서 마땅히 그런 생각을 할 수는 있겠지요. 제신들의 생각은 어떠하오?"

대왕 이련은 제신들을 두루 굽어보았다.

"신 고계도 같은 생각이옵니다. 작년에 폐하께서 요동으로 원정을 가셨을 때 신이 국내성을 지키고 있었사옵니다. 그때 남방의 백잔을 특히 경계했으나, 백잔왕 수(근구수왕)가 죽고 얼마 안 되어 나라가 불안하므로 큰 염려를 할 필요는 없었사옵니다. 우리 고구려에 태자가 있었다면 대왕 폐하가 원정을 나갈 때 나라 정사를 돌보아 안심할 수 있었을 터인데, 하는 생각이 문득 들었사옵니다. 그러하온데, 작년에만 해도 담덕 왕자의 행적을 알 수 없어 큰 걱정거리였사옵니다. 소신들은 폐하께서 요동 원정을 마치고 개선하여 돌아오실 때 담덕 왕자님과 함께 오신 것을 보고 모두들 크게 기뻐하였사옵니다. 이제 고구려의 왕실이 튼튼해졌다는 것이 제신들 모두의 한결같은 마음입니다. 담덕 왕자의 태자 책봉은 시의적절한 일이라 사료되옵니다."

국상 고계는 담덕의 사부인 석정이 먼저 태자 책봉을 거론해 준 것을 고맙게 생각했다.

"짐이 아직 젊은데, 제신들은 어찌하여 벌써부터 태자 책봉을 거론하는 것이오?"

갑자기 대왕 이련이 언성을 높였다. 그러자 조회 자리는 돌연 숙연한 분위기로 바뀌었다.

잠시 후 다시 석정이 나섰다.

"폐하! 태자의 책봉은 다음 제왕이 되고자 하는 뜻보다는 제왕의 수업을 쌓기 위해서라도 서둘러야 할 문제라 생각하옵니다. 그러므로 태자 책봉이야말로 나라의 안정에 보탬이 되는 일이 아닐 수 없사옵니다."

"헌데 국상의 말은 짐이 원정을 나갔다 돌아오지 못할 수도 있다는 뜻으로 들리기에 서운한 생각이 들어 그러는 것이오."

대왕 이련의 노기 띤 음성은 여전했다.

"폐하! 천부당만부당한 말씀이옵니다. 원정은 폐하만 나가는 것이 아니옵니다. 이제 담덕 왕자가 태자가 되면 차차 원정을 나가 경험을 쌓아야 하옵니다. 그때는 폐하께서 내정을 더욱 군건히 하셔야 하므로, 나라 안팎의 정치를 안정시키고자

드린 말씀이옵니다."

국상 고계가 당황하여 허리를 깊이 꺾고 오래도록 고개조차 들지 못했다.

"으하핫핫. 국상은 고개를 드시오. 짐이 한번 제신들의 반응을 떠보기 위해 노한 척한 것이오. 진작부터 제신들이 담덕을 태자로 책봉하란 소리가 나오길 짐은 고대하고 있었소. 하여, 이제 제신들 모두가 그러한 뜻을 갖고 있다고 하니 굳이 반대할 이유가 없소이다. 내 아직 불혹의 나이지만, 왕권 강화를 위해서는 담덕의 태자 책봉이 필요하다고 전부터 생각하고 있었소. 특히 작년 요하 전투 때 담덕의 용맹과 지혜에는 짐도 내심 깜짝 놀란 바가 있소. 담덕은 나이에 비하여 조숙하고 생각이 깊어, 아직 열두 살이지만 태자로서의 대임도 너끈히 해낼 만하다고 판단되오."

대왕 이련의 이 같은 말을 듣고 나서야 제신들은 겨우 안도의 숨을 내쉴 수 있었다. 석정은 태자 책봉식이 끝나는 대로 사신단을 이끌고 북위로 떠나는 것으로, 그날의 조회가 정리되었다. 그리고 이때부터 고구려에서는 담덕의 태자 책봉 행사를 서두르게 되었다.

담덕의 태자 책봉식은 그로부터 보름 뒤에 있었다. 대왕과 왕후, 그리고 만조백관이 참여한 가운데 성대하게 치러졌다.

대왕 이련이 제신들 앞에서 선언했다.

"오늘 담덕 왕자를 태자로 책봉하면서, 이를 기념해 평양에 아홉 개의 사찰을 창건하는 일을 시작하게 될 것이다. 지난날 초문사와 이불란사를 창건할 때는 너무 서두른 느낌이 있었다. 이번에 창건하는 아홉 개의 사찰은 아무리 시간이 걸리더라도 제대로 지어야 할 것이다. 태자의 앞날을 축원하고 고구려를 불국정토로 만들어 세상을 호령하라는 뜻이 있는 바이니, 제신들은 과인의 뜻을 헤아려주기 바라노라."

담덕은 마침내 태자가 되었다.

바로 그날 저녁, 동궁 정원의 호수에 길게 그림자를 드리운 채 두 사람이 서 있었다. 담덕과 석정이었다.

"태자 전하! 저기 금성이 떴군요. 하늘에서 해와 달 다음으로 밝은 존재지요. 별 중에서는 가장 밝구요."

석정은 감회에 젖은 목소리로 말했다.

"사부님! 무슨 뜻으로 하시는 말씀인지요?"

"사람으로 말하면 해는 왕이고, 달은 왕후지요. 그렇다면 저 금성은 태자 전하가 되시는 것입니다. 그리고 그 주위의 수많은 뭇별들이 나라 백성들이구요. 금성은 저녁에 뜨는 별을 계명성이라 하고, 새벽에 뜨는 별을 샛별이라 부르지요. 하늘에 금성이 하나이듯이, 이 세상에서 태자는 전하 한 분만 계시옵니다. 후연의 모용보가 저 스스로 금성이라 할지 모르지만, 천하에서 금성은 오직 태자 전하 한 분이십니다. 담덕 태자 전하는 초저녁에 떠서 오래도록 수많은 뭇별들과 함께 하늘의 평화를 지키는 계명성이 되셔야 하옵니다."

석정의 목소리는 어떤 감동으로 인하여 떨리고 있었다.

"사부님! 명심하겠습니다. 우리 고구려의 천하관을 말씀하시는 것 아니옵니까?"

담덕도 석정의 말에 감동하여 숙연한 기분이 들었다.

"바로 그러하옵니다. 저 중원에만 천하관이 있는 것이 아니옵니다. 고구려의 천하관이 바로 서야 천자의 나라가 되는 것이옵니다. 고구려의 천손신화는 그냥 나온 것이 아니옵니다. 바로 태자 전하께서는 천손이시고, 그러므로 앞으로 우리 고구려의 천자가 되셔야 하옵니다."

석정은 그러면서 울먹이는 목소리로 변했다. 그 스스로도 감정의 응어리가 목구멍을 치밀고 올라와 도무지 제어할 수가 없었던 것이다.

어느 사이 사위는 어둠에 잠겼고, 캄캄한 하늘에선 금성을 비롯하여 그 주위의 뭇별들이 초롱초롱한 눈망울을 매달고 있었다. 마치 보석을 박아놓은 듯한 별들이 하늘을 더욱 높고 그윽하게 깊도록 만들었다.

"사부님께선 천문을 어찌 생각하십니까?"

담덕이 하늘의 별자리에 오래도록 눈을 박아둔 채 물었다.

"태자 전하! 하늘은 인간 세상을 비추는 거울과 같습니다. 세상의 잘됨과 잘못됨을 하늘의 변화를 보고 알 수 있는데, 예로부터 그것을 '천문을 본다'고 이릅니다. 따라서 지혜로운 선인들은 하늘에 비추어 인간 세상사를 보고, 자신을 또한 그에 따라 겸허하게 본받는 태도를 견지해 왔습니다. 오늘 초저녁에 뜬 금성이 유달리 밝은 것을 보니, 태백성이 우리 고구려 땅을 비추는 것이 아니겠습니까? 이는 전하의 태자 책봉이 하늘의 축복임을 암시하는 것이옵니다. 이제야말로 고구려의 천하관이 바로 서는 계기를 태자 전하께서 만드셨사옵니다. 하늘도 그것을 알고 저 달을 태백성 가까이 보내주시지 않았사옵니까? 빈도는 아까부터 저 달과 태백성의 거리를 가늠하며 마음까지 울렁거리는 것을 어찌지 못했사옵니다. 달이 금성에 가까워지면 태백성이 유난히 밝게 빛나는데, 예로부터 천문에선 그 현상을 두고 태백범월太白犯月이라 했습니다. 이때 천문에선 '범犯'의 뜻을 달과 별이 서로 빛을 발할 정도로 가까이 다가감을 이르는 말로 이해합니다. 천문에 밝은 선인들은 달로 인해 더욱 금성이 밝아진 것을 두고 '금성이 달을 범했다'고 말합니다. 이러한 현상은 하늘의 조화에서도 지극히 드물게 일어나는데, 태백성의 출현은 우리 고구려의 천하관을 새롭게 정립할 때임을 예고하고 있는 것이라 사료되옵니다. 아까 빈도가 인간의 세상을 비추는 것이 하늘이라 했듯이, 바로 오늘 본 태백성은 태자 전하임을 하늘이 대변해 주고 있다고 생각합니다."

석정은 어떤 감동과 떨림으로 인하여 목소리에서 공명 현상이 일어나고 있었다. 그리고 그것은 까마득한 하늘로 울려 퍼졌다.

"태백성이라……!"

담덕은 여전히 별들이 잔치를 벌이는 듯한 하늘에 시선을 박아둔 채 자신도 모르는 사이에 그렇게 되뇌고 있었다.

〈5권에 계속〉

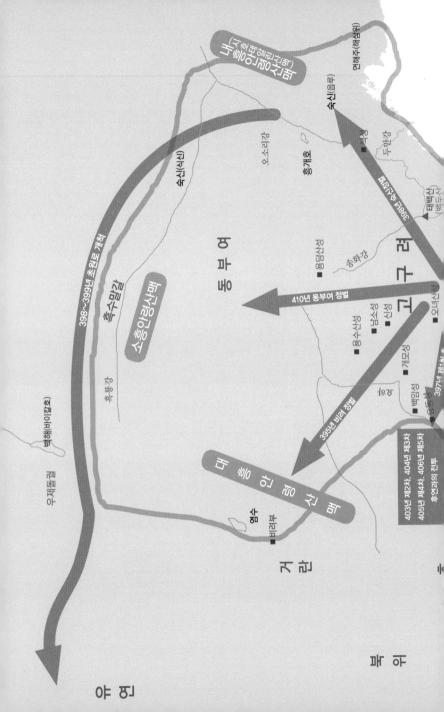